JN411714

こころ（1914）

夏目漱石

마음
こころ
나쓰메 소세키 | 오유리 옮김
문예출판사

일러두기

옮긴이가 추가한 설명은 〔 〕나 각주로 표시했습니다.

차례

선생님과 나

1

나는 그분을 언제나 선생님이라 불렀다. 그러니 여기서도 그냥 선생님이라 칭하고 본명은 밝히지 않겠다. 이것은 사람들의 불필요한 호기심을 염려해서라기보다는 그렇게 부르는 것이 나한테 자연스럽기 때문이다.

나는 그분에 대한 기억을 떠올릴 때마다 곧바로 '선생님'이라고 부르게 된다. 붓을 쥐고 글을 쓸 때에도 마음은 늘 한결같다. 나에게조차 낯선 이름으로는 도무지 부르고 싶은 마음이 들지 않는다.

내가 선생님을 알게 된 것은 가마쿠라鎌倉에서다. 그때 나는 아직 젊은 학생이었다. 여름방학 중에 바닷가에 놀러 간 친구한테서 꼭 내려오라는 엽서를 받고 나는 약간의 돈을 마련해서 해수욕장으로 향했다. 그 돈을 구하는 데 이삼일이 걸렸다. 그런데 내가 가마쿠라에 도착한 지 사흘도 안 돼서 나를 부른 그 친구는 급히 고향으로 돌아오라는 전보를 받았다. 전보에는 어머니가 편찮으시다고 짧게 쓰여 있었는데 친구는 그 말을 믿지 않았다. 친구는 오래전부터 고향에 계신 부모님으로부터 내키지 않는 결혼을 강요당하고 있었다. 그는 요즘 말로 하면 결혼하기엔 너무 혈기왕성했다. 게다가 그 결혼 상대자가 영 마음에 들지 않았다. 그래서 방학이면 당연히 돌아가야 할 집에 일부러 가지 않고 도쿄 근처에서 놀고 있었던 것이다. 그는 나에게 전보를 보여주며 어쩌면 좋겠냐고 물었다. 나는 어떻게 대답해야 할지 몰랐다. 하지만 그의 어머니가 편찮으신 것이 사실이라면 빨리 가는 게 도리였다. 그렇게 해서 그는 결국 집에 가게 됐고, 모처럼 놀러 온 나는 혼자 남게 되었다.

학교 수업이 시작되려면 아직 멀었기 때문에 돌아가도 별로 할일이 없었던 나는 내려오면서 잡아둔 여관에 당분간 머물기로 결정했다. 친구는 중국에서 활동하는 어느 자본가의 아들로, 경제적으로 별 부족함이 없었지만 학교도 같았고 나이도 나이니만큼 생활하는 수준은 나와 별로 다르지 않았다. 그리고 나 또한 혼자서 으리으리한 여관을 찾을 만큼의 여유는 없었다.

내가 묵은 여관은 가마쿠라에서도 외곽에 자리하고 있었다. 당구를 치거나 아이스크림 하나라도 맛보려면 기나긴 밭고랑을 넘어가야 했다. 차로 가도 20전은 찻삯으로 지불해야 할 만큼 멀었다. 하지만 부자들의 별장이 여기저기 몇

채씩 세워져 있는 곳이었다. 그리고 바다와 아주 가까워서 해수욕을 즐기기에는 안성맞춤인 위치였다.

나는 매일 바다에 들어가기 위해 여관을 나섰다. 불에 그을리다 만 낡은 초가지붕들 사이를 빠져나와 바닷가로 내려오면 근처에 이렇게 많은 도시 사람들이 있었나 싶을 정도로 많은 피서객들이 모래사장 위를 돌아다니고 있었다. 바닷속이 공중 목욕탕처럼 북적이는 때도 있었다. 그 많은 사람 가운데 아는 사람이 한 명도 없었던 나는 이런 번잡스런 풍경에 둘러싸여 모래 위에 엎드려 있거나, 바닷물에 무릎까지 담그고 여기저기 뛰어다니며 나름대로 피서를 만끽했다.

나는 이런 혼잡 속에서 선생님을 발견했다. 그때 해안에는 찻집이 두 군데 있었다. 나는 별다른 이유 없이 그중 한 집을 택해 드나들었다. 하세長谷 해변에 커다란 별장이 있는 사람들과 달리 전용 탈의실이 없는 대부분의 피서객들에게는 반드시 공동 탈의실 역할을 할 곳이 필요했다. 사람들은 이곳에서 차를 마시고 쉬는 일 외에도 수영복을 세탁하거나 소금물에 젖은 몸을 닦거나 모자나 양산 같은 소지품을 맡겼다. 나는 수영복이 없었지만 소지품을 도난당할 염려는 있었기 때문에 바다에 들어갈 때마다 그 찻집에 들러 옷을 벗어놓았다.

2

내가 그 찻집에서 선생님을 본 것은 선생님이 마침 옷을 벗고 막 바다로 뛰어들려던 참이었다. 나는 그때 선생님과는 반대로 젖은 몸을 바람결에 말리면서 모래사장으로 올라오고 있었다. 선생님과 나 사이에는 시야를 가로막는 몇 개의 검은 머리들이 오락가락하고 있었다. 나는 선생님을 그대로 지나칠 수도 있었다. 그 정도로 바닷가는 혼잡했고 그만큼 내 머리는 열기로 혼미해져 있었다. 그럼에도 내가 선생님을 놓치지 않았던 것은 선생님이 웬 서양 사람과 함께 있었기 때문이다.

그 서양 남자의 부드러워 보이는 새하얀 피부색은 찻집으로 들어오는 순간 곧 나의 시선을 끌었다. 유카타〔목욕한 다음에 입는 무명 홑저고리〕를 입은 그는 그 옷을 탁자 위에 훌렁 벗어놓은 채 팔짱을 끼고 바다를 바라보며 서 있었다. 그는 아랫도리에 우리가 입는 하루마타〔팬티〕만 입고 그 외에는 아무것도 걸치지 않았다. 내 눈엔 그게 가장 이상해 보였다. 나는 이틀 전에 유이가하마由井ヶ浜 해변까지 가서 모래사장 위에 쭈그리고 앉아 서양 사람들이 바닷물에 들어가는 모습을 한동안 바라보았다. 내가 엉덩이를 붙이고 앉았던 곳은 약간 높이 솟은 언덕이었고 그 바로 옆이 호텔 뒷문이었기 때문에 내가 바라보고 있는 동안 많은 남자들

이 소금물을 뒤집어쓰고 나왔지만 아무도 배나 팔, 허벅지를 허옇게 내놓고 있지는 않았다. 더군다나 여자들은 몸뚱이를 천으로 감싸고 있었다. 대부분 머리에는 고무로 만든 모자를 쓰고 있어서 적갈색이나 감색, 남색 머리가 파도 사이로 동동 떠다녔다. 그런 모습들만 목격했던 내 눈에는 하루마타 하나만 걸치고 사람들 앞에 서 있는 이 서양 사람이 아무래도 신기해 보였던 것이다.

마침내 그는 자기 옆을 돌아보고 거기 앉아 있던 일본인에게 한두 마디 말을 걸었다. 그 일본인은 모래 위에 떨어진 손수건을 집어 들던 터였는데 그것을 줍자마자 곧 얼굴을 감싸고 바다 쪽으로 걸어나갔다. 그 사람이 바로 선생님이었다.

나란히 서서 해변으로 걸어 내려가는 두 사람의 뒷모습을 나는 단순한 호기심에서 지켜보고 있었다. 그다음 그들은 곧바로 파도 속으로 걸어 들어갔다. 그리고 얕은 바닷물에서 첨벙거리고 있는 많은 사람들을 헤치고 빠져나가 비교적 넓은 지점까지 가더니 두 사람 모두 본격적으로 수영을 시작했다. 그들은 사람들의 머리가 아주 작게 보이는 난바다까지 곧장 헤엄쳐 나아갔다. 그러고는 다시 일직선으로 헤엄쳐 해변으로 되돌아왔다. 두 사람은 찻집에 와서는 우물물에 씻지도 않고 곧장 수건으로 몸을 대충 닦고 옷을 주워 입고서는 어디론가 가버렸다.

그들이 나가버린 다음 나는 테이블 의자에 앉아 담배를 피워 물었다. 그러고는 멍하니 앉아 선생님의 모습을 떠올렸다. 아무래도 어디선가 본 적이 있는 얼굴 같아 궁금해 견딜 수가 없었다. 하지만 아무리 생각해봐도 언제 어디서 만난 사람인지 생각이 나지 않았다.

그 당시 나는 그런 쓸데없는 일에 싫증을 내기보다는 오히려 무료한 일상에 괴로워하고 있었다. 그래서 다음 날도 선생님과 만났던 시간에 맞춰 일부러 찻집에 나가보았다. 그랬더니 그날은 서양 사람은 오지 않고 선생님 혼자 밀짚모자를 쓰고 나타나셨다. 선생님은 안경을 벗어 탁자 위에 올려놓고 손수건으로 머리를 감싼 다음 해변으로 내려가셨다. 선생님이 어제와 마찬가지로 붐비는 인파 속을 뚫고 혼자 헤엄쳐 나가는 모습을 본 순간, 나는 갑자기 그 뒤를 쫓아가고 싶어졌다. 나는 얕은 물을 머리 위까지 튀기면서 상당한 깊이까지 갔다. 거기서부터는 선생님을 목표로 헤엄쳐 나갔다. 그러자 선생님은 어제와는 달리 활 모양으로 커브를 돌아 다른 지점에서 해변 쪽으로 돌아가기 시작했다. 그래서 선생님을 뒤쫓아 잡으려던 나의 시도는 수포로 돌아갔다. 내가 모래사장 위로 올라와 물방울이 뚝뚝 떨어지는 손을 털면서 찻집으로 들어서자 선생님은 이미 말쑥하게 옷을 갈아입고, 나와 엇갈리게 밖으로 나가셨다.

3

나는 다음 날도 같은 시각에 해변으로 나가 선생님의 얼굴을 보았다. 그다음 날도 같은 일을 반복했다. 하지만 말을 걸 기회도, 인사를 할 일도 우리 두 사람 사이에는 없었다. 게다가 선생님의 태도는 상당히 비사교적이었다. 일정한 시각에 초연히 나타나서 또 그렇게 사라졌다. 주위가 아무리 번잡스러워도 거기에는 전연 개의치 않는 모습이었다. 처음에 같이 왔던 서양 사람은 그 후로 모습을 볼 수 없었다. 선생님은 언제나 혼자였다.

그러던 어느 날 선생님이 늘 하시던 대로 바다에서 걸어나와 같은 장소에 벗어놓은 옷을 입으려는데 어쩌다 그랬는지 그 옷에 모래가 가득 붙어 있었다. 선생님은 모래를 털어내려고 뒤로 돌아 유카타를 두세 번 흔들었다. 그러자 옷 밑에 놓여 있던 안경이 탁자 틈으로 떨어졌다. 선생님은 흰 바탕에 잔무늬가 그려진 옷 위에 오비(기모노를 입을 때 허리에 묶는 띠)를 맨 다음에야 안경이 없어진 것을 눈치챘는지 주변 바닥을 내려다보며 두리번거리기 시작하셨다. 나는 곧 허리를 굽혀 머리와 손을 탁자 밑으로 집어넣고 안경을 주워 들었다. 선생님은 고맙다고 하며 내 손에서 안경을 받아드셨다.

다음 날 나는 선생님의 뒤를 따라 바다에 뛰어들었다. 그리고 선생님이 가는 방향으로 헤엄쳐 나아갔다. 200미터 정도 더 앞으로 나아가자 선생님은 뒤를 돌아보며 내게 말을 건네셨다. 드넓은 푸른 바다 위에 떠 있는 것은 나와 선생님 둘밖에 없었다. 고개를 들고 먼 곳을 보니 강렬한 태양빛이 수면과 산을 비추고 있었다. 나는 자유와 환희로 충만한 근육을 움직여 바닷속에서 춤을 췄다. 선생님은 손과 발의 움직임을 멈추고 하늘을 향해 물결 위에 드러누우셨다. 나도 흉내를 내어 똑같은 자세를 취해보았다. 파란 하늘은 두 눈을 향해 금빛을 내리쏘듯이 강렬한 빛을 얼굴로 쏟아부었다. "기분 좋네요" 하고 나는 크게 소리쳤다.

잠시 후에 바닷속에서 솟아 나오듯 하며 자세를 바꾼 선생님은 나를 돌아보며 "이제 돌아갈까요?"라고 하셨다. 비교적 강단 있던 나는 좀더 물속에서 놀고 싶었다. 하지만 선생님이 그렇게 말씀하셨을 때 곧바로 "네, 그러시죠" 하고 흔쾌히 대답했다. 그리고 둘이서 헤엄쳐 왔던 길을 따라 해변으로 곧장 돌아갔다.

나는 그날 이후부터 선생님과 친해졌다. 적어도 난 그렇게 생각했다. 그러나 선생님이 어디에 묵고 계신지는 그때까지 몰랐다. 그날로부터 이틀이 지나고 사흘째 되던 날 오후였던 것 같다. 선생님과 찻집에서 우연히 만났을 때 선생님은 불쑥 내게 "댁은 앞으로도 계속 이곳에 머물 생각이시오?" 하고 물으셨다. 아무 생각이 없었던 나는 느닷없는 이 질문에 대한 답을 머릿속에 갖고 있지 않았다. 그래서 그저 "글쎄, 어찌할지 잘 모르겠습니다" 하고 대답했다. 내 대답을 듣고 빙그레 웃으시는 선생님의 얼굴을 본 순간 나는 약간 머쓱해졌다. "선생님께서는요?" 하고 되묻지 않고서는 못 배길 것 같았다. 바로 이것이 내 입에서 나온 선생님이라는 단어의 시작이다. 나는 그날 밤 선생님이 묵고 계신 여관을 방문했다. 여관이라고는 해도 보통의 여관들과는 달리 넓은 절의 경내에 있는 별장 같은 건물이었다. 거기 살고 있는 사람들이 선생님의 가족이 아니라는 것도 알게 되었다. 내가 선생님, 선생님 하고 불렀기 때문에 선생님은 그때마다 계면쩍게 웃으셨다. 나는 그것이 연장자에 대한 내 말버릇이라고 변명 아닌 변명을 했다. 나는 얼마 전에 보았던 서양 사람에 대해서 여쭤보았다. 선생님은 그가 발길 닿는 대로 여행하는 사람인데 이젠 가마쿠라에 없다고 두루 얘기해주시면서 이야기 끝에 일본인과도 그다지 왕래가 없는데 그런 외국인과 가깝게 지내게 됐다는 게 참 이상한 일이라고 말씀하셨다. 나는 마지막으로 선생님에게 어디선가 선생님을 뵌 적이 있는 것 같은데 생각이 나질 않는다고 했다. 당시 아직 어렸던 나는 속으로 은근히 상대방도 나와 비슷한 느낌을 받지 않았을까 궁금했던 것이다. 그러고는 마음속으로 선생님의 대답을 나름대로 예상하고 있었다. 그런데 선생님은 잠시 아무 말 없이 계시다가 "아무래도 댁의 얼굴을 전에 봤던 기억이 없네요. 나를 다른 사람과 착각한 건 아니오?"라고 해 나는 그만 김이 새고 말았다.

4

나는 월말에 도쿄로 돌아왔다. 선생님은 나보다 훨씬 앞서서 피서지를 떠나셨다. 나는 선생님과 헤어질 때 "이제부터 가끔씩 댁으로 찾아뵈어도 되겠습니까?" 하고 물었다. 선생님은 "그러세요" 하고 짧게 대답하고 그 밖엔 아무 말도 덧붙이지 않았다. 그때 나는 선생님과 상당히 친숙해졌다고 생각했기 때문에 선생님한테 좀더 친근하고 자상한 말을 기대하고 여쭤봤던 것이다. 그래서 이 차가운 대답은 나를 약간 위축시켰다.

나는 이런 식으로 자주 선생님으로부터 반갑지 않은 거리감을 느꼈다. 선생님은 그 점을 눈치채고 있던 것도 같고, 전혀 눈치채지 못했던 것도 같다. 나는 그 후로도 자주 섭섭함을 느꼈지만 그런 이유로 선생님과 소원해질 생각은 전혀 없었다. 오히려 그와는 반대로 섭섭한 마음이 들려고 할 때마다 더 가까이 다가가고 싶었다. 더 다가가면 갈수록 내가 예상하는 어떤 것이 언젠가 눈앞에 모습을 드러내게 될 것이라고 생각했다. 나는 어렸다.

하지만 모든 인간에 대해 젊은 피가 이렇게 솔직하게 들끓을 것이라고는 생각하지 않았다. 나는 어째서 선생님에 대해서만은 이런 생각이 드는지 나 자신도 알 수 없었다. 그건 선생님이 돌아가신 지금에서야 비로소 깨닫게 되었다. 선생님은 처음부터 나를 싫어했던 것이 아니었다. 선생님이 때때로 나에게 보인 형식적인 인사나 냉담해 보이는 태도는 나를 멀리하려는 불쾌감의 표현이 아니었던 것이다. 그것은 자신에게 접근하려는 사람에게 본인은 가까이할 가치가 없는 사람이므로 더 이상 접근하지 말라고 보내는 무언의 경고였다. 인정에 이끌리지 않던 선생님은 다른 사람을 경멸하기 전에 우선 자신을 경멸했던 것 같다.

나는 물론 도쿄로 돌아오면서 선생님을 찾아뵐 생각을 하고 있었다. 수업이 시작되려면 아직 이주일이나 남아 있었기 때문에 그동안 한번 다녀오리라 생각했다. 그런데 돌아온 지 이삼일이 지나자 가마쿠라에서 있었던 일이 기억에서 점점 엷어져갔다. 게다가 형형색색으로 채색된 대도시의 공기가 피서지로 떠나기 전의 모습을 연상시키면서 내 마음속을 짙게 물들였다. 나는 도쿄의 분위기를 즐겼고, 이곳을 떠나면 곧 그리워했다. 그리고 오가며 마주치는 학생들의 얼굴을 볼 때마다 새로운 학년에 대한 희망과 긴장감을 느꼈다. 나는 잠시 동안 선생님에 대해 잊고 지냈다.

학기가 시작된 지 한 달 정도 지나자 나의 마음속에 일종의 관성이 생기기 시작했다. 나는 뭔가 하나 빠진 듯한 표정을 하고 거리를 걸어다녔다. 무언가를 찾아내려고 방 안을 헤매기도 했다. 왠지 허전했다. 내 머릿속에는 다시 선생님의 얼굴이 떠올랐다. 나는 선생님을 만나고 싶어졌다.

처음 선생님 댁을 방문했을 때 선생님은 댁에 계시지 않았다. 두 번째 찾아간 건 그다음 주 일요일이었다고 기억된다. 맑게 갠 하늘이 온몸을 휘감는 듯한 기분 좋은 날씨였다. 그날도 선생님은 댁에 계시지 않았다. 가마쿠라에서 선생님은 당신 입으로 직접 거의 매일같이 집에 있다고 말씀하셨다. 외출을 싫어한다는 말도 덧붙이면서 말이다. 그런데 두 번이나 찾아와서 두 번 다 허탕을 친 나는 선생님의 그 말씀을 떠올리고 괜히 어딘가에서 삐져나오는 불만을 느꼈다. 나는 그대로 돌아올 수 없었다. 하녀에게 선생님이 안 계시다는 말을 듣고도 선뜻 발걸음을 돌리지 못하고 현관 앞에 서 있었다. 얼마 전에 명함을 받았던 사실이 기억난 하녀는 나를 밖에 세워두고 다시 안으로 들어갔다. 조금 있다 사모님으로 보이는 부인이 대신 나왔다. 기품 있는 여인이었다.

그 부인은 선생님께서 지금 어디로 출타하셨는지 차분한 목소리로 말해주었다. 선생님은 매월 이 날짜가 되면 조시가야雜司ヶ谷 묘지에 있는 어느 묘소에 성묘하러 가는 습관이 있다고 했다. 부인은 "이제 막 나가셨으니 언제 돌아오

실 지 모르겠네요" 하고 내게 미안한 듯 말했다. 나는 부인에게 인사를 하고 밖으로 나왔다. 번화한 거리 쪽으로 한동안 걸어나가자 나는 이왕 나온 김에 산책이나 할 겸해서 조시가야에 가고 싶어졌다. 선생님을 만날 수 있을지 아니면 엇갈릴지 궁금하기도 했다. 그래서 곧 발길을 돌려 조시가야로 향했다.

5

나는 묘지 앞에 펼쳐진 논을 좌측으로 돌아서 양쪽으로 단풍나무가 서 있는 넓은 길 사이로 곧장 걸어 들어갔다. 그러자 그 끄트머리 즈음에 있는 찻집 안에서 선생님으로 보이는 사람이 걸어 나왔다. 그 사람의 안경테가 햇빛에 반사되는 것을 볼 수 있을 만큼 가까이 다가갔다. 나는 불쑥 "선생님" 하고 큰 소리로 불렀다. 선생님은 갑자기 걸음을 멈추고 내 얼굴을 쳐다보셨다.

"어떻게…… 어떻게……."

선생님은 같은 말을 반복하셨다. 그 말은 인적이 뜸한 한낮에 묘한 뉘앙스를 풍기며 울렸다. 즉시 뭐라고 대답할 말이 없었다.

"내 뒤를 따라온 겁니까? 어떻게……."

선생님의 태도는 오히려 침착했다. 음성은 더 낮게 깔렸다. 하지만 그 표정 속에는 확실히 뭐라고 할 수 없는 어두운 구름이 드리워져 있었다. 나는 내가 왜 여기 왔는지 선생님께 말씀드렸다.

"누구 묘에 참배하러 왔는지 아내가 이름을 말합디까?"

"아니요. 그런 건 전혀 말씀하지 않으셨습니다."

"아, 그래요? 그렇지 그런 건 말할 리가 없지요. 처음 만난 분께. 말할 필요가 없으니까."

선생님은 그제야 편안해진 모습이었다. 그러나 나는 그 의미를 알 수 없었다. 선생님과 나는 길가로 나가려고 봉묘 사이사이를 지나갔다. 이사벨라 누구의 묘, 신복神僕(남자 그리스도교 신도의 호칭으로 신의 종이란 의미) 로긴의 묘 옆에 일체중생실유불성一切衆生悉有佛性(생명이 있는 모든 것은 모두 부처가 되는 성질을 내면에 갖고 있다는 불교의 근본 정신)이라고 적은 조그만 사각형 탑이 세워져 있었다. 전권공사全權公使 누구누구라는 것도 있었다. 나는 안득렬安得烈(영어의 Andrew를 음차 표기한 것)이라고 새겨진 작은 묘 앞에서 "이건 뭐라고 읽지요?" 하고 선생님께 물었다. 선생님은 "앤드루라고 읽으라고 그렇게 적어놓은 것이겠지요" 하고 대답하시며 쓴웃음을 지으셨다.

선생님은 이 비석들이 만들어진 다양한 양식에 대해 나처럼 재밌고 아이러니하다고 받아들이는 것 같지 않았다.

내가 이것은 둥근 모양이라는 둥, 저것은 가늘고 긴 모양의 화강석이라는 둥 손가락으로 가리키고 떠드는 것을 처음에는 말없이 듣고 계시다가 마침내 "댁은 죽음에 대해 아직 심각하게 생각해본 적이 없군요" 하고 한마디하셨다. 나는 입을 다물었다. 선생님도 그 이상은 아무 말씀도 하지 않으셨다.

묘지의 경계선 즈음에 커다란 은행나무가 하늘을 가릴 듯이 우뚝 서 있었다. 그 아래까지 왔을 때 선생님은 높은 가지를 올려다보면서 "좀더 있으면 보기 좋을 겁니다. 이 나무가 완전히 노란색으로 변해 떨어지면 이 일대는 금빛 낙엽으로 뒤덮이게 되지요"라고 하셨다. 선생님은 매월 한 번씩은 꼭 이 나무 아래를 지났던 것이다.

맞은편에 울퉁불퉁한 지면을 고르게 다듬어서 새 묘지터를 만들고 있던 남자가 괭이질하던 손을 잠시 멈추고 우리를 바라보았다. 우리는 그곳에서 왼쪽으로 가로질러 곧 길가로 나왔다.

이제부터 어디로 갈지 특별한 목적지가 없던 나는 선생님이 가는 곳으로 발길을 옮겼다. 선생님은 어느 때보다 더 침묵으로 일관하셨다. 그래도 나는 별로 지루하단 느낌도 없이 뚜벅뚜벅 함께 걸어갔다.

"곧장 댁으로 가십니까?"

"네, 특별히 들를 곳도 없으니까요."

우리는 다시 아무 말 없이 남쪽으로 걸어 내려갔다.

"선생님 댁 선산이 저쪽에 있습니까?" 하고 나는 다시 입을 뗐다.

"아니요."

"어떤 분의 묘가 있습니까? 양친의 묘소인가요?"

"아니요."

선생님은 그 이상 아무 대답도 하지 않으셨다. 그래서 나도 이야기를 그 정도에서 그쳤다. 논길을 하나 지나온 다음에 선생님은 갑자기 지나쳐온 곳으로 되돌아가셨다.

"저쪽에는 내 친구의 묘가 있지요."

"친구분 묘에 매달 성묘하러 오시는군요."

"그래요."

선생님은 그날 이 대답을 끝으로 아무 말씀도 하지 않으셨다.

6

나는 그날 이후부터 가끔씩 선생님을 방문하게 됐다. 갈 때마다 선생님은 댁에 계셨다. 선생님과 만남이 잦아질수록 나는 더 자주 선생님 댁 문지방을 드나들었다.

하지만 선생님의 나에 대한 태도는 처음 인사한 날이나

친숙해진 이후나 별 차이가 없었다. 선생님은 언제나 조용했다. 어느 때는 너무 조용해서 나 혼자 있는 듯한 느낌마저 들 정도였다. 나는 처음 선생님을 뵈었을 때부터 왠지 가까이 다가가기 어려운 묘한 분위기가 있다고 생각했다. 그래서 어떻게 해서든 가까워져야겠다는 의지가 내 가슴속 어디선가 강하게 발동했다. 선생님을 상대로 이런 느낌을 가진 사람은 어쩌면 나 혼자일지도 모른다. 그러나 이 직감이 나중에 사실로 입증됐기 때문에 나는 다른 사람들이 유치하다고 하더라도, 바보 같다고 비웃더라도 그것을 미리 예견한 나의 직감에 대해서는 아무튼 믿음직스럽게 생각하고 있다. 인간을 사랑할 수 있는 사람, 사랑하지 않고서는 견딜 수 없는 사람, 그러면서도 자신의 품 안으로 들어오려는 것을 두 팔 벌려 껴안을 수 없는 사람이 선생님이었다.

이미 말한 대로 선생님은 언제나 조용했다. 침착했다. 하지만 때로는 얼굴에 알 수 없는 먹구름을 드리우는 때도 있었다. 새 한 마리가 날아와 창문에 까만 그림자를 드리우는 것처럼. 그러다가 어느새 눈 녹듯 사라져버리긴 했지만. 내가 처음으로 선생님의 미간에서 그 구름을 목격한 것은 조시가야의 묘지에서 갑자기 "선생님" 하고 불렀을 때였다. 나는 그 순간, 지금까지 순조롭게 뛰고 있던 심장의 고동이 멈추는 느낌을 받았다. 그러나 그것은 일시적인 현상에 지나지 않았다. 나의 심장은 5분도 지나지 않아 평소와 같은 탄

력을 되찾았으니까. 나는 그냥 그렇게 내가 목격한 어두운 그림자를 망각해버렸다. 뜻밖에도 그 경험을 떠올리게 된 것은 소춘(음력 10월)이 끝나가는 어느 밤의 일 때문이었다.

선생님과 이야기를 나누고 있던 나는 문득 예전에 선생님이 말씀하셨던 커다란 단풍나무를 눈앞에 떠올렸다. 곰곰이 생각해보니 매월 선생님이 정기적으로 성묘 가시는 날이 그날로부터 사흘 후였다. 사흘 후는 수업이 오전에 끝나는 홀가분한 날이었다. 나는 선생님께 이렇게 말했다.

"선생님, 조시가야에 있던 단풍나무 잎들은 다 졌을까요?"

"아직 그렇게 벌거숭이가 되진 않았을 거요."

선생님은 그렇게 대답하면서 내 얼굴을 바라보셨다. 그러고는 한동안 눈을 떼지 않으셨다. 나는 곧 말을 이었다.

"이번에 성묘 가실 때 제가 동행해도 될까요? 선생님과 함께 그 근방을 산책하고 싶습니다."

"나는 성묘하러 가는 거지, 산책하러 가는 게 아닙니다."

"그래도 가신 김에 산책도 하면 좋지 않을까요?"

선생님은 아무 대답도 하지 않으셨다. 그러더니 잠시 후에 "내가 그곳에 가는 목적은 성묘뿐이니까요"라고 말해 굳이 성묘와 산책을 구분하려는 듯이 보였다. 나와 동행하고 싶지 않다는 뜻인지 뭔지 직접 말씀하지 않으시니 확실히 알 수 없었지만, 그 당시 나는 선생님이 괜한 고집을 부린다고만 생각했다. 하지만 나는 한발 더 다가가고 싶었다.

"그럼 성묘만이라도 좋으니 함께 데려가주세요. 저도 성묘할 테니까요."

사실 그때 내게는 성묘와 산책을 구분하는 것이 아무 의미가 없었다. 내 말을 듣고 선생님은 눈썹을 약간 찡그리셨다. 눈에서는 이상한 광채가 났다. 그 빛은 귀찮다는 눈빛도, 싫다는 눈빛도, 두려워하는 눈빛도 아닌, 딱 잘라 표현할 수 없는 희미한 불안감이 깃들어 있는 눈빛이었다. 나는 순간 조시가야에서 "선생님" 하고 불렀을 때의 그 장면을 선명히 떠올렸다. 그때의 모습과 지금의 이 표정이 하나로 겹쳐졌다.

"나는" 하고 선생님이 입을 떼셨다. "나는 당신에게 말할 수 없는 어떤 이유가 있어서 다른 사람과 그곳에 성묘하러 같이 가고 싶지 않소. 내 아내도 아직 데려간 적이 없어요."

7

나는 참으로 묘한 일이라고 생각했다. 그러나 나는 선생님을 연구할 생각으로 그 댁에 드나들었던 것은 아니다. 나는 그저 버릇처럼 선생님을 찾아뵈었다. 지금 돌이켜 생각해보면 그때의 나의 태도는 내 생활 가운데(꾸준하고 성실했다는 점에서) 오히려 높이 살 만한 것이었다. 나는 전적으로 그러한 나의 태도 덕분에 선생님과 인간적인 따뜻한 교류가 가능했던 것이라고 생각한다. 만약 나의 호기심이 약간이라도 선생님의 심중을 관찰하려는 기색을 보였다면 두 사람 사이를 잇는 공감의 실은 그 즉시 끊어지고 말았을 것이다. 어렸던 나는 나의 그런 태도를 전혀 인식하고 있지 않았다. 그렇기 때문에 높이 살 만하다고 말할 수 있을지도 모르겠지만 만약 그때 내가 내 안에 눈을 떴다면 어떠한 일이 우리 두 사람 사이에 벌어졌을까. 나는 상상만 해도 소름이 끼친다. 그렇지 않아도 선생님은 차가운 눈으로 연구되는 것을 늘 경계하셨다.

나는 매월 두세 번씩 꼭 선생님 댁에 갔다. 내가 출입이 잦아지던 즈음의 어느 날 선생님이 갑자기 물으셨다.

"댁은 왜 이리 자주 나 같은 사람의 집에 찾아오는 겁니까?"

"왜라니요. 뭐 특별한 이유는 없습니다. 혹시 폐가 됐습니까?"

"폐라고 할 건 없습니다."

선생님에게서 나를 귀찮아하시는 기색은 찾아볼 수 없었다. 그리고 나는 선생님의 사교 범위가 아주 편협하다는 걸 알고 있었다. 그들은 선생님의 고향 동기생들로, 그 무렵 도쿄에 살고 있는 사람들은 두세 명에 불과했다. 선생님과 동향인 사람들과는 자리를 같이한 경우도 있었는데 그들 중 어느 한 사람에게서도 나만큼 선생님에게 친밀감을 느끼고 있다는 인상은 받지 못했다.

"나는 외로운 사람입니다" 하고 선생님은 말씀하셨다. "그래서 당신이 나를 찾아와 주는 게 기쁩니다. 그래서 왜 그렇게 자주 오느냐고 물은 겁니다."

"그건 또 무슨 말씀입니까?"

내가 이렇게 반문했을 때 선생님은 아무 대답도 하지 않으셨다. 다만 내 얼굴을 보시더니 "몇 살이오?" 하고 물으셨다.

이런 대화는 나에게 있어서 그 의미를 통 파악할 수 없는 것이었지만 나 또한 그때 선생님이 하신 질문에 낱낱이 답하지 않고 집으로 돌아왔다. 그러고 나서 그날로부터 나흘도 되지 않아 다시 선생님 댁을 찾았다. 선생님은 거실에 나오자마자 웃으셨다.

그러고는 "또 왔군요" 하고 말씀하셨다.

"네, 또 왔습니다" 하고 답하며 나도 웃었다.

만약 다른 사람으로부터 이런 말을 들었다면 분명히 화가 났을 터인데 선생님이 그렇게 말씀하셨을 때는 미소가 번졌다. 화가 나는 게 아니라 기분이 좋았다.

"나는 외로운 사람입니다"라고 선생님은 그날 밤 다시 한 번 이전에 하셨던 말씀을 반복하셨다. "나는 외로운 사람입니다만 때에 따라선 댁도 외로운 사람 아니오? 나는 외로워도 나이를 먹었으니 흔들리지 않고 견딜 수 있지만 젊은 당신은 다르지요. 움직일 수 있는 만큼 움직이고 싶을 거요. 움직이면서 무엇엔가 충돌해보고 싶을 거란 말이오."

"전 조금도 외롭지 않습니다."

"젊은 것만큼 외로운 것도 없지요. 그렇지 않다면 왜 당신은 그렇게 자주 날 찾아오는 겁니까?"

여기서도 이전에 했던 이야기가 다시 선생님의 입에서 반복되었다.

"나를 만나도 아마 당신의 어딘가에는 외로움이 남아 있을 거요. 나에게는 당신을 위해 그 외로움의 뿌리를 끄집어낼 만큼의 힘은 없으니까요. 당신은 이제부터 밖을 향해 팔을 벌려야 할 겁니다. 그때부턴 내 집 쪽으로는 발길을 돌리지 않게 되겠지요."

8

다행히도 선생님의 예언은 실현되지 않았다. 경험이 없었던 당시의 나는 이 예언 속에 포함되어 있던 명료한 의미조차 깨닫지 못했다. 나는 늘 하던 대로 선생님을 만나러 갔다. 그러는 동안 언제부턴가 선생님과 겸상도 하게 됐다.

그리고 자연스럽게 사모님과도 서로 이야기를 주고받게 되었다.

혈기왕성하고 평범한 남자인 나는 여자에 대해 그렇게 무관심하지 않았다. 하지만 지금까지 경험으로 봐서 연애다운 연애를 한 적은 없었다. 그게 원인인지는 모르겠지만 나는 오다가다 우연히 마주치는 낯선 여자들에게 끌렸다. 선생님의 부인한테서는 그전에 현관에서 만났을 때 기품 있는 여인이라는 인상을 받았고 그 뒤로 만나 뵈면서도 늘 그 인상은 사라지지 않았다. 하지만 그 외에는 사모님에 대해 딱히 이렇다고 말할 만한 것이 없었다.

이는 사모님께 별 특징이 없어서라기보다 특별한 점을 살필 기회가 없었기 때문이라고 해석하는 게 맞을 것 같다. 하지만 나는 언제나 사모님을 선생님에게 속한 한 부분을 대한다는 마음으로 대했다. 사모님도 당신의 남편을 찾아오는 제자를 대하는 마음으로 나를 맞이해주신 것 같다. 때문에 중간에 선생님이 빠지면 사모님과 나를 묶는 어떠한 연결고리도 없었다. 그래서 내겐 처음 사모님을 뵈었을 때 기품 있었던 인상 외에 다른 감정은 전혀 없었다.

어느 날 나는 선생님 댁에서 술을 대접받았다. 그때 사모님이 나오셔서 옆에 앉아 시중을 드셨다. 선생님은 평소보다 기분이 좋아 보였다. 사모님에게 “당신도 한잔하지” 하며 당신이 마시고 비운 잔을 권하셨다. 사모님은 처음에

"저는 됐어요" 하며 사양하신 다음에 못 이기는 척하며 잔을 받으셨다. 사모님은 가지런한 눈썹을 약간 찡그리고 내가 반잔 정도 따른 잔을 입술 가까이 가져가셨다. 사모님과 선생님 사이에 다음과 같은 대화가 오갔다.

"오늘 웬일이세요. 저한테 잔을 권한 적은 한 번도 없었잖아요."

"당신이 싫어하잖아. 그래도 가끔씩은 마셔도 되지. 기분이 좋아진다고."

"당치 않아요. 속만 괴롭던데. 그래도 당신은 꽤 즐거우신 모양이네요. 약주를 조금 하시면."

"때에 따라선 그렇지. 하지만 언제나 그런 건 아니야."

"오늘 밤은 어떠세요?"

"오늘은 기분 좋은데."

"이제부터 매일 밤 약주를 조금씩 하시면 되겠네요."

"그건 안 되지."

"드세요. 그러는 것이 외롭지 않고 좋으니까."

선생님 댁에는 선생님 내외분과 하녀 한 명만 살았다. 내가 그 댁을 방문할 때마다 대개는 아주 조용했다. 결코 크게 웃는 소리나 그런 비슷한 소리도 난 적이 없었다. 어느 때는 이 집에 있는 것이 선생님과 나뿐인가 하는 생각마저 들었다.

"아이가 있으면 좋을 텐데" 하고 사모님은 내 쪽을 돌아

보고 말씀하셨다. 나는 "그렇겠네요" 하고 대답했다. 하지만 내가 정말 그렇게 생각해서 사모님 말씀에 동의한 것은 아니었다. 내 아이를 가져본 적이 없었던 당시의 나는 아이들을 단지 귀찮고 시끄러운 존재로 생각했다.

"한 명 입양할까?" 하고 선생님이 말씀하셨다.

"입양하는 건, 좀 그렇잖아요. 당신도 참" 하고 사모님은 다시 한번 내 쪽으로 고개를 돌리며 대답하셨다. 그러자 선생님은 "아이는 죽을 때까지 생기지 않을 걸세" 하셨다.

이번에 사모님은 아무 말도 하지 않으셨다.

"왜요?" 하고 내가 대신 묻자 선생님은 "천벌이니까" 하고 소리 내어 웃으셨다.

9

내가 아는 한 선생님과 사모님은 금실 좋은 부부였다. 그들과 한 가족으로 산 것이 아니었으므로 깊은 속내까지는 물론 알 수 없었지만, 거실에서 나와 같이 앉아 계시던 선생님이 무슨 이야기 중에 하녀를 부르지 않고 사모님을 직접 부른 적이 있었다(사모님의 이름은 시즈였다). 선생님은 언제나 문지방 쪽을 돌아다보며 "여보, 시즈" 하고 부르셨다. 그렇게 부르는 것이 나에게는 참 다정하게 들렸다. 대답하며 들어오시는 사모님의 모습도 마치 어린아이 같았다. 가끔 선생님과 겸상을 하게 되어 사모님이 자리에 함께하시는 경우에는 두 분의 이런 관계가 더욱 생생하게 드러났다.

선생님은 때때로 사모님과 함께 음악회나 연극 구경을 가셨다. 그리고 내 기억으로는 부부동반으로 일주일 이내의 여행을 다녀오신 적도 두세 번 이상 있었다. 나는 두 분이 하코네箱根 여행 중에 보내주신 그림엽서를 아직도 간직하고 있다. 닛코日光에 가셨을 때는 빨갛게 물든 낙엽을 한 장 말려 편지와 함께 보내주셨다.

당시 내 눈에 비친 선생님과 사모님 사이는 일단 이런 것이었다. 그 가운데 특이했던 일을 하나 들면, 어느 날 내가 평상시와 마찬가지로 선생님 댁 현관에서 하녀의 안내를 받아 들어가려는데 거실 쪽에서 누군가 말하는 소리가 들렸다. 잘 들어보니 그건 그냥 이야기를 주고받는 소리가 아니라 다투는 소리 같았다. 선생님 댁은 현관 바로 다음이 거실이었기 때문에 현관 안쪽에 서 있던 내 귀에 그 이야기를 하는 말투만큼은 확실히 들렸던 것이다. 그리고 때때로 높아지는 언성으로 봐서 그중 한 사람은 선생님이라는 것을 알 수 있었다. 상대는 선생님보다 훨씬 낮은 목소리로 말했기 때문에 누군지 확실히 알 수 없었지만 사모님일 것이라는 느낌이 들었다. 울고 있는 것 같기도 했다. 나는 어찌할 바를 몰라 잠시 현관 입구에서 망설이며 서 있다가 그냥 집으로 돌아왔다.

묘한 불안감이 나를 감쌌다. 책을 읽어도 내용이 머릿속에 들어오지 않았다. 약 한 시간 정도 지나자 선생님께서 내 방 창문 밑에 와 나를 부르셨다. 깜짝 놀라 창문을 열었다. 선생님은 잠깐 산책이라도 하자고 하셨다. 시계를 꺼내 보니 벌써 8시가 넘은 시각이었다. 나는 아까 집을 나설 때 입었던 옷을 그대로 입고 있었다. 나는 밖으로 뛰어나갔다.

그날 밤 나는 선생님과 함께 맥주를 마셨다. 선생님은 원래 약주가 약한 분이셨다. 어느 정도 마셨는데 그래도 취하지 않으면 취할 때까지 마시자고 객기를 부리는 그런 유의 사람이 아니었다.

"오늘은 영 아니네" 하며 선생님은 일그러진 미소를 지으셨다.

"기분이 좀 풀리지 않으세요?" 하고 나는 염려스러워 여쭤보았다. 내 머릿속에는 조금 전 선생님 댁에서 있었던 일이 떠나질 않았다. 나는 목에 가시가 걸린 것처럼 답답했다. 속에서는 궁금한 얘기를 속시원히 여쭤보자는 생각과 모르는 척하는 것이 낫다는 생각이 서로 치고받으며 씨름 중이어서 결국 겉모습까지 안절부절못하게 만들었다.

"자네, 오늘 밤은 예전 같지 않구먼" 하고 선생님이 먼저 말을 꺼내셨다.

"사실 나도 오늘은 좀 이상하다네. 눈치챘는가?"

나는 어떤 대답도 할 수 없었다.

“좀 전에 아내와 좀 다투었네. 그래서 쓸데없이 신경이 날카로워진 모양이야” 하고 선생님이 말씀을 이으셨다.

“무슨 일로……?”

나는 다투다라는 말이 입에서 나오지 않았다.

“아내가 날 오해한 게 있어서. 그건 오해라고 설명해도 곧이듣질 않잖나. 결국 화를 내고 말았네.”

“어떻게 오해하셨는데요?”

선생님은 나의 이 질문에 대답을 피하셨다.

“내가 아내가 생각하고 있는 그런 사람이라면 이렇게 괴롭지는 않을 걸세.”

선생님이 얼마나 괴로워하고 계신지는 내겐 도통 가늠하기 어려운 문제였다.

10

집으로 돌아가는 길에 선생님과 나 사이의 침묵은 한 동네가 지나고 그다음 동네를 지나칠 때까지 이어졌다. 그러다가 선생님께서 갑자기 침묵을 깨고 입을 여셨다.

“내가 잘못했네. 화를 내고 나와서 아내가 많이 걱정하고 있을 거야. 생각해보면 여자들이란 참 가여운 존재야. 내 아내는 나 이외에 달리 기댈 곳도 없으니까 말이야."

선생님의 말씀은 순간 잠시 끊겼지만 내가 어떠한 답변을 생각할 겨를도 없이 다음 대목으로 이어졌다.

"그렇게 본다면 남편들은 언제나 강직하고 너그러워야 한다는 얘긴데, 조금 우습기는 하지만 이보게, 나는 자네 눈에 어떤 남편으로 보였나? 강한 사람으로 보이나 아니면 약한 사람으로 보이나?"

나는 "그 중간 정도로 보입니다" 하고 대답했다. 이런 나의 답변이 선생님에게는 약간 의외로 들렸던 모양이다. 선생님은 다시 입을 다물고 아무 말 없이 걷기 시작하셨다.

선생님 댁은 지금 지나온 방향에서 보면 내가 묵고 있는 하숙집을 지나쳐 가야 있었다. 나는 여기까지 와서 선생님만 혼자 더 걸어가시게 하는 것이 죄송스러웠다.

"가는 김에 선생님 댁 앞까지 함께 가죠."

내가 말했다. 선생님은 팔을 저으며 나를 가로막으셨다.

"이만 늦었으니 빨리 들어가게. 나도 바로 집으로 들어갈 테니까. 아내 때문에."

선생님이 마지막으로 덧붙인 '아내 때문에'란 말은 그때 묘하게도 나의 마음에 따뜻하게 와 닿았다. 나는 그 한마디 덕분에 집으로 돌아와 안심하고 잠자리에 들 수 있었다. 나는 그 후로도 오랫동안 '아내 때문에'란 말을 잊지 않고 마음속에 담아두었다.

선생님과 사모님 사이에 있었던 다툼이 그리 대단한 일이 아니었음은 이것으로도 알 수 있었다. 그리고 그 후로도 문지방이 닳도록 선생님 댁에 드나들었던 나는 그런 일이 그리 자주 일어나지 않는다는 것도 능히 짐작할 수 있었다. 그뿐만 아니라 선생님은 어느 날 이런 감상적인 말씀까지 내게 언뜻 흘리셨다.

"나는 이 세상에서 여자라는 존재를 단 한 사람밖에 몰라. 아내 외에 다른 여자는 나에게 여자로 받아들여지지 않거든. 아내도 나를 하늘 아래 단 하나뿐인 남자로 생각하지. 그리 보면 우리는 세상에서 가장 행복한 운명으로 태어난 한 쌍이어야 하겠지."

나는 지금 그 앞에 무슨 이야기를 하다가 이런 이야기가 나왔고 그 뒤엔 어떤 이야기로 흘러갔는지 기억나지 않는다. 또 선생님이 무엇 때문에 이런 고백을 내게 하셨는지도 확실히 말할 수 없다. 그러나 그 말씀을 하실 때의 진지한 태도와 선생님의 침착한 목소리는 아직도 생생하게 기억한다. 당시 내 귀에 특별한 울림을 남겼던 것은 "가장 행복한 운명으로 태어난 한 쌍이어야 하겠지"라는 마지막 말이었다. 선생님은 왜 행복한 사람들이라고 하지 않고 "이어야 하겠지"라고 하셨을까? 나에게는 그 부분이 풀리지 않는 수수께끼로 남아 있다. 선생님은 그 부분을 강조하시듯 힘주어 말씀하셨고, 그래서 나는 그 말에 집착하게 되었다.

선생님은 과연 행복하신 걸까? 아니면 행복해야 하는데 그만큼 행복하지는 않다는 의미일까? 나는 마음속에서 꼬리를 무는 의문을 끊어버릴 수 없었다. 하지만 그 의문은 얼마 후 가슴속 깊은 어딘가에 묻혀버렸다.

어느 날 내가 선생님 댁에 갔을 때 선생님이 계시지 않아 나는 사모님과 단둘이 대화를 나누게 되었다. 어떤 책에 관해서 선생님께 여쭤볼 것이 있어 미리 선생님께 말씀드리고 약속 시간인 9시에 방문했는데, 선생님은 그날 요코하마横浜에서 출항하는 배를 타고 외국으로 가는 친구분을 신바시新橋까지 배웅하러 나가시고 안 계셨다. 요코하마에서 승선할 사람은 아침 8시 반 기차로 신바시를 출발하는 것이 그 당시의 관행이었다. 선생님이 신바시까지 나가신 것은 전날 저녁에 작별인사를 하러 일부러 댁까지 찾아온 친구가 고마워서였다. 선생님은 곧 돌아올 테니 잠시 기다리게 하라고 사모님께 말씀을 남기고 나가셨다. 그래서 나는 거실에 앉아 선생님을 기다리며 사모님과 이야기를 나누게 된 것이다.

11

그 당시 나는 대학생이었다. 처음 선생님 댁에 찾아왔을 때보단 훨씬 어른이 된 기분이었다. 그리고 사모님과도 이미 충분히 얼굴을 익힌 후였다. 그래서 사모님과 단둘이 앉았다고 특별히 어색해하지는 않았다. 사모님과 난 마주 앉아 이런저런 이야기를 했다. 하지만 그때 나눈 이야기는 별로 특별할 것도 없는, 누구나 주고받는 그런 일상사였기 때문에 무슨 내용이었는지 기억나지 않는다. 하지만 그 가운데 아직도 또렷하게 떠오르는 대목이 있다. 그리고 여기서 잠깐 그 이야기를 하기 전에 먼저 밝혀두고 싶은 것이 있다.

선생님은 도쿄제국대학 출신이었다. 나는 이미 그 사실을 알고 있었다. 그러나 선생님이 아무 일도 하지 않고 그저 댁에서 세월만 보내고 있다는 것은 도쿄로 돌아오고 나서 얼마 후에야 알았다. 나는 그때부터 선생님이 왜 그냥 댁에만 계시는지 궁금했다.

선생님은 이 세상에 전혀 이름을 드러내지 않는 분이셨다. 그래서 선생님과 돈독한 관계를 갖고 있던 나 외에는 선생님의 학문이나 사상에 대해 경의를 표하는 사람이 없었다. 나는 그 점이 안타깝다고 말했다. 그러면 선생님은 "나 같은 사람이 세상에 나가 떠드는 건 참 미안한 일이지"라고만 하실 뿐 더 이상 말씀을 잇지 않으셨다. 나에게는 그것이 겸손을 넘어 오히려 세상사에 냉담한 태도로 보였다. 실제로 선생님은 가끔 사회적으로 저명인사가 된 옛 동창생 이름을 대며 사정없이 비판하시는 경우가 있었다. 그래서 나는 그러한 모순된 선생님의 태도에 대해 노골적으로 비난한 적이 있다. 그것은 반항심에서라기보다 세상이 선생님을 모른 채 그대로 굴러가는 것에 대한 안타까움 때문이었다. 그때 선생님은 침착한 어조로 “누가 뭐라 해도 나는 이 세상 밖으로 나가 활동할 자격이 없는 남자라 어쩔 수 없네”라고 말씀하셨다. 말씀하시는 동안 선생님의 얼굴에는 심각하고 무거운 그림자가 드리워졌다. 나는 그 표정이 나타내는 의미가 절망인지, 불만인지, 비애인지 알 수 없었지만 아무튼 다른 어떤 말도 소용없는 강한 어떤 것이었기 때문에 더 이상 아무 말도 하지 못했다.

내가 사모님과 이야기를 나누고 있는 동안 자연스럽게 화제는 선생님에 관한 것으로 옮겨갔다.

“선생님은 어째서 저렇게 댁에서만 책을 보신다든지, 공부를 하신다든지 하고 따로 직업을 갖지 않으시는 거죠?”

“그분은 그래요. 그런 일을 좋아하지 않으세요.”

“그 말씀은 직업을 갖고 돈을 버는 것을 하찮은 일이라 생각하신다는 말씀인가요?”

“글쎄요, 그런 건 잘 모르겠지만 아마 그런 의미는 아닐 거예요. 아무려면 무언가 하고픈 게 있으시겠죠. 그러면서도 하지 못하는 거지요. 저도 그게 늘 안됐어요.”

“선생님께서는 건강하시고, 어딘가 몸이 안 좋으신 데도 없잖아요.”

"건강하지요. 어떤 지병을 갖고 계신 건 아니에요."

"그런데 왜 활동할 수 없으신 거죠?"

"그게 이해가 안 돼요. 그 이유라도 알면 저도 이렇게 걱정하지는 않을 겁니다. 알 수 없으니 안타깝고 가슴이 아픈 거죠."

사모님의 목소리에는 남편의 태도에 대한 상당한 동정이 배어 있었다. 그러면서 입가에는 계속 잔잔한 미소를 띠고 계셨다. 누군가 제삼자가 이 광경을 보았다면 내가 오히려 큰 고민거리를 떠안고 있는 사람인 줄 알았을 것이다. 나는 심각한 얼굴로 말없이 앉아 있었다. 그러자 사모님이 갑자기 생각이 난 듯 입을 떼셨다.

"젊을 때는 저런 사람이 아니었어요. 전혀 다른 사람이었죠. 그게 완전히 변해버린 거예요."

"젊을 때라면 어느 정도 젊었을 때요?"

"학생 때 말이죠."

"학생 때부터 선생님과 알고 지내셨던 거예요?"

갑자기 사모님의 얼굴이 발그스레 물들었다.

12

사모님은 도쿄분이셨다. 그 점은 이미 선생님에게서도,

사모님 자신에게서도 들어 알고 있었다. 사모님은 "정식으로 말하면 아이노코(보통은 다른 인종 사이에서 태어난 사람을 말하는데 여기서는 도쿄 사람과 다른 지방 사람 사이에 태어난 사람이란 뜻으로 농담삼아 한 말)지요"라고 했다. 사모님의 부친은 돗토리鳥取인지 어딘지 하는 곳 출신인데 모친이 도쿄의 이치가야市ヶ谷에서 태어난 분이기 때문에 사모님은 농담 반으로 그렇게 말씀하셨던 것이다. 반면에 선생님은 멀찌감치 떨어진 니가타新潟 출신이셨다. 그러니 사모님이 선생님의 학창 시절을 알고 계신다면 같은 고향 출신이어서 그런 것은 확실히 아니었다. 하지만 내가 반문했을 때 얼굴을 발갛게 물들인 사모님의 태도는 그 이상 이야기하고 싶지 않다는 의미로 보였기 때문에 자세히 묻지 않았다.

선생님을 알고부터 선생님이 돌아가실 때까지 나는 여러 가지 화제로 선생님의 사상과 정서적인 면에 대해 이야기를 나누어보았지만 결혼 당시의 상황에 대해서는 거의 아무런 말씀도 들을 수 없었다. 나는 한때 그것을 좋게 해석하기도 했다. 나이 드신 선생님의 사생활이므로 어린 사람을 앞에 두고 젊었을 때의 일을 끄집어내 이야기하는 걸 꺼리시는 거라고 생각했다. 하지만 어떤 때는 선생님의 그런 태도를 안 좋게 받아들이기도 했다. 선생님뿐만 아니라 사모님도 나와 비교하면 한 세대 이전의 인습 속에서 자란 분들이기 때문에 그런 극히 사적이고 소소한 부분을 솔직히 털어놓을 용기가 없을 것이라고 생각했던 것이다. 하지만 이건 좋게 해석하든 나쁘게 해석하든 나의 추측일 뿐이었다. 그리고 나의 추측 속에는 두 분의 결혼 배경에 화려한 로맨스가 존재할 것이라는 가정이 깔려 있었다.

나의 가정은 과연 빗나가지 않았다. 하지만 나는 두 분 사랑의 한 단면만을 상상했을 뿐이다. 선생님은 아름다운 연애 뒤에 무시무시한 비극을 안고 계셨던 것이다. 그리고 그 비극이 선생님에게 있어서 얼마나 비참한 것이었는가는 배우자인 사모님조차 짐작하지 못했다. 사모님은 지금도 그 점에 대해서는 모르고 계신다. 선생님은 끝까지 그 점에 대해서 사모님에게 밝히지 않고 돌아가셨다. 선생님은 사모님의 행복을 깨기 전에 먼저 당신의 생명을 끊어버리셨다.

나는 지금 이 비극에 대해서 아무것도 말하지 않겠다. 그 비극 때문에 생겨났다고 할 수 있는 두 분의 사랑에 대해서는 이미 언급한 그대로다. 두 분 모두 나에게는 그 점에 대해서 거의 아무 말씀도 하지 않으셨다. 사모님은 못내 꺼려하셨기 때문에 그리고 선생님은 거스를 수 없는 어떤 이유 때문에.

단, 나의 기억에 남아 있는 한 가지 사건이 있다. 꽃들이 만개한 어느 날 나는 선생님과 함께 우에노上野 공원에 갔다. 그리고 그곳을 거닐고 있던 한 쌍의 남녀를 보았다. 그들은 정답게 바싹 달라붙어 꽃나무 밑을 걷고 있었다. 장소가 장소니만큼 꽃구경보다 그 남녀 쪽으로 시선을 보내는 사람들이 많았다.

“신혼부부인가 보네” 하고 선생님이 말씀하셨다. “사이가 좋네요” 하고 내가 받았다. 선생님은 가끔 보이시던 쓴웃음조차 짓지 않으셨다. 두 남녀가 시야에 들어오지 않는 방향으로 발길을 돌렸다. 그리고 내게 이렇게 말씀하셨다.

“자네는 사랑해본 적 있나?”

나는 없다고 대답했다.

“사랑해보고 싶지 않은가?”

나는 이 질문에 아무 대답도 하지 않았다.

“특별히 하지 않을 이유는 없지?”

“네.”

“자네는 지금 저 남녀를 보고 비웃었지. 그 비웃음 뒤에는 자네가 사랑하고자 하면서도 상대를 구하지 못한 불만이 섞여 있을 게야.”

“그렇게 보셨어요?”

“그랬네. 지금 사랑의 감정을 느끼고 있는 사람이라면 좀 더 따뜻한 눈길을 보냈을 텐데 말이야. 그런데, 그런데 말이네. 자네, 사랑은 죄악이야. 그거 아나?”

나는 흠칫 놀랐다. 아무 대답도 할 수 없었다.

13

선생님과 나는 인파 속에 있었다. 사람들은 모두 즐거워 보였다. 그곳을 빠져나와 꽃도 사람도 보이지 않는 숲으로 갈 때까지 같은 화제를 입에 올릴 기회는 없었다.

그때 나는 선생님께 "사랑이 왜 죄악입니까?" 하고 불쑥 여쭤보았다. "죄악이지. 확실히" 하고 대답한 선생님의 목소리는 조금 전과 마찬가지로 담담하고 흔들림 없었다.

"왜 그렇죠?"

"왜인지는 지금 알았네. 아니, 지금이 아니라 이미 알고 있었지. 자네 마음은 오래전부터 이미 사랑으로 일렁이고 있지 않나?"

나는 그 순간 나를 확인해보려 했다. 하지만 내 속에서는 아무 소리도 들리지 않았고, 아무것도 보이지 않았다. 빈 공간이었다.

"저는 선생님께 아무것도 숨기려는 게 없습니다만, 솔직히 지금 떠올릴 만한 아무 경험도 없습니다."

"아무것도 없으니 일렁이는 거야. 있다면 안정될 거라고 생각하니 일렁이는 것이지."

"지금은 그렇게 마음속이 일렁이고 있지는 않습니다."

"자네는 뭔가 부족함을 메우려고 내 집에 찾아오는 게 아닌가?"

"그건 그렇습니다만, 그건 사랑의 감정과는 다릅니다."

"사랑에 이르는 단계지. 이성을 안기 전 과정으로 먼저 동성인 나를 찾아오는 거야."

"저에게는 그 둘이 전혀 다른 성질의 것이라고 생각되는데요."

"아니, 같은 것이네. 나는 남성으로서 도저히 자네를 만족시킬 수 없는 인간이지. 그리고 어떤 특별한 사정이 있어서 더더욱 자네에게 만족을 줄 수 없네. 나는 사실 안타깝게 생각하고 있어. 자네가 내게서 다른 곳으로 옮겨가는 것은 피할 수 없는 일이야. 오히려 난 그러길 바라고 있다네. 하지만……."

나는 갑자기 슬퍼졌다.

"제가 선생님한테서 떠날 거라고 생각하신다면 저로서는 도리가 없습니다만, 제가 그렇게 생각할 만한 일은 아직 없었습니다."

선생님은 지금 내가 한 말을 귀담아듣지 않으셨다.

"하지만 조심하지 않으면 안 돼. 사랑은 죄악이니까. 내 집에 드나들면 만족을 얻지는 못해도 위험할 건 없지…… 자네 긴 머리카락에 휘감겼을 때의 기분을 아는가?"

나는 상상할 수는 있었지만 실제로는 어떤 느낌인지 알지 못했다. 선생님께서 말씀하신 죄악이라는 의미가 어떤 것인지 머릿속에 확실히 잡히지 않았다. 그리고 그때 나는 기분이 약간 상했다.

"선생님, 죄악이라는 의미를 좀더 확실히 말씀해주세요. 그러지 않으실 바에는 더 이상 이 문제를 거론하지 말아주세요. 제 자신이 죄악이라는 의미를 깨달을 때까지."

"내가 잘못했네. 나는 그저 자네에게 진실을 말해주려고 그랬던 것인데 자네 기분만 상하게 했군. 내 실수야."

선생님과 나는 박물관에서 우구이스다니鶯谷 쪽으로 조용히 걸어갔다. 갈라진 돌담 틈 사이로 넓은 정원 한쪽에 우거져 있는 얼룩조릿대(줄기가 늘 푸른 다년생식물로 홋카이도부터 규슈에 걸쳐 산지에 군생함. 관상용 또는 식용)가 우아하게 내비쳤다.

"자네는 내가 왜 매월 조시가야에 묻혀 있는 친구의 묘에 찾아가는지 알고 있나?"

선생님의 이 질문은 전혀 뜻밖의 것이었다. 더구나 선생님은 내가 이 질문에 대답하지 못할 것이라는 점도 잘 알고 계셨다. 나는 잠시 아무 말도 하지 않았다. 그러자 선생님은 비로소 알았다는 듯이 이렇게 말씀하셨다.

"내가 또 실수했나 보군. 사람 감정을 상하게 하는 일이 좋지 않다고 생각해서 설명을 하려고 하면 또 그 설명이 자네 기분을 상하게 몰아세우는 결과가 되네그려. 아무래도 안 되겠네. 이 얘기는 여기서 그만두지. 아무튼 사랑은 죄악이야. 알겠나. 그리고 신성한 것이고."

나는 점점 더 선생님의 말씀을 이해할 수 없었다. 선생님은 그 뒤로 사랑에 대해 입에 담지 않으셨다.

14

그다지 성숙하지 못했던 나는 오래지 않아 평소의 기분을 되찾았다. 적어도 선생님의 눈에는 그렇게 비친 것 같다. 내게는 학교에서 듣는 강의보다 선생님과 나누는 대화가 더 유익했다. 교수님의 의견보다 선생님의 사상이 내겐 길잡이가 되었다. 간단히 말하자면 교단에 서서 나를 지도해 주는 저명한 분들보다 혼자서 조용히 많은 것을 안에 담고 계시는 선생님이 더 고매해 보였다.

"너무 감정에 치우쳐 흥분하면 안 되네."

선생님은 말씀하셨다.

"제가 깨우친 결과로 그렇게 생각한다는 겁니다"라고 대답했을 때 나는 충분히 자신 있었다. 그 자신감을 선생님께서는 수긍하지 않으셨다.

"자네는 열기에 들떠 있네. 그 열이 식으면 곧 싫증이 나지. 지금 내 눈엔 자네가 그리 보여서 가슴이 아프네. 하지만 이제부터 자네에게 일어날 변화를 예상해보면 더 가슴이 아프지."

"저를 그렇게 가볍게 보십니까? 제가 못 미더우신 겁니까?”

“나는 그저 안타까울 따름이야.”

“안타깝지만 믿음이 가진 않는단 말씀이십니까?”

선생님은 그만 됐다는 듯이 정원 쪽을 바라보셨다. 얼마 전까지 정원에 강렬한 진홍색 빛을 점점이 수놓던 동백꽃은 이제 한 송이도 보이지 않았다. 거실에서 이 동백꽃을 물끄러미 내다보는 건 선생님의 버릇이었다.

“미덥잖다니, 특별히 자네를 못 믿겠다는 얘기가 아니네. 인간이란 존재를 믿지 않는 거지.”

그때 담 너머에서 붕어 장수가 지나가는 소리가 났다. 그 외에는 아무 소리도 들리지 않았다. 큰길에서 200미터 이상이나 들어와 있는 골목 안은 무척이나 조용했다. 집 안도 언제나 그랬듯이 고요했다. 나는 옆방에 사모님이 계신 걸 알고 있었다. 조용히 혼자서 바느질을 하거나 다른 일을 하고 계실 사모님 귀에 내 말소리가 들릴 것이라는 것도 알고 있었다. 그러나 나는 그것까지 완전히 잊고 있었다.

“그렇다면 선생님은 사모님도 믿지 못하십니까?”

선생님께 여쭸다. 선생님은 약간 불편한 기색을 보이시며 직접적인 대답을 회피하셨다.

“나는 내 자신도 믿지 않는다네. 자기 자신도 믿지 않으니 다른 사람을 믿지 못하는 것은 당연하지 않겠나. 스스로를 비난하는 것 외에 다른 길이 없지.”

"그렇게 말씀하시면 누구도 그렇지 않다고 부정할 수 없을 겁니다."

"아니, 말만 그리하는 게 아니야. 그렇게 살았어. 그러고 나선 나 자신에게 놀란 거야. 두려워진 거지."

나는 좀더 길게 이 이야기를 끌어가고 싶었다. 그런데 문지방 뒤에서 "여보, 여보" 하고 부르는 사모님의 목소리가 들렸다. 선생님은 두 번째 부르는 소리에 "왜 그래" 하고 대답하셨다. 사모님은 "잠깐만 저 좀 봐요" 하고 선생님을 다른 방으로 부르셨다. 그때 두 분 사이에 무슨 용건이 있었는지는 모른다. 그것을 상상할 틈도 없이 선생님은 곧 거실로 들어오셨다.

"아무튼 날 너무 믿지 말게. 곧 후회할 테니까. 그리고 자신이 기만당했다는 것에 대한 보복으로 끔찍한 복수를 하게 될 테니까."

"그건 무슨 말씀입니까?"

"과거에 그 사람 앞에 무릎 꿇었다는 기억이 이번엔 그 사람 머리 위에 발을 얹게 만드는 법이네. 나는 훗날 그런 모욕을 당하지 않기 위해 지금의 존경을 물리고 싶네. 나는 지금보다 더 지독한 외로움을 참기보다 차라리 외로운 지금의 상태로 버텨가고 싶네. 자유, 독립 그리고 나 자신으로 가득 찬 현대에 태어난 우리는 그 대가로 모두가 이 외로움을 맛봐야겠지."

나는 이런 생각을 신앙처럼 품고 계신 선생님에게 뭐라 말씀드려야 할지 몰랐다.

15

그날 이후로 나는 사모님의 얼굴을 뵐 적마다 신경이 쓰였다. 선생님은 사모님을 대할 때에도 언제나 이런 태도로 일관하시는 걸까. 만약 그렇다면 사모님은 그러한 상태에 만족하실 수 있는 걸까.

사모님의 모습을 뵈면 만족하시는 건지, 불만이 있으신 건지 어느 쪽으로도 판단할 수 없었다. 그것을 파악할 수 있을 정도로 사모님과 가까이 대면할 기회가 없었고 또 날 대할 때마다 사모님은 한결같이 침착한 모습이셨으니까. 또 하나 이유를 들자면 선생님이 계시는 자리가 아니고서는 나와 사모님 둘이 한자리에서 마주한 적이 없었기 때문이기도 했다.

내가 궁금한 점은 그 외에도 있었다. 선생님이 갖고 계신 인간에 대한 그와 같은 굳은 생각은 어디에서 생겨난 것일까. 냉철한 눈으로 스스로를 반성하고, 현 세태를 관찰한 결과일까. 선생님은 세상을 관조하는 분이셨다. 그렇다면 서재에 가만히 앉아서 머릿속으로 그런 생각을 만들어낸 걸까. 아무리 생각해도 단지 그것만은 아닐 것 같았다. 선생님의 그 굳은 생각은 살아 있는 유기체 같았다. 불로 달구었다가 차갑게 식힌 석조 가옥의 기둥과는 다른 것이다. 내 눈에 비친 선생님은 한 사람의 사상가였다. 그 사상기의 통합된 주의主義에는 강렬한 체험이 밑바탕에 깔려 있는 듯했다. 자신과는 다른 개체인 타인의 이야기가 아닌, 본인 스스로가 온몸으로 맛본 사실, 피가 끓고 맥박이 멈추어버릴 정도의 과거가 가슴속 깊은 곳에 간직되어 있는 듯했다.

그것은 나 혼자 속으로 추측한 것이 아니다. 선생님 스스로 이미 그렇다고 고백한 말이었다. 그 고백은 구름에 뒤덮인 산봉우리 같은 것이었지만 내 머리 위에 정체 모를 두려움을 덧씌웠다. 그러나 내가 느끼는 이 두려움이 무엇인지 나 자신도 알지 못했다.

선생님의 고백은 나에게 거칠게 다가왔다. 내 신경은 그 실체를 부여잡으려 곤두섰다.

나는 선생님이 갖고 계신 이러한 인생관의 기점에 아주 강렬한 연애 사건이 존재한다고 가정해보았다(물론 선생님과 사모님 사이에 있었던). 선생님께서 일전에 사랑은 죄악이라고 말씀하신 것을 반추해보면, 내가 이런 가정을 하는 데에 선생님의 그 한마디가 실마리를 제공했다고 할 수 있다. 하지만 분명히 선생님은 현재 사모님을 사랑한다고 말씀하셨다. 그렇다면 두 분의 사랑에서 그와 같은 염세적인 생각이 나올 이유가 없었다. "과거에 그 사람 앞에 무릎 꿇었다는 기억이 이번엔 그 사람 머리 위에 발을 얹게 만드는 법이네"라고 하신 말씀은 현재를 사는 불특정 다수에게 모두 해당되는 것이지 선생님과 사모님 사이에 일어난 일이라고 보이진 않았다.

조시가야에 있는 알 수 없는 사람의 묘—그 존재도 나의 기억 속을 부유하고 있었다. 나는 그것이 선생님과 깊은 연관이 있는 묘라는 걸 알고 있었다. 선생님의 주위에 더 가까이 다가갔으면서도 밀착될 수는 없었던 나는 선생님의 머릿속에 생명의 편린으로서 존재하는 그 묘를 나의 머릿속에도 받아들였다. 하지만 내게 있어서 그 묘는 완전히 죽어 있는 것이었다. 그래서 두 분 사이에 놓인 생명의 문을 열 수 있는 열쇠는 되지 못했다. 오히려 두 분 사이에 가로 놓여 자유로운 왕래를 차단하는 악마적인 존재처럼 여겨졌다.

그러던 어느 날 내게 사모님과 마주 앉아 이야기를 나눌 기회가 생겼다. 그날은 해가 짧아져가는 한가한 가을날로 누구나 느낄 수 있을 만큼 밖은 쌀쌀했다. 그즈음 선생님 댁 부근에서 도난 사건이 사흘 연속 일어났다. 사건은 모두 땅거미가 지는 초저녁에 발생했는데 값진 물건을 도난당한 집은 거의 없었지만 도둑이 든 집에서는 무엇인가 꼭 없어진 물건이 있었다. 사모님은 꽤 불안해하셨다. 그 와중에 선생님께서 밤에 외출하셔야 할 일이 생겼다. 지방 병원에 재직 중이셨던 선생님의 고향 친구분이 모처럼 상경하셔서 선생님은 다른 지인들 두세 명과 함께 시내 어디서 저녁식사를 하기로 하셨던 것이다. 선생님은 내게 사정을 말하고 당신이 돌아올 때까지 집을 좀 봐달라고 부탁하셨다. 나는 곧 선생님 댁으로 향했다.

16

내가 댁에 도착한 시간은 아직 해가 걸려 있는 초저녁이었는데 꼼꼼하신 선생님은 벌써 출발하고 안 계셨다. 현관에서 맞아주신 사모님은 "시간에 늦으면 안 된다고 그예 벌써 나가셨네요" 하며 나를 선생님의 서재로 안내해주셨다.

서재에는 테이블과 의자 외에 고운 양장 표지를 입은 꽤 많은 책들이 유리 전등 밑에 놓여 있었다. 사모님은 화로 앞에 깔린 담요 위에 앉으라 권하시며 "저쪽에 있는 책이라도 읽고 계세요" 하고 나가셨다. 주인 없는 방에서 주인을 기다리는 손님이 된 느낌이 들어 약간 거북했다. 나는 바른 자세로 앉아 담배를 피워 물었다. 사모님이 다실에서 하녀에게 뭐라고 말하는 소리가 들렸다. 서재는 다실의 툇마루를 마주보고 꺾인 코너에 있기 때문에 천장에서 내려다보면 거실에서도 한참 떨어진 조용한 자리에 위치하고 있었다.

사모님의 목소리가 잠깐 나다 멈추자 그다음엔 다시 조용해졌다. 나는 도둑놈을 기다리는 심정으로 숨죽이고 앉아 바깥 소리에 신경을 쓰고 있었다.

30분 정도가 지나자 사모님이 다시 서재에 얼굴을 내미셨다. 그러고는 낯선 손님처럼 점잔을 빼고 앉아 있던 나를 보시곤 재밌다는 표정을 지으셨다.

“그렇게 앉아 있으면 불편하시죠.”

“아니요, 불편하지 않습니다.”

“그래도 지루하잖아요.”

“언제 도둑놈이 들어올지 몰라 긴장하고 있기 때문에 지루한 줄 모르겠습니다.”

사모님은 찻잔을 든 채로 웃으면서 그대로 서 계셨다.

“이 방은 좀 후미진 자리라 보초를 서기엔 그다지 좋지 않네요” 하고 내가 말했다. “그럼 미안하지만 저쪽 가운데로 나오시겠어요? 지루하실 것 같아서 홍차 좀 내왔는데 다실이 괜찮으시면 그리로 가져가지요.”

나는 사모님의 뒤를 따라 서재를 나왔다. 다실에는 깨끗하게 닦인 긴 화로 위에 철주전자가 물 끓는 소리를 내고 있었다. 나는 다실에서 차와 과자를 대접받았다. 사모님은 잠이 안 올까 봐 그런다며 차를 들지 않으셨다.

“선생님은 가끔 그런 모임에 나가시나요?”

“아니요, 좀처럼 없으세요. 요즘에는 점점 더 사람들 만나는 걸 싫어하시는 것 같아요."

이렇게 말씀하시는 사모님의 표정에 그다지 걱정하는 기미가 보이지 않았기 때문에 나는 좀 편해졌다.

"그럼 사모님만 예왼가요?"

"아니요, 저도 선생님이 싫어하는 사람 가운데 하나지요."

"그건 아닙니다."

내가 잘라 말했다.

"사모님도 사실이 아닌 걸 아시면서 그렇게 말씀하시는 거죠?"

"왜 그런……."

"왜냐고 물으시면, 사모님이 좋으니까 세상 다른 것들이 싫어지신 겁니다."

"공부하시는 분이라 그런지 금세 둘러대기도 잘하시네요. 남편은 이 세상이 싫어져서 저까지도 싫다고 하지 않던가요?"

"그렇게 말씀하시기는 하셨습니다만, 이 경우엔 제 말이 맞습니다."

"말씨름은 하고 싶지 않아요. 남자분들은 툭하면 말씨름을 벌이죠. 우습게도 빈 잔을 가지고 끝도 없이 주거니 받거니 하는 것처럼."

사모님의 말씀에는 가시가 있었다. 그러나 어감은 여전히 상냥해 쏘는 듯한 느낌을 받지는 않았다. 자신에게도 생각이 있다는 것을 상대방에게 보여주고 거기서 달콤한 희열을 느낄 정도로 사모님은 현대적인 분이 아니셨다. 내 눈에 사모님은 깊은 곳에 묻혀 있는 마음을 소중히 여기는 분으로 보였다.

17

나는 그다음에도 사모님께 묻고 싶은 게 있었다. 하지만 사모님 눈에 짓궂게 말이나 자꾸 거는 사내로 비치면 곤란하니까 잠자코 있었다. 사모님은 빈 찻잔 속을 말없이 바라보고 있는 내 모습을 놓치지 않고 "한 잔 더 드시겠어요?" 하고 물으셨다. 나는 곧 찻잔을 사모님에게 건넸다. "몇 개요? 하나? 둘?" 각설탕을 집으며 사모님은 내 얼굴을 올려다보시고 찻잔 속에 설탕을 몇 개 넣겠냐고 색다른 말투로 물으셨다. 사모님의 그 태도는 나에게 교태를 부린다고 할 정도는 아니었지만 조금 전에 내게 던진 가시 돋친 말을 한 번에 불식시키려는 듯 애교가 넘쳤다.

나는 말없이 차를 마셨다. 다 마시고도 가만히 있었다.

사모님은 "말씀이 꽤 없으시네요" 하고 먼저 이야기를 꺼내셨다.

"뭐라고 얘기하면 또 말씨름하려고 그런다고 꾸중 들을

까 봐 그럽니다" 하고 내가 대답했다.

"아이고 저런."

사모님이 웃으셨다. 이렇게 해서 사모님과 나 사이에 다시 대화의 물꼬가 트였다. 그리고 우리 두 사람의 공통분모인 선생님을 화제로 이야기가 이어졌다.

"사모님, 조금 전에 하신 말씀을 좀더 해주시겠어요? 사모님께는 둘러댄 말로 들리셨을지 모르지만 저는 쓸데없이 지어낸 말이 아니거든요."

"그럼, 말씀해보세요."

"지금 당장 사모님이 이곳에 안 계시게 되면 선생님이 지금처럼 살아가실 수 있을까요?"

"그건 모르겠네요. 그런 건 선생님께 직접 여쭤봐야 되지 않겠어요? 제게 들을 답변이 아닌 것 같네요."

"사모님, 저는 지금 진심으로 여쭤보는 겁니다. 그렇게 피하지 말아주세요. 솔직하게 답해주세요."

"그래요. 솔직한 답이에요. 솔직히 저는 모르겠어요."

"그러면 사모님께서는 선생님을 사랑하고 계신 거죠? 이건 선생님께 여쭙기보단 사모님께 대답을 들어야 할 질문이니까 여쭙겠습니다."

"그런 문제는 저한테나 선생님한테나 묻지 않아도 아시는 거 아닌가요?"

"그렇게 심각하게 물을 것까지 없다, 당연한 말이다, 라는 말씀이십니까?"

"네, 그래요."

"사모님처럼 선생님께 충실한 사람이 갑자기 없어진다면 선생님은 어떻게 되실까요, 세상 무엇에도 흥미를 느끼지 않는 선생님은 사모님이 갑자기 없어지시면 어찌되실까요? 저는 궁금해요. 선생님의 생각이 아니라 선생님이 어떻게 되실 것 같냐고 사모님의 생각을 묻는 겁니다. 사모님이 보시기에 그리되면 선생님은 행복하실까요, 불행하실까요?"

"제 생각이 듣고 싶다면 말하지요. (선생님은 그렇게 생각하지 않을지도 모르지만) 제가 선생님 곁을 떠나면 선생님은 당연히 불행해지실 겁니다. 혹은 더 이상 살 수 없을지도 모르죠. 주제넘는 말일지도 모르지만 저는 지금 선생님을 인간으로서 최대한 행복하게 해드리고 있다고 믿어요. 그 어떤 사람도 저만큼 선생님을 행복하게 해드릴 수는 없다고 생각해요. 그렇기 때문에 이렇게 살고 있는 거예요."

"그 믿음을 선생님께서도 충분히 알고 계실 거라고 저는 생각하는데요."

"그건 모르죠."

"아직도 선생님이 사모님을 싫어하신다는 말씀인가요?"

"저는 선생님이 절 싫어하신다고는 생각하지 않아요. 싫어하실 이유가 없죠. 그러나 선생님은 이 세상을 싫어하잖아요. 아니, 세상이라기보다 요즘에는 인간들을 싫어하시죠. 저도 그 인간들 중에 한 사람인데 예외일 수 있겠어요?"

선생님이 당신을 싫어하신다고 말씀하신 사모님의 말뜻을 그제야 깨닫게 되었다.

18

나는 사모님의 이해심에 감동했다. 사모님의 태도는 옛날 일본 여자와는 사뭇 다르다는 새로운 인상을 받았다. 그러면서도 사모님은 그 당시 유행하기 시작했던 이른바 신조어 따위는 전혀 사용하지 않으셨다.

나는 여자와 깊은 교제를 해본 경험이 없는 어리숙한 청년이었다. 나는 이성에 대한 본능으로 여자를 하나의 동경의 대상으로서 상상하고 있었다. 하지만 그것은 스산한 겨울날, 봄하늘에 뜬 청명한 구름을 그리워하는 그런 심리와 같은 것으로 단지 막연한 상상에 지나지 않았다. 그래서 실제로 여자 앞에 나서면 감정이 갑자기 돌변하는 경우가 가끔 있었다. 나는 내 앞에 나타난 여자한테 마음이 끌리기보다는 오히려 갑자기 반발심이 생겼다. 그런데 사모님 앞에서는 그런 마음이 들지 않았다. 보통 남녀 사이에는 생각의 차이가 있게 마련이라는 선입견도 전혀 들지 않았다. 나는 사모님이 여자라는 것을 까맣게 잊고 있었다. 내 눈에 사모님은 선생님에 대한 비평가인 동시에 사상을 공감하는 사람으로 비쳐졌을 뿐이다.

“사모님, 일전에 제가 선생님께서는 왜 밖으로 나가서 활동하시지 않느냐고 여쭤봤을 때 사모님께서 이렇게 답하셨죠. 원래는 저러시지 않았다고요.”

“예, 그래요. 원래는 그런 분이 아니셨죠.”

“어떤 분이셨나요?”

“지금 학생이 바라는, 또 제가 바라는 그런 믿음직한 분이셨어요.”

“그랬던 분이 어떻게 갑자기 변하신 겁니까?”

“갑자기는 아니고 조금씩 저렇게 변하셨네요.”

“사모님은 그동안 늘 선생님과 함께 계셨죠?”

“그럼요. 부부인걸요.”

“그럼 선생님께서 저렇게 변하시게 된 원인을 잘 알고 계실 텐데요.”

“그러니 문제지요. 지금 학생이 그렇게 물어보니 더 가슴아프네요. 하지만 저도 도무지 그 이유를 모르겠어요. 제가 지금까지 남편에게 제발 털어놓고 말씀하시라고 얼마나 여러 번 부탁했는지 몰라요.”

“선생님께서 뭐라 그러시던가요?”

“아무 말씀도요. 아무것도 걱정할 것 없다고, 당신은 이런 사람이 됐기 때문에 그런다고만 하시고 다음부턴 상대도 해주지 않으시네요."

나는 잠자코 있었다. 사모님도 더 이상 말씀하지 않으셨다. 자기 방에 있는 하녀는 숨소리도 내지 않았다. 나는 이젠 도둑 따위는 안중에도 없었다.

그때 잠깐 동안의 침묵을 깨고 사모님이 "학생은 지금 저한테 책임이 있다고 생각하고 있지 않나요?" 하고 물으셨다.

"아니요."

"제발 숨김없이 말해주세요. 만약 다른 분 눈에 제가 그렇게 비친다면 그건 무엇보다 괴로운 일이니까요" 하고 사모님은 다시 말씀을 이으셨다.

"저는 남편을 위한 일이라면 무엇이라도 할 생각이에요."

"그 점은 선생님께서도 알고 계시니까 됐습니다. 안심하세요. 제가 보증합니다."

사모님은 말없이 화로 안에 쌓인 재를 휘저었다. 그리고 찬물을 철주전자에 따랐다. 주전자는 곧 피익 하고 식는 소릴 내고 잠잠해졌다.

"제가 언젠가 더 이상 참기 어려워서 남편에게 물어봤어요. 제게 잘못된 점이 있다면 망설이지 말고 말해달라고, 고칠 수 있는 거라면 고치겠다고요. 그때 남편은 제게 잘못된 점은 없다고, 잘못은 당신 쪽에 있을 뿐이라고 하셨어요. 그 말을 듣고 전 너무 가슴이 아파서 견딜 수가 없었어요.

잘못하는 부분이 있으면 이야기를 좀 해주었으면 좋겠는데……."

사모님의 두 눈에 눈물이 하나 가득 고였다.

19

사모님을 뵌 이래로 난 그날 처음 사모님과 마음을 터놓고 이야기를 주고받았다. 내가 그런 마음가짐으로 이야기를 하고 있던 차에 사모님의 태도가 차츰 달라져갔다. 사모님은 내 이성에 대고 말씀하신 게 아니라 내 심장을 향해 호소하셨다. 자신과 남편 사이에는 아무런 장벽도 없다, 또 없어야 한다, 그런데 분명히 뭔가 있다, 하지만 눈을 부릅뜨고 밝히려 하면 또 아무것도 잡히지 않는다. 사모님이 괴로워하는 것은 바로 이 점이었다.

사모님은 처음에 선생님의 세상 보는 눈이 염세적이니까 사모님 자신도 그런 시선에서 예외가 아닐 것이라고 말씀하셨다. 그렇게 말씀은 하셨지만 못내 그 사실에 체념하고 사실 수는 없었던 것이다. 혼자서 그 문제에 골몰하다 끝내는 앞뒤가 바뀐 것이라고 생각하게 되었다. 선생님이 사모님을 싫어해서 점차 세상을 보는 눈이 염세적이 되었다고 추측하게 된 것이다. 사모님 입장에서는 굳은 결심을 하고 끝까지 캐내서 그 추측이 사실로 밝혀진다고 해도 그대로 받아들일 수 없는 문제였다. 하지만 선생님은 언제나 좋은 남편으로 보였다. 친절하고 자상하셨다.

풀리지 않는 의혹을 하루하루 쌓인 정으로 감싸안고 가슴속 깊이 묻어둔 사모님은 그날 밤 그 한 맺힌 보따리를 내 앞에 풀어놓으셨다.

"학생은 어떻게 보세요?" 하고 물으셨다.

"선생님이 저리되신 것이 저 때문인가요? 그렇지 않으면 아까 말씀하신 것처럼 세상을 보는 관점 때문인가요? 숨김없이 말씀해주세요."

나는 아무것도 숨길 생각이 없었다. 하지만 내가 아직 모르는 어떤 사실이 존재한다면 지금 뭐라 대답하든 그것이 사모님을 만족시킬 수 없었다. 그리고 나는 어딘가에 내가 모르는 어떤 사실이 분명히 존재할 거라고 믿고 있었다.

"저는 모르겠습니다."

내가 대답하는 순간 사모님의 얼굴에 당황한 표정이 역력했다. 나는 곧 말을 이었다.

"하지만 선생님께서 사모님을 싫어하시는 것은 아니라는 점만은 제가 보증합니다. 저는 지금 제 생각이 아니라 선생님께 직접 들은 대로 말씀드리는 겁니다. 선생님께선 거짓말을 하는 분이 아니시잖아요."

사모님은 아무런 대답도 하지 않으셨다가 잠시 후에 말씀하셨다.

“실은 저한테 짐작 가는 부분이 있긴 한데요…….”

“선생님께서 저런 식으로 변하신 원인 말씀입니까?”

“네, 만약 그것이 원인이라면 제 책임은 아니니 그것만으로도 저는 훨씬 마음을 놓을 수 있겠는데요.”

“무슨 일입니까?”

사모님은 잠시 하던 말을 멈추고 자신의 무릎 위에 얹은 손을 바라보셨다.

“한번 잘 판단해보세요. 말할 테니까.”

“제가 내릴 수 있는 판단이라면 그렇게 하겠습니다.”

“전부는 밝힐 수 없어요. 전부 말해버리면 아마 꾸중하실 거예요. 선생님이 그다지 화내지 않을 부분까지만.”

나는 긴장하며 침을 꿀꺽 삼켰다.

“선생님이 대학에 다닐 때 아주 사이가 좋은 친구가 한 분 있었어요. 그분이 졸업을 코앞에 두고 갑자기 돌아가신 일이 있어요. 정말 갑작스럽게.”

사모님은 내 귀에 속삭이듯이 작은 목소리로 “사실은 변사變死하신 거예요” 하고 조심스럽게 말씀하셨다. 그것은 내 쪽에서 “어떻게요?”라고 되묻기를 바라는 듯한 말투였다.

“그 정도예요, 제가 말할 수 있는 건. 하지만 확실히 그 일이 있은 다음부터 선생님의 성격이 점차 변해갔어요. 왜 그분이 그렇게 죽었는지 전 모르겠어요. 아마 선생님도 마찬가지일 거예요. 하지만 그 사건 이후부터 선생님이 변해갔다고 보는 게 맞을 거예요."

"그분의 묘입니까? 조시가야에 있는 것이?"

"그것은 말씀드릴 수 없어요. 하지만 인간이 친한 친구를 한 사람 잃었다고 그렇게 변할 수 있는 건가요? 전 그 점이 정말 궁금해요. 그래서 지금 학생에게 그 점을 판단해달라고 말씀드리는 거예요."

내 머릿속에서 내린 판단은 그럴 수는 없다는 쪽으로 기울었다.

20

나는 선생님께 들은 얘기와 내가 느꼈던 점들을 토대로 사모님을 위로하려고 했다. 사모님 또한 내게 위로받고자 하는 듯했다. 그래서 사모님과 나 두 사람은 오랫동안 같은 화제를 두고 이야기를 나누었다. 하지만 나는 근본적인 핵심을 파악하지 못하고 있었다. 사모님의 불안도 근저에서 표류할 뿐 실체에 접근하지 못했기 때문이었다. 조금 전 말씀하신 사건에 대해서는 사모님도 많은 걸 알지 못했다. 그리고 알고 있는 내용을 전부 내게 밝힐 수도 없었다. 따라서 위로하는 나도, 위로받는 사모님도 똑같이 등대 없는 검은 바다 위를 부유할 수밖에 없었다. 그렇게 떠다니면서 사모님은 지푸라기라도 잡고자 하는 심정으로 미덥잖은 내 판단에 의지하려고 했다.

10시경이 되어 현관 발치에서 선생님의 발소리가 나자 사모님은 갑자기 지금까지의 일은 완전히 잊어버린 것처럼 앞에 앉아 있던 나에게 눈길조차 주지 않고 일어나셨다. 그리고 곧 문으로 향했기 때문에 문을 열고 들어오시는 선생님과 부딪칠 뻔했다. 나는 잠시 멍하니 앉았다가 사모님 뒤를 따라 일어났다. 하녀는 뒷방에서 잠들었는지 끝내 나와 보지 않았다.

선생님은 의외로 기분이 좋아 보였다. 사모님의 모습은 훨씬 더 즐거워 보였다. 방금 전까지 사모님의 아름다운 두 눈에 가득 고였던 눈물과 새까만 눈썹 사이에 새겨진 주름을 기억하고 있던 나는 한순간에 그렇게 달라지는 모습을 뚫어지게 바라보았다. 만약 그것이 일부러 꾸며낸 행동이었다면(사모님이 나와 대화할 때의 행동은 거짓이라고는 도저히 생각할 수 없었지만) 지금까지 내 마음을 흔든 사모님의 호소는 모처럼의 기회에 나를 상대로 신세한탄을 하려는 짓궂은 여자의 유희였다고 생각할 수밖에 없었다.

하지만 그때 나에게는 사모님을 그렇게 비판적으로 볼 생각은 전혀 없었다. 나는 사모님이 갑자기 활기를 찾은 듯이 행동해서 오히려 안심했다. 그래서 이 정도라면 그렇게 걱정할 필요도 없었다고 생각하기로 했다.

선생님은 웃으시면서 “아이고 수고했네. 도둑한테는 아무 소식 없었나?” 하고 나한테 물으셨다. 그러고는 바로 “기다리던 도둑이 오지 않아서 김이 새지는 않았나?” 하고 말씀하셨다.

내가 집으로 돌아갈 때 사모님은 “아유, 수고하셨어요” 하고 인사를 했다. 그런데 그 말투는 바쁜데 짬을 내어 와서 수고했다는 뉘앙스라기보다는 모처럼 큰맘 먹고 왔는데 도둑이 들지 않아 안됐다는 식의 농담처럼 들렸다.

사모님은 그렇게 말씀하시면서 조금 전에 내왔던 서양 과자를 종이에 싸서 내 손에 쥐여 주셨다. 나는 그것을 주머니에 넣고 늦가을의 쌀쌀함 속에 인적 드문 골목을 돌아 시끌벅적한 거리로 서둘러 나왔다.

나는 그날 밤에 선생님 댁에서 있었던 일을 기억 속에서 끄집어내 여기 자세히 적어둔다. 이것은 적어둘 필요가 있기 때문에 적는 것이지만, 사실 사모님에게 과자봉지를 선뜻 받아들고 돌아 나올 때는 이미 나도 그다지 심각하지 않았다.

나는 그다음 날 점심 식사를 하러 학교에서 집으로 돌아와 책상 위에 얹어둔 과자봉지에서 초콜릿이 덮인 갈색 카스테라를 꺼내 한입 베어 물었다. 그리고 이 과자를 내게 준 두 남녀는 분명히 행복한 한 쌍으로 이 세상에 존재하고 있다는 사실을 곱씹었다.

가을이 깊어가고 겨울의 문턱에 가까워질 때까지 별다른 일은 없었다. 나는 선생님 댁에 드나드는 길에 세탁이나 옷 수선 등을 사모님께 부탁드렸다. 그때까지 주반(일본 옷 안에 입는 속옷)이란 것을 입은 적이 없던 내가 셔츠에다가 검은 깃이 달린 상의를 덧입게 된 것은 이때부터다. 자식이 없는 사모님은 나의 그런 소소한 일을 돌봐주는 것이 일상의 지루함을 덜어줘서 오히려 보약이 된다고 말씀하셨다.

"이건 손으로 직접 짠 옷감이에요. 이렇게 질이 좋은 옷감은 지금까지 바느질해본 적이 없었죠. 그런데 눈이 호사하는 만큼 이런 천이 바느질하긴 어려워요. 바늘이 잘 들어가지 않거든요. 덕분에 바늘이 두 개나 부러졌지 뭐예요."

이런 얘길 할 때조차 사모님에게서는 딱히 귀찮아하는 기미를 전혀 찾아볼 수 없었다.

21

겨울이 됐을 때 나는 고향에 돌아가야 할 일이 생겼다. 어머니가 편지를 보내셨는데 아버지의 몸 상태가 좋지 않아 보인다, 지금 곧 어떻게 되시지는 않겠지만 연세가 있으시니 가능하면 짬을 내서 와주면 좋겠다는 내용이었다.

아버지는 오래전부터 신장병을 앓고 계셨다. 중년을 넘긴 사람들에게 종종 나타나는 것처럼 아버지의 병도 만성적인 것이었다. 그 대신 조심만 하면 갑자기 악화되는 건 아니라고 아버지 본인도, 다른 가족들도 모두 믿고 있었다. 그전까지 아버지는 요양을 잘해서 오늘날까지 이럭저럭 버텨 왔다고 병문안을 온 손님들에게 큰소리쳐오셨다. 어머니의 편지에 따르면 그런 아버지가 정원에 나와 무언가를 하다가 갑자기 현기증을 일으켜 쓰러지셨다는 것이다. 집안사람들은 처음에 가벼운 뇌출혈로 생각하고 곧바로 그에 따른 응급조처를 했는데 나중에 의사로부터 아무래도 단순한 졸도가 아니라 지병 때문에 일어난 결과일 것이라는 말을 듣고 비로소 졸도와 신장병을 연결해 생각하게 됐다고 한다.

학교가 방학을 하려면 아직 더 있어야 했다. 나는 학기를 끝내고 가도 별 지장이 없을 거라 생각하고 하루이틀 계속 학교에 나가고 있었다. 그랬더니 그사이에 아버지가 병상에 누워 계신 모습과 걱정하시는 어머니의 얼굴이 자꾸만 눈앞에 아른거렸다. 그리고 그럴 때마다 죄책감이 들어 나는 마침내 고향에 내려가기로 결심했다. 집에 여비를 보내달라고 하기도 그렇고, 또 돈이 올 때까지 기다리기도 그래서 작별 인사도 할 겸 선생님을 찾아뵙고 말씀드렸더니 선생님께서 필요한 만큼의 돈을 선뜻 내주셨다.

현관에서 나를 맞은 사모님은 선생님이 요즘 감기 기운이 좀 있으셔서 거실로 나오기가 어렵다며 나를 선생님 계신 서재로 안내하셨다. 안으로 들자 겨울이라 보기 힘든 부드러운 햇살이 창호지를 타고 들어와 탁자 위를 비추고 있었다. 선생님은 빛이 잘 드는 방 안에 커다란 화로를 두고 고토쿠(주전자 따위를 얹는 삼발이) 위에 걸어둔 놋대야에서 피어오르는 수증기를 쏘이며 숨을 고르고 계셨다.

"큰 병이라면 차라리 좋겠는데 시시한 감기 따위가 오히려 사람을 못쓰게 만들어" 하고 말씀하신 선생님은 얼굴을 찡그리고 웃으면서 내 얼굴을 쳐다보셨다. 선생님은 병다운 병을 앓은 적이 없는 분이셨다. 선생님의 말씀을 들은 나는 웃음이 났다.

"전 감기 정도라면 참을 수 있습니다만 그 이상의 질병은 딱 질색입니다. 선생님도 그러실 거예요. 시험 삼아 한번 앓아보시면 아실 겁니다."

"그런가, 난 병에 걸릴 바에야 아예 죽을병에 걸리는 게 낫다고 보는데."

나는 선생님의 이런 말씀에 별로 신경 쓰지 않았다. 곧바로 어머니께 받은 편지 이야기를 하고 돈을 좀 융통해주십사 부탁드렸다.

"그거 큰일이구먼. 그 정도면 내 갖고 있으니 가져다 쓰게."

선생님은 사모님을 시켜 필요한 돈을 갖다주라고 하셨다.

장롱인가, 찬장 서랍에서 돈을 꺼내 오신 사모님은 흰 종이 위에 가지런히 포개두고서는 "걱정되시겠네요" 하셨다.

"여러 번 쓰러지셨나요?"

"편지에 자세한 얘기는 없었습니다만…… 그렇게 자주 쓰러지는 거예요, 원래?"

"네."

사모님의 모친도 아버지와 같은 병환으로 돌아가셨다는 것을 나는 그때 처음 알게 되었다. 나는 "쉽지 않은 병인가요?" 하고 말했다.

"네, 그렇죠. 가능하면 제가 좀 가서 뵈면 좋겠는데…… 혹시 구토는 하세요?"

"글쎄요. 편지에 그런 말은 없어서. 뭐 그렇지는 않겠죠."

"구토 증세가 없으면 그래도 아직은 괜찮아요" 하고 사모님은 말씀하셨다.

나는 그날 밤 기차로 도쿄를 떠났다.

22

아버지의 병환은 생각했던 것만큼 나쁘지 않았다. 내가 도착했을 때는 자리에 일어나 앉아 "모두 걱정하니까 내가 참고 이리 버티고 있다. 일이 나려면 빨리 나는 게 좋은데 말이야" 하고 말씀하셨다. 그러나 그다음 날부터는 어머니가 말리시는 것도 듣지 않고 이부자리를 걷으라고 하셨다. 어머니는 하는 수 없이 요를 걷으시면서 "느이 아버지, 네가 내려와서 갑자기 기운이 나셨나 보다" 하고 말씀하셨다. 나는 아버지가 괜히 내 앞에서 허세를 부리시는 거라고는 생각하지 않았다.

형은 회사 일로 멀리 규슈九州에 가 있었다. 이것은 집안에 무슨 큰일이 생기는 경우가 아니면 자주 부모님을 찾아뵐 수 없다는 걸 의미한다. 여동생은 먼 지방으로 출가했다. 그러니 동생 역시 급한 일이 있다고 때맞춰 집으로 불러들일 수 없는 형편이었다. 3남매 중에 그나마 제일 빨리 연락할 수 있는 사람은 공부를 하고 있는 나다. 도쿄에서 공부하던 내가 어머니 편지 한 통으로 학과 공부를 팽개치고 방학도 하기 전에 달려왔다는 것이 아버지를 굉장히 뿌듯하게 만들었다.

"이 정도 병으로 학교까지 쉬고 달려오게 만들었구나그래. 느이 어머니가 괜한 법석을 떨어 그랬지."

아버지는 입으로는 이렇게 말씀하셨다. 이렇게 말씀만 하신 게 아니라 지금까지 깔고 계셨던 이부자리를 걷어치우라 하시고 멀쩡한 것처럼 행동하셨다.

"너무 가볍게 보고 그러다 다시 병이 도지면 큰일이에요."

내가 드린 말씀을 아버지는 그저 웃어넘기실 뿐 전혀 귀담아듣지 않으셨다.

"뭐, 괜찮아. 이렇게 예전처럼 조심조심하면 되지 뭐."

정말로 아버지는 다 나으신 것 같았다. 집 안을 마음대로 돌아다니시고 일부러 숨을 멈추지 않으시면 현기증도 느끼지 않으셨다. 단지 얼굴색만큼은 보통 사람들에 비해서 상당히 안 좋았는데 그건 어제오늘 일이 이니었기 때문에 우리는 그다지 신경 쓰지 않았다.

나는 선생님께 덕분에 잘 내려왔다고 감사의 편지를 써 보냈다. 정월에 도쿄로 올라가 찾아뵙겠다고 했다. 그리고 아버지의 병환은 생각보다 그리 나쁘지 않아서 당분간은 안심해도 되겠다고, 현기증도, 구토 증세도 안 보인다고 알려드렸다. 마지막으로 선생님의 감기 기운은 좀 어떠신지 간단히 안부를 여쭸다. 나는 선생님의 증상을 그저 며칠 앓다가 낫는 감기라고 생각했기 때문이다.

나는 선생님께 편지를 부치면서 답장은 기대도 하지 않았다. 편지를 보내고 나는 부모님과 마주 앉아 선생님에 대해 이야기하며 선생님의 서재를 머릿속에 떠올렸다.

"도쿄에 돌아갈 땐 표고버섯이라도 좀 가져다드리렴."

"네에, 근데 선생님께서 말린 표고버섯 같은 걸 좋아하실지 모르겠네요."

"별로 맛난 것은 아니지만 특별히 싫어하는 사람도 없지."

표고버섯과 선생님을 함께 떠올리자 왠지 이상했다.

선생님께 답장을 받았을 때 나는 잠시 얼떨떨했다. 그리고 특별한 내용이 없다는 걸 확인하고 다시 한번 의외라고 생각했다. 잠시 후에 나는 선생님이 다정다감하신 분이라 답장까지 손수 써 보내신 거라고 생각했다. 그렇게 생각하니 그 간단한 한 통의 편지가 내게는 큰 기쁨을 주었다. 더구나 그것은 내가 선생님으로부터 받은 첫 번째 편지였다. 여기서 밝히자면, 지금까지 글을 읽고 나와 선생님 사이에 가끔씩 서신이 오갔을 것이라 생각하기 쉽겠지만 사실 그런 일은 전혀 없었다. 나는 선생님 생전에 단 두 통의 편지를 받았을 뿐이다. 그중의 한 통이 바로 그 당시 내 앞에 있던 간단한 답장이고, 나머지 한 통은 선생님이 돌아가시기 전 내 앞으로 쓰신 장문의 편지다.

아버지는 병을 악화시키지 않으려면 되도록 운동을 삼가야 했기 때문에 잠자리에서 일어난 다음에도 거의 문밖 출입은 하지 않으셨다. 한번은 바깥 날씨가 아주 따뜻하고 맑은 오후에 정원에 내려간 일이 있었는데 그때는 만일을 대비해서 내가 지팡이처럼 아버지 옆에 꼭 붙어 있었다. 내가 걱정이 돼서 어깨를 바싹 갖다 붙이며 아버지께 팔을 얹으시라고 해도 아버지는 엷게 웃으실 뿐 그리하지 않으셨다.

23

나는 심심하신 아버지의 상대가 되어 자주 장기를 두었다. 두 사람 다 무뚝뚝한 성격이라 고타쓰(일본의 전통적인 난방기구로 이불 속에 넣는 화로)를 앞에 두고 마주 앉아서 장기판을 탁자 위에 올려놓고 말을 움직일 때마다 일부러 이불 속에 있던 손을 밖으로 빼곤 했다. 그러다 말이 탁자 밑으로 떨어져도 다음 승부수가 올 때까지 두 사람 모두 모른 척 잠자코 있었다. 곁에 계시던 어머니가 화로 속에 떨어져 있는 말을 발견하시고 부젓가락으로 집어 올리는 우스운 경우도 있었다.

“바둑판은 너무 높은 데다가 다리까지 붙어 있어서 고타쓰 위에서는 두기 어려운데 장기는 둘 만하네. 남정네들은 꼭 하나쯤은 갖고 있어야 돼. 자, 한 판 더 두자.”

아버지가 이겼을 때는 꼭 한 판 더 두자고 하신다. 그런데 이번에는 졌는데도 한 판 더 두자고 하셨다. 간단히 말해서 이기나 지나 상대와 마주 앉아 장기 두는 게 좋았던 것이다. 처음에 둘 때는 신기하기도 하고, 조용히 세상사에서 한발 물러앉아 즐기는 오락이 내게도 꽤 재밌었지만 며칠이 지나도록 계속 두고 있자니 사지 멀쩡한 나는 좀이 쑤셨다. 나는 가끔씩 장이나 차를 쥔 손을 머리 위로 뻗고 하품을 했다.

나는 도쿄에서의 일을 생각했다. 그 순간 심장에서 끓어오르는 피의 흐름 속에서 힘차게 울리는 고동 소리가 들렸다. 그러고는 신기하게도 그 고동 소리가 (몽롱한 의식 상태에서) 선생님의 중심으로 이끌려 가는 느낌이 들었다.

나는 마음속으로 아버지와 선생님을 비교해보았다. 두 분 모두 세상 사람들 눈에는 있는지 없는지 모를 만큼 눈에 띄지 않는 분들이었다. 요즘 세상 사람들의 가치 기준으로 점수를 매기면 두 분 모두 빵점이었다. 게다가 이렇게 장기 두기를 좋아하는 아버지는 단순한 놀이 상대로서도 내게는 영 모자랐다. 한편 시간이나 보내려고 왕래해왔던 것이 아닌 선생님은 반복되는 만남에서 생겨나는 친밀함 이상으로 언제부턴가 내가 사고思考하는 데에 크게 영향을 미치고 있었다. 잠깐, 단순히 사고라고 말하니 너무 딱딱한 느낌이 든다. 나의 가슴속이라고 바꿔 표현하고 싶다. 내 살 속에 선생님의 힘이 스며 있다고 해도, 내 핏속에 선생님의 생명력이 흐르고 있다고 해도 당시 나에게는 조금도 과장된 표현이 아니었다. 나는 아버지가 나와 피를 나눈 친아버지이고, 선생님은 두말할 것도 없이 완전한 타인이라는 명백한 사실을 새삼스레 떠올리고 비로소 큰 진리라도 발견한 듯이 신기해했다.

나도 지루해서 자꾸만 몸을 오므렸다 폈다 했지만, 아버지와 어머니도 오랜만에 만나 반가웠던 내가 점점 식상해졌을 것이다. 방학을 맞아 오래간만에 집에 간 적이 있는 사람은 누구나 비슷한 경험이 있을 텐데, 처음 일주일 동안은 더할 수 없이 극진한 대접을 받지만 어느 단계를 넘어 머무르는 기간이 길어지면 길어질수록 가족들이 보였던 환영의 열기가 식어 급기야는 있어도 그만 없어도 그만인 존재로 취급받게 된다. 나도 집에 머무르는 동안 그 단계를 넘겼다. 게다가 나는 오랜만에 집에 올 때마다 아버지나 어머니는 본 적도 들은 적도 없는 이상한 분위기를 풍겼다. 비유하자면, 대대로 유교인 집안에 기독교 신자 냄새를 풍기며 들어오는 것처럼 내게 묻어 있던 냄새는 우리 부모님과 전혀 조화를 이루지 못했다. 물론 그런 점에 대해 나는 입 밖에 내지 않았다. 하지만 이미 몸에 밴 것이기 때문에 굳이 숨기려 해도 알게 모르게 부모님 눈에는 거슬려 보였던 것이다. 마침내 이곳 생활이 지겨워졌다. 빨리 도쿄로 돌아가고 싶어졌다.

아버지의 병환은 그만그만하셨고, 악화될 기미는 조금도 보이지 않았다. 그래도 확실히 해두기 위해 멀리서 용하다는 의사를 불러서 진찰을 받아봤지만 내가 이미 파악했던 것 이외에 특별한 이상은 발견되지 않았다. 나는 겨울방학이 끝나기 조금 전에 도쿄로 올라가기로 했다. 내가 올라가겠다고 하자 사람의 심정이란 참으로 묘해서 두 분 모두 말리셨다. "벌써 가려고? 아직 이르잖니" 하고 어머니가 말했다. 아버지는 “아직 사오일 더 있다 가도 학교 갈 시간은 맞출 수 있잖냐”라고 하셨다.

나는 나름대로 고심 끝에 잡은 출발일을 미루지 않았다.

24

도쿄에 돌아오니 마쓰카자리(신년 대문에 장식하는 소나무)는 이미 다 걷어내고 없었다. 차가운 바람이 부는 거리 어딜 둘러봐도 딱히 정월 풍경은 눈에 띄지 않았다.

나는 곧장 선생님 댁에 돈을 갚으러 갔다. 어머니께서 들려주신 표고버섯도 가지고 갔다. 그냥 내밀기는 좀 그래서 어머니가 갖다드리라고 했다고 몇 마디 덧붙이며 사모님 앞에 놓았다. 표고버섯은 새 과자봉지에 담겨 있었다. 공손하게 고맙다고 말씀하신 사모님은 그 봉지를 집어 들어보시고는 너무 가벼운 것에 놀라셨는지 “어머, 이건 무슨 과자예요?” 하고 물으셨다. 사모님은 뜻밖의 일이 생기면 이렇게 지극히 아이 같은 모습을 그대로 드러내셨다.

두 분 모두 아버지의 병환에 대해서 염려하시며 이것저것 물어보셨다. 선생님은 이렇게 말씀하셨다.

“지금 대충 상태를 들어보니 금방 어떻게 되실 것 같지는 않지만 그래도 그게 쉬운 병이 아니니까 늘 신경 쓰지 않으면 안 되네."

선생님은 신장병에 대해서 내가 모르는 부분까지도 많은 걸 알고 계셨다.

"분명히 병이 있는데도 방심하게 되는 것이 그 병의 특징이지. 내가 알고 있던 어떤 사람은 결국 그 병으로 죽었는데 정말 거짓말같이 가버렸단 말이야. 옆자리에서 자고 있던 부인이 손을 쓸 겨를도 없을 정도였다니까. 한밤중에 답답하다며 부인을 깨웠는데 다음 날 아침에 그대로 숨을 거뒀다지 뭔가. 그 부인은 남편이 그러다가 그냥 잠이 든 줄 알았다고 하더라고."

그때까지 그다지 심각하게 걱정하지 않았던 나는 갑자기 불안해졌다.

"저희 아버지도 그렇게 되실까요? 그리되지 말란 법도 없겠죠?"

"의사는 뭐라던가?"

"완치되는 병은 아니지만 당분간 걱정할 건 없다고 했습니다."

"의사가 그리 진단했으면 괜찮겠지. 내가 지금 한 얘기는 너무 조심성 없이 지내던 사람 얘기고, 또 성격이 아주 괄괄한 군인이었거든."

이 말씀을 듣고 나는 약간 안심이 됐다. 나의 심리 변화를 가만히 지켜보시던 선생님은 이렇게 덧붙이셨다.

"하지만 인간이란 건강하든, 병을 앓든 어차피 약한 존재라네. 언제 무슨 일로 어떻게 죽을지 모르니까 말이야."

"선생님께서도 그런 일을 생각하고 계세요?"

"아무리 건강한 나라고 해도 언제까지나 이렇게 살 순 없는 거 아니겠나."

선생님의 입가에 엷은 주름이 잡혔다.

"어느 날 조용히 명을 마치는 사람들이 있잖나, 자연스럽게. 그리고 예상치 못한 순간에 죽는 사람도 있지. 인위적인 폭력으로."

"인위적인 폭력이란 게 뭡니까?"

"그게 뭔지는 나도 확실히 말할 수 없지만, 예를 들어 자살은 모두 인위적인 폭력 때문에 일어나지."

"그러면 살해 역시 인위적인 폭력 때문이라고 할 수 있겠네요."

"그것에 대해선 생각해본 적 없네만 그리 생각해도 맞겠지."

그날은 그런 대화를 끝으로 집에 돌아왔다. 집에 도착한 다음에도 아버지의 병환에 대해서는 크게 걱정되지 않았다. 선생님이 하신 자연스런 죽음이라든가, 인위적인 폭력에 의한 죽음이라든가 하는 말씀도 그 자리에서만 약간 다른 느낌을 주었을 뿐 그 이후까지 내 머릿속에 깊이 남아 있진 않았다. 나는 지금까지 몇 차례 시도해보았다가 나중으로 미뤄두었던 졸업 논문을 이제 본격적으로 써야 할 때가 왔다는 데 생각이 미쳤다.

25

그해 6월에 졸업할 예정이었던 나는 4월 한 달 동안 정해진 형식에 맞춰 논문을 완성해야만 했다. 하루, 이틀, 사흘…… 하루하루 남은 날짜를 손으로 헤아리던 나는 약간 자신이 없어졌다. 그도 그럴 것이 다른 학생들은 훨씬 전부터 자료를 수집하고, 노트 정리를 하느라고 눈코 뜰 새 없이 바빴는데 내게는 그때까지 손에 잡힌 게 하나도 없었다. 새해가 되면 한번 잘해보자는 결심만 하고 있었다. 그제야 나는 결심을 실행에 옮기기 시작했다. 하지만 곧장 무얼 써 내려갈 수는 없었다. 지금까지 정작 가장 중요한 부분은 손도 대지 않고 골격만 겨우 잡아놓았던 터라 그저 막막하기만 했다.

고민 끝에 나는 논문의 주제를 좁혔다. 그리고 오랫동안 다듬어진 사상들을 계통적으로 정리하는 데 드는 수고를 줄이기 위해 책 속에 언급된 소재들을 나열하고 그 뒤에 그럴싸한 결론을 덧붙이기로 했다.

내가 선택한 주제는 선생님의 전공과도 관련 있는 것이었다. 내가 일전에 주제 선택에 대해서 선생님께 의견을 여쭤봤을 때 선생님은 좋을 것 같다고 말씀하셨다.

마음이 영 초조했던 나는 곧 선생님 댁으로 가서 내가 읽어야 할 참고 서적에 관해 여쭈어보았다. 선생님께서는 당신이 알고 계시던 지식을 흔쾌히 말씀해주시고 또 필요한 책들을 두세 권 빌려주셨다. 그러나 선생님은 이 일에 털끝만큼도 나를 지도하는 입장에 서려 하지 않으셨다.

"요즘엔 별로 책을 읽지 않아서 새로운 사실들은 아는 게 없네. 학교 선생님께 묻는 게 나을 걸세."

선생님은 한때 굉장한 독서광이셨는데 후에는 어찌된 영문인지 그전만큼 책 읽는 데에 흥미를 보이지 않으신다고 하신 사모님 말씀을 나는 순간 떠올렸다.

나는 논문 얘기를 잠깐 접어두고 선생님께 은근히 여쭤보았다.

"요즘은 왜 예전만큼 책을 많이 읽지 않으세요?"

"딱히 왜라고 할 것까지는 없는데…… 어차피 아무리 책을 많이 읽는다고 해도 그렇게 훌륭한 사람이 될 수는 없다고 생각했기 때문이지. 그리고……."

"그리고 또 이유가 있나요?"

"또 있다고 할 정도의 이유는 아니지만 예전에는 말이야, 사람들과 만나 얘길 하다가 다른 사람의 질문에 내가 잘 몰라 대답을 못 하면 속으로 굉장히 수치스럽게 생각했는데, 요즘엔 모른다는 것이 그렇게 수치스럽게 생각되지 않기 때문에 굳이 책을 읽어서 답을 알아내려는 의욕이 생기지 않아. 뭐 간단히 말해서 늙었단 얘기지."

선생님은 평소보다 오히려 더 담담하게 말씀하셨다. 세상을 등진 사람 입에서 나올 법한 가시 돋친 말씀으로는 전혀 들리지 않았던 만큼 나는 더 이상 거기에 토를 달 생각이 없었다. 나는 선생님이 말씀하신 것처럼 선생님을 늙었다고도 생각하지 않았지만, 그 태도가 전적으로 존경할 만한 것이라고도 생각하지 않았다.

그다음부터 나는 논문에만 매달려 밤낮을 보냈다. 나는 1년 전에 졸업한 친구들에게 여러 상황을 전해 들었다. 그 가운데 어떤 사람은 마감일에 자동차까지 잡아타고 사무실로 뛰어들어가 겨우 시간에 맞췄다고 했다. 또 어떤 이는 마감 시간 5시를 15분 넘겨가지고 가서 내지 못할 뻔한 것을 담당 교수님의 호의로 겨우 접수시켰다고 했다. 나는 불안감으로 가슴이 옥죄어들었다. 눈을 뜨고 있는 동안은 책상 앞에 앉아 논문을 완성하는 데에 집중했다. 한편으로는 서고에 들어가 높은 책장 구석구석을 둘러보았다. 나는 귀족들이 동굴 속에서 값진 골동품을 파낼 때처럼 눈에 불을 켜고 책등에 쓰인 문자들을 찾아 헤맸다.

매화꽃이 피면서 차가운 바람은 점차 남쪽으로 방향을 바꾸며 잦아들었다. 그리고 또 며칠이 지나가자 여기저기서 벚꽃 이야기로 술렁대는 소리가 간간이 들리기 시작했다. 하지만 나는 짐수레를 끄는 말처럼 앞만 바라보고 논문 완성에만 매달렸다. 나는 4월 하순께가 되어 예정대로 논문을 완성할 때까지 선생님을 찾아뵙지 못했다.

26

내가 논문에서 해방된 것은 천엽벚나무 꽃잎이 모두 떨어진 가지 위로 초록빛 새순이 조그맣게 돋아나기 시작하는 초여름이었다. 나는 오랫동안 갇혀 있던 새장을 열어젖히고 날아오른 새처럼 너른 창공을 휘둘러보면서 시원스레 심호흡했다. 그러고는 곧장 선생님 댁으로 향했다. 얽히고설킨 새카만 탱자나무 가지 위에는 이제 막 움트기 시작한 싹이 앉았고, 석류나무의 마른 줄기에 매달린 윤기 나는 갈색 잎은 햇빛을 받아 한층 여리게 보였는데 이 모든 모습들이 길을 걷던 나의 시선을 잡아끌었다. 나는 태어나서 처음 그런 모습을 발견한 것처럼 신기함을 느꼈다.

선생님은 표정이 밝은 나를 보시며 "이제 논문은 다 끝냈나? 수고했네" 하고 말씀하셨다. 나는 "선생님 덕분에 겨우 완성했습니다. 이제 다 끝났어요" 하고 대답했다.

사실 그때 나는 해야 할 모든 일이 다 끝나서 이제부턴 마음껏 놀아도 된다고 생각했기 때문에 아주 홀가분한 기분이었다. 나는 완성한 내 논문에 대해 충분히 자신이 있었고 또 만족스러웠다. 나는 선생님 앞에서 그 내용에 대해 하나하나 말씀드렸다. 선생님은 언제나 그러셨듯이 "그래, 맞아" "그렇지" 하고 받아주셨지만 그 외에 자세한 평은 전혀 덧붙이지 않으셨다. 나는 섭섭하다기보단 뭔가 약간 허전한 느낌이 들었다. 나는 그날 그 정도로 끝내기엔 성이 차지 않았고, 오랜만에 찾아와 논문을 보여드렸는데도 평소와 다름없는 태도로만 일관하시는 선생님이 얄미워서 좀더 대화를 나누다가 기회가 되면 선생님을 좀 건드려보고 싶었다. 그리고 초록빛을 띠고 새 숨을 쉬기 시작한 자연 속을 선생님과 함께 걷고 싶었다.

"선생님, 산책하실래요? 날이 아주 좋은데요."

"어디로?"

어디라도 상관없었다. 그저 선생님과 함께 조용한 교외에 나가고 싶었다.

한 시간 후, 선생님과 나는 내 바람대로 시내를 빠져나와 시골도 아니고 그렇다고 도시도 아닌 한적한 장소에 도착해 발길 닿는 대로 걷기 시작했다. 나는 담 너머로 우거진 나뭇가지에서 부드러운 새순을 한 잎 따 입에 물고 피리를 불었다. 친구 중에 가고시마鹿兒島 출신인 녀석이 있어서 그 친구 흉내를 내다가 자연스럽게 익힌 풀잎피리를 나는 제법 잘 불었다.

내가 혼자 기분에 취해 계속 풀잎피리를 부는 동안 선생님은 무관심한 얼굴로 주위를 둘러보며 걸어가셨다.

우거진 새잎들로 뒤덮여서 봉긋하게 올라온 둔덕 위에 집 한 채가 보이고 그 옆으로 좁은 길이 쭉 나 있었다. 문기둥에 붙인 문패에 무슨무슨 원園이라고 적힌 걸로 봐서 그 집은 일반 가정집이 아니라는 것을 알 수 있었다. 선생님은 완만한 경사길 위에 있는 대문 입구를 보시고는 "들어가볼까?" 하셨다. 나는 "정원수 파는 집이군요" 하고 주위를 둘러보며 말했다.

나무들 사이를 휘휘 돌아 안쪽으로 걸어 올라가니 왼쪽에 집 건물이 나왔다. 문을 열고 안으로 들어갔더니 휑한 것이 사람 그림자도 보이지 않았다. 단지 현관문 앞에 놓인 커다란 어항 안에서 금붕어들만 이리저리 헤엄치고 있었다.

"조용하구먼, 아무 말도 없이 들어와도 되나?"

"뭐 상관없으니까 문이 열려 있겠죠."

두 사람은 좀더 안쪽으로 걸어 들어갔다. 하지만 그곳에도 인기척은 전혀 없었다.

불꽃이 일어나듯 철쭉꽃들이 흐드러지게 피어 있었다. 선생님은 그 꽃들 가운데서 주황색 키 큰 놈 하나를 가리키시며 "이건 기리시마霧島 철쭉이지" 하고 말씀하셨다.

한쪽 귀퉁이에 있는 열 평 남짓한 공간에 작약나무들이 서 있었는데 아직 때가 아닌지라 꽃을 피운 것은 한 그루도 없었다. 선생님은 작약나무들이 서 있는 밭 근처에 있던 낡은 평상 위에 큰대자로 누우셨다. 나도 그 모퉁이에 걸터앉아 담배를 피워 물었다. 선생님은 청명한 하늘을 바라보고 계셨다. 나는 주위를 둘러싼 어린잎들의 빛깔에 완전히 넋을 잃었다. 그 어린잎들을 하나하나 자세히 들여다보니 똑같은 빛깔은 하나도 없이 모두 달랐다. 한 그루의 단풍나무에서 뻗어 나온 가지라 해도 그 빛깔과 생김새가 가지각색이다.

가느다란 삼나무 묘목 꼭대기에 걸쳐둔 선생님의 모자가 바람에 날려 떨어졌다.

27

나는 곧 자리에서 일어나 모자를 집어 들었다. 모자 위에 붙은 흙을 손으로 털어내면서 선생님을 불렀다.

"선생님, 모자가 떨어졌네요."

"고맙네."

몸을 반 정도 일으켜 세우며 그것을 받아든 선생님은 완전히 앉은 것도 아니고 그렇다고 누운 것도 아닌 엉성한 자세를 한 채로 나에게 이런 질문을 하셨다.

"뜬금없는 말이네만, 자네 집에 재산은 넉넉히 있는가?"

"네에? 아, 저…… 넉넉하다고 할 만큼은 아니에요."

"어느 정도 되나? 묻긴 좀 뭐한 말이지만."

"선산과 전답이 좀 있습니다만, 현금은 거의 없을 거예요."

선생님이 우리 집 경제 사정에 대해서 물어보신 건 그때가 처음이었다. 나도 그렇게 선생님 댁을 드나들었지만 무슨 돈으로 생활을 꾸려가시는지 한 번도 여쭤본 적은 없었다. 선생님을 알게 된 다음부터 줄곧 선생님은 왜 직업을 갖지 않으시고 집에만 계신 건지 궁금했다. 그리고 그 궁금증은 내 머릿속을 떠나지 않았다. 그러나 그런 노골적인 질문은 대놓고 하기도 민망하고 특히 선생님 앞에선 예의가 아니라고 생각해 나는 결코 직접 입에 올리지 않았던 것이다. 나뭇잎 빛깔에 취한 눈을 잠시 쉬게 하려고 고개를 돌렸던 나의 마음속에서 다시금 그 궁금증이 고개를 들었다. 선생님께서 먼저 말씀을 꺼내셨으니 이것도 기회다 싶어 큰맘 먹고 "선생님은 어떠세요? 재산을 얼마나 갖고 계신 거예요?" 하고 여쭤보았다.

"내가 그렇게 부자로 보이나?"

선생님은 평소에 늘 소박한 복장을 하고 계셨다. 그리고 집 안에는 일손 거드는 사람도 몇 되지 않았다. 또 자택 자체도 그다지 넓은 편이 아니었다. 하지만 집안 사정을 속속들이 알지 못하는 내 눈에도 선생님 댁은 꽤 여유가 있어 보였다. 확실히 선생님의 생활은 사치스럽다고 할 것까지는 없지만 궁색하거나 쪼들리는 건 더더욱 아니었다.

"그렇지 않나요?"

내가 잠시 짬을 두고 대답했다.

"그야 먹고 살 만큼의 돈은 있지. 하지만 결코 부자는 아니야. 부자였다면 더 넓은 집을 짓고 살았겠지."

그렇게 말씀하시며 선생님은 일어나 평상 위에 양반다리를 하고 앉으셨는데 이 말을 마치고는 대나무 막대기 끝으로 땅 위에 동그라미 모양을 그리기 시작하셨다. 그러고 난 다음엔 포크로 고깃덩이를 찍듯이 그 가운데에다가 막대기를 90도로 곧추세우셨다.

"내가 이래 봬도 원래는 상당한 부자였는데 말이야."

선생님은 혼잣말을 하는 것처럼 고개도 들지 않고 작은 목소리로 말씀하셨다. 그 말씀에 별달리 대꾸할 말이 마땅히 생각나지 않던 나는 그냥 잠자코 있었다. "이래 봬도 원래는 부자였다고, 들었나 자네?" 하며 한 번 더 반복하신 선생님은 이번에는 내 얼굴을 쳐다보며 웃으셨다. 이번에도 나는 아무 대답도 하지 못했다. 이건 무슨 선문답도 아니고 무슨 말로 대꾸를 해야 좋을지 몰랐던 것이다. 그러자 선생님은 화제를 바꾸셨다.

"자네 아버님의 병환은 그 이후에 좀 어떠신가?"

나는 아버지의 상태에 대해 1월 이후에는 아무 소식도 듣지 못했다. 매달 집에서 부쳐주는 생활비와 함께 받아보던 간단한 편지는 언제나 아버지가 쓰셨는데 그 필적만 가지고서는 상황이 어떤지 거의 짐작할 수 없었다. 서체도 흐트러짐 없이 한결같았다. 병을 앓고 있는 사람의 필체로는 전혀 보이지 않았다.

"아무 말도 특별히 들은 건 없습니다만, 뭐 괜찮으시겠죠."

"별일 없으시면 다행이네만, 병은 병이니까."

"역시 두고 봐야 될까요? 하지만 당분간은 그만하신가 봐요. 특별한 말씀 없으셨어요."

"그런가."

나는 선생님이 우리 집 재산에 대해서 묻고, 우리 아버지의 병환에 대해 물으신 것을 평소 때와 같은 대화—생각나는 대로 별 의도 없이 하는 보통의 대화라고 생각했다. 그런데 선생님의 말씀 속에는 우리 두 사람을 묶는 커다란 의미가 담겨 있었다.

선생님의 과거에 대해 전혀 아는 바가 없었던 나는 물론 그 순간에는 그 의미를 눈치챌 수 없었다.

28

"자네 집에 재산이 좀 있다면 빨리 정리해서 챙겨둬야지, 그러지 않으면 낭패 보기 십상이라고 생각하네. 내가 참견

할 일은 아니네만, 자네 아버님 정신이 아직 온전하실 때 자네 몫을 잘 챙겨두는 게 어떤가. 일이 난 다음에 가장 골치 썩이는 것이 재산 문제니까 말이야."

"네에."

나는 선생님의 이런 말씀을 그다지 중요하게 받아들이지 않았다. 우리 집에는 그런 문제에 그렇게 신경 쓰는 사람이 아무도 없다고 나는 믿고 있었다. 게다가 지금 선생님이 언급하신 이 문제는 내가 지금까지 생각하던 선생님과 좀 동떨어진, 너무 실리적인 얘기라서 나는 내심 의외라고 생각했다. 하지만 그 자리에서 내가 뭐라고 대꾸하기에는 선생님께 갖는 나의 신뢰가 너무 깊었으므로 아무 말도 하지 않았다.

"자네 아버님이 돌아가실 거라고 미리 넘겨짚고 이런 말을 해서 자네 기분을 상하게 했다면 용서하게. 그러나 인간이란 모름지기 누구나 죽는 존재니까. 아무리 멀쩡해 보이는 사람도 언제 가게 될지는 모르는 거잖나."

선생님의 말투는 조금 전보다 훨씬 진중하게 가라앉았다.

"아니, 전혀 기분 상하지 않았습니다" 하고 나는 미안해하시는 선생님께 대답했다.

선생님은 다시 "자네 형제는 몇이나 되나?" 하고 물으셨다. 그러고 나서 선생님은 우리 가족들이 모두 몇 명인지, 친척들은 있는지, 숙부나 숙모는 어떤 분들인지 묻고 마지막으로 이렇게 말씀하셨다.

"모두 좋은 분들이신가?"

"딱히 나쁜 사람이라고 할 만한 사람은 없는 것 같은데요. 모두 시골 사람들이어서요."

"시골 사람은 왜 나쁘지 않나?"

나는 선생님이 이렇게 추궁하시는 데 진땀이 났다. 그러나 선생님은 내게 답변을 생각할 만한 여유도 주지 않고 말씀을 이으셨다.

"시골 사람은 도시 사람들보다 오히려 악하기 쉬운 법이야. 그리고 자네는 지금 자네 친척들 중에 특별히 나쁜 사람은 없는 것 같다고 했네만, 이 세상에 나쁜 사람이라고 따로 분류되는 인간이 있다고 생각하나? 세상에 나쁜 사람이라고 정해진 인간은 없네. 평소에는 모두 선량한 사람들이지. 적어도 그냥 보통 사람들이라고. 그러던 것이 한순간에 갑자기 나쁜 사람으로 변하니까 무서운 거지. 그러니 방심하면 안 된다는 말이네."

선생님 말씀은 여기서 끝날 기미가 보이지 않았다. 나는 이쯤에서 뭐라 한마디 대답하려 했다. 그런데 뒤에서 갑자기 개 짖는 소리가 났다. 선생님과 나는 놀라서 뒤를 돌아다보았다. 평상 모퉁이 뒤쪽으로 무성하게 심어져 있는 삼나무 묘목들 옆에 얼룩조릿대가 세 평 정도 되는 땅을 감추듯이 덮고 솟아 있었다. 개는 얼룩조릿대 위로 얼굴을 내밀고 맹렬히 짖어댔다. 거기에 열 살 정도 돼 보이는 어린아이가 달려와서 개를 야단쳤다. 아이는 배지가 달린 검은 모자를 눌러쓰고 선생님 앞에 달려와 인사를 했다. 그러고는 "아저씨, 들어오실 때 집에 아무도 없었나요?" 하고 물었다.

"아무도 없었다."

"누나랑 엄마가 부엌 쪽에 있었는데."

"그래? 그쪽에 있었나?"

"에이, 아저씨도…… 안녕하세요, 하고 한마디하고 들어오시면 좋았을걸 그랬네요."

선생님은 말없이 미소만 지으시곤 주머니에서 동전지갑을 꺼내 5전짜리 동전을 아이의 손에 쥐여 주셨다.

"어머니께 여기서 잠깐 쉬겠다고 전해주렴."

아이는 똘똘해 보이는 두 눈에 웃음을 담뿍 담고 고개를 끄덕였다.

"지금은 제가 대장 할 차례예요."

아이는 이렇게 말하고 철쭉꽃 사이를 헤치며 아랫길로 달려 내려갔다. 개도 꼬리를 동그랗게 말고 아이 뒤를 쫓아갔다. 잠시 동안 그 뒷모습을 보고 있자 같은 또래로 보이는 아이들 두세 명이 대장 뒤를 따라 달려 내려갔다.

29

선생님이 조금 전까지 하시던 말씀은 꼬마 대장과 개가 왔다 가는 바람에 끝까지 계속할 수 없어서 나는 결국 그 의미를 파악하지 못하고 말았다. 선생님께서 궁금하게 생각하셨던 재산 문제에 대해서는 그 당시 난 관심조차 없었다. 내 성격도 성격이거니와 당시 난 아직 학생 신분이었으니만큼 재산 분배나 돈 문제에는 신경 쓸 만한 여유가 없었던 것이다. 생각해보면 그건 내가 아직 세상 물정을 경험해보지 않았던 탓도 있고, 당장 먹고살 문제에 직면한 것은 아니었기 때문이기도 한데, 아무튼 아직 어렸던 내게는 왠지 돈에 관한 문제가 남의 일처럼만 여겨졌다.

선생님 말씀 중에 한 가지 좀더 자세히 듣고 싶었던 것이 있는데, 인간은 한순간에 누구나 나쁜 사람이 된다는 말씀의 의미가 바로 그것이다. 그다지 복잡할 것 없는 단순한 구절로 있는 그대로 받아들이면 그리 이해하지 못할 말도 아니었지만 나는 이 구절에 대해서 그 속뜻까지 자세히 듣고 싶었다.

개와 아이들이 지나간 다음엔 초록빛 넓은 정원이 다시 고요해졌다. 그리고 선생님과 나는 침묵의 늪에 빠진 사람들처럼 잠시 동안 미동도 없이 앉아 있었다. 곱디고운 하늘색이 점차 빛을 잃어갔다. 눈앞에 있는 나무들은 대부분 단풍나무들이었는데 가지 위에 날아와 얹히듯 앉아 있던 연둣빛 잎들이 점점 어둑어둑해졌다. 멀리 큰길가에서 짐수레를 끌고 가는 소리가 간간이 들렸다. 나는 그것을 마을 사람이 정원수를 싣고 불공이라도 드리러 가는 소리라고 상상했다. 선생님은 그 소리를 듣더니 갑자기 명상에서 깨어난 사람처럼 자리에서 벌떡 일어나셨다.

"이제 슬슬 돌아갈까. 해가 꽤 길어지긴 했지만 이렇게 쉬고 있는 동안에 어느새 날이 저물었어."

선생님의 잔등이에는 조금 전 평상 위에 드러누웠다가 붙은 검불들이 하나 가득했다. 나는 두 손으로 그것들을 털어냈다.

"고맙네. 송진이 달라붙진 않았나?"

"깨끗하게 떨어졌어요."

"이 하오리(기모노 상의)는 얼마 전에 아내가 새로 만들어준 거야. 더럽혀 가면 뭐라고 한마디 듣는다고. 고맙네."

우리는 다시 경사진 길 중턱에 있는 집 앞으로 갔다. 처음 들어올 때는 전혀 인기척이 없었는데 다시 가보니 주인 아주머니가 열댓 살쯤 되어 보이는 여자아이와 마주 앉아 물레에 실을 감고 있었다. 선생님과 나는 커다란 어항 옆에 서서 "이거 실례 많았습니다" 하고 인사를 했다. 아주머니는 "아이고, 아니에요" 하고 답례를 한 뒤 좀 전에 아이에게 준 동전에 대해 고맙다고 했다. 문을 열고 한 5, 6미터쯤 걸어 나왔을 때 나는 선생님께 여쭤보았다.

“조금 전에 선생님께서 인간은 누구나 한순간에 나쁜 사람이 된다고 말씀하셨잖아요. 그건 무슨 의미입니까?”

“의미라…… 별다른 의미는 없네. 지어낸 말이 아니라 사실을 있는 그대로 말한 거니까.”

“사실은 사실인데 말이에요, 제가 궁금한 건 ‘한순간’이란 말의 의미입니다. 도대체 어떤 경우를 말씀하신 거지요?”

선생님은 그냥 웃으셨다. 궁금했으면 그 자리에서 물을 일이지, 한참을 딴생각하다가 이제 와서 또 열을 내 설명할 기분은 아니라는 눈치였다. 그러더니 불쑥 “돈 말이네. 돈을 보면 제아무리 군자라도 곧 나쁜 사람이 되잖나” 하셨다.

조용히 계시다가 갑자기 던진 선생님의 이 답변이 내게는 너무도 평범한 말이어서 시시하기까지 했다. 선생님이 보시기에는 내가 그때그때 말귀를 잘 못 알아듣는 것 같았겠지만 내게도 선생님의 답변이 영 기대에 못 미쳤다. 나는 말없이 발걸음을 재촉해 앞으로 걸어나갔다. 그러다 보니 선생님은 약간 뒤처지셨다. 선생님은 뒤에서 “이보게, 이봐” 하고 부르셨다.

“그것 보게.”

“뭘 말씀입니까?”

“자네의 감정이 내 말 한마디에 금세 바뀌고 말지 않나.”

선생님이 가까이 오시길 기다리며 뒤돌아본 내 얼굴을

마주보시며 선생님은 이렇게 말씀하셨다.

30

그때 나는 속으로 선생님을 원망하고 있었다. 어깨를 나란히 하고 걷기 시작한 다음에도 앞만 보고 걷기만 했다. 궁금해 이야기를 더 듣고 싶은 것이 있어도 일부러 여쭤보지 않았다. 하지만 선생님은 그걸 눈치채셨는지, 못 채셨는지 내 태도 따위는 전혀 신경 쓰지 않는 눈치였다. 평소와 마찬가지로 담담하게 한 걸음, 한 걸음 앞으로 걸어가셨기 때문에 나는 혼자 속이 부글부글 끓었다. 뭔가 말을 붙여서 선생님의 감정을 한번 흔들어보고 싶어졌다.

"선생님."

"뭔가?"

"선생님은 조금 전에 약간 흥분하셨지요, 아까 평상 위에서 쉴 때 말이에요. 저는 예전에 선생님이 흥분하시는 모습을 뵌 적이 없습니다만 오늘은 참 다른 모습을 뵈었다는 생각이 드네요."

선생님은 아무 대답도 하지 않으셨다. 나는 그것이 내가 의도한 데에 따른 반응이라고 생각했다. 그렇지만 한편으론 때를 잘못 골랐나 하는 생각도 들긴 했다(선생님과 걷는 분위기가 너무나 싸늘했기 때문이다). 하나 이미 내뱉은 말이니 어쩔 수 없다고 단념하고 그다음부턴 그냥 잠자코 있기로 했다. 그때 갑자기 선생님이 길섶으로 내려가셨다. 그러고는 깨끗이 손질해놓은 울타리 밑에서 옷자락을 걷어붙이고 소변을 보시는 것이었다. 나는 선생님이 용변을 보는 동안 멍하니 서 있었다.

"여어, 이거 실례했네."

선생님은 이렇게 한마디하시고 다시 걷기 시작하셨다. 나는 그때 선생님의 뜻밖의 행동을 보고 선생님을 골탕 먹이거나 감정을 건드리겠다는 생각을 완전히 접기로 했다.

우리는 점점 사람들이 많아지는 길가로 나아갔다. 지금까지는 드문드문 눈에 띄었던 경사진 밭이나 평지가 자취를 감추고 그 대신 좌우로 죽 늘어선 집들만 보였다. 집들 사이사이 구석진 곳에 완두콩 덩굴이 대나무를 타고 올라간 모습이나 마당 복판에 망을 엮어 닭들을 가둬 키우는 모습이 평화롭고 정겨워 보였다. 시내에 나갔다가 돌아오는 사람들이 줄줄이 옆으로 스쳐 지나갔다. 이런 다양한 풍경들에 정신을 팔고 걷는 사이에 바로 전까지 가슴속에 뭉쳐 있던 문제들이 어디론가 날아가버렸다.

선생님이 갑자기 그 문제를 다시 언급하시기 전까지 나는 사실 깨끗이 잊고 있었다.

"내가 아까 그렇게 흥분한 것처럼 보였나?"

"그렇게까진 아닙니다만, 약간……."

"아니 그렇게 보였대도 상관없네. 사실 나도 흥분하기도 하는 사람이니까. 재산에 관한 말이 나오면 꼭 흥분하곤 하지. 자네 눈엔 어찌 보였는지 모르겠지만 이래 봬도 난 꽤 집념이 강한 남자라네. 다른 사람에게 모욕을 당하거나 사기를 당하면 10년이 지나도, 20년이 지나도 잊지 않는다고."

선생님의 말투는 조금 전보다 한층 격앙되어 있었다. 그러나 내가 놀란 것은 결코 그 말투가 아니었다. 말씀의 내용 그 자체였다. 선생님한테 이런 고백을 듣는 것은 오랫동안 대화를 나눠왔던 나로서도 전혀 뜻밖이었다. 나는 선생님의 인품에 지금 말씀하신 그런 집착하는 면이 있다고는 상상한 적도 없다. 나는 오히려 선생님을 상당히 부드러운 심성을 가진 분이라 생각해왔다. 조용히 속세와 떨어진 곳에서 세상을 관조하시는 그 모습이 내 동경의 근원이었던 것이다. 순간적인 감정으로 선생님께 못된 말을 건 나는 이런 예상치 못한 선생님의 고백에 고개를 들지 못하고 서 있었다. 선생님은 이렇게 말씀하셨다.

"나는 과거에 다른 사람에게 기만당한 적이 있네. 그것도 피가 섞인 내 친척한테 말이야. 나는 절대 그 일을 잊을 수 없네. 내 아버지 앞에서는 그렇게 선량한 사람처럼 굴던 그들이 아버지가 돌아가시자마자 그렇게 파렴치하게 변해버린 거야. 어렸을 때 그들에게 당한 모욕과 기만을 난 이 나이가 될 때까지도 생생히 기억하고 있네. 아마 죽을 때까지 그 한을 품고 갈 거야. 하지만 난 그들에게 복수하지 않았네. 아니, 생각해보면 나는 한 개인에 대한 복수 이상의 일을 지금 하고 있다고 봐야지. 나는 그들을 증오하는 데에 그치지 않고 그들로 대변되는 인간이란 존재를 증오하는 법을 익혔네. 나는 이게 내 식대로의 복수라고 생각하네."

나는 선생님의 아픈 과거에 대한 어떤 위로의 말 한마디조차 꺼낼 수 없었다.

31

그날의 대화도 더 이상의 진전 없이 거기서 끝나고 말았다. 나는 선생님의 태도에 위축되어 감히 무얼 여쭤보거나 대답할 생각도 하지 못했던 것이다.

선생님과 나는 시 외곽에서 전차를 탔는데 차 안에서는 두 사람 사이에 아무 말도 오가지 않았다. 전차에서 내리자 곧 각자의 집 방향으로 갈라져야 했다. 헤어질 때 선생님의 모습은 조금 전까지의 모습과는 사뭇 달랐다. 그리고 평소보다는 약간 가벼운 말투로 "지금부터 6월까지는 아주 홀가분하게 보내겠네. 어쩌면 일생 중에 가장 좋은 기간일지도 몰라. 마음껏 즐기게나" 하고 말씀하셨다. 나는 웃으면서 모자를 벗어 들었다. 순간 나는 선생님의 얼굴을 바라보며 선생님은 과연 마음속 어딘가에서 사람들을 증오하고 계신 걸까, 자문해보았다. 선생님의 눈매, 선생님의 입가에서는 전혀 그런 염세적인 그림자를 찾아볼 수 없었기 때문이다.

나는 선생님으로부터 사상적으로 커다란 도움을 받았다는 점을 밝힌다. 그러나 같은 분야에서 도움을 받으려 해도 받을 수 없었던 경우도 있었다는 걸 짚고 넘어가야겠다. 선생님의 말씀 가운데에는 때때로 의미를 제대로 파악하지 못한 채 혼자서 고민해야 하는 것이 있었다. 교외로 산책을 나갔던 날 하신 말씀도 그중 하나로 정리되지 않은 채 내 마음속에 남아 있다.

궁금한 걸 못 참는 성격이었던 나는 결국 어느 날 선생님께 그런 내 마음을 털어놓았다. 내 생각을 있는 그대로 말씀드렸다.

"머리가 둔해서 잘 못 알아듣는 것은 잘못이 아닙니다. 알고 있으면서 확실히 말하지 않는 것이 문제지요."

"난 아무것도 숨기는 게 없네."

"숨기고 계십니다."

"자네는 나의 사상과 내 과거를 혼동하고 있는 게 아닌가? 나는 보잘것없는 사상가이긴 하지만 나름대로 연구하고 깨달은 사상을 의도적으로 남에게 숨기거나 하진 않는

다네. 숨길 필요도 없고. 하지만 내 과거에 대해서라면 그건 사정이 다르지."

"사정이 다르다고 생각하지 않습니다. 선생님의 과거를 밑거름으로 탄생한 사상이니까요. 저는 과거도 중요하다고 생각합니다. 과거와 사상을 별개의 것들로 나눈다면 저에게는 이미 그 가치를 상실한 것이 되고 맙니다. 그건 영혼이 담겨 있지 않은 인형을 선물 받는 것과 같습니다. 따라서 전 그것에 결코 만족할 수 없습니다."

선생님은 뜻밖의 말을 들었다는 듯이 내 얼굴을 쳐다보셨다. 담배를 들고 계신 손이 살짝 떨렸다.

"참 당돌하구먼."

"솔직한 제 심정을 말씀드리는 겁니다. 진심으로 선생님의 인생에서 교훈을 전수받고 싶습니다."

"내 과거를 밝혀내서라도 말인가?"

밝혀내다라는 말이 순간 공포로 엄습해왔다. 나는 그 순간 내 앞에 오랫동안 존경해온 선생님이 아니라 취조받는 죄인을 앉혀두고 있는 듯한 느낌이 들었다. 선생님의 얼굴은 하얗게 질려 있었다.

"자네 진심으로 하는 말인가?"

선생님은 재차 확인하셨다.

"나는 과거의 한 사건을 계기로 사람을 믿지 않게 되었네. 자네도 예외가 아니었지. 하지만 더 이상 자네만큼은 의심하고 싶지 않네. 자넨 거짓을 말하기에는 너무 단순한 사람이거든. 나는 죽기 전까지 이 세상에 단 한 명이라도 좋으니 마음놓고 흉금을 터놓을 사람이 있었으면 좋겠어. 자네가 그 단 한 사람이 될 수 있겠는가? 되어줄 수 있겠는가? 자네는 스스로 양심에 한 점 거리낄 것 없는 진실한 사람이라고 말할 수 있는가?"

"만약 제 생명이 진실하다면 제가 드리는 말씀도 진실입니다."

나는 낮은 목소리로 대답했다.

"그래 좋아. 이야기하지. 내 과거를 숨김없이 모두 말이야. 그 대신…… 아니, 그건 상관없어. 하지만 내 과거가 자네한테 그렇게 유익할지는 모르겠네. 듣지 않는 편이 나을지도 몰라. 그리고…… 지금은 때가 아니니까 그런 줄 알고 기다려주게. 적당한 시기가 오면 내 다 얘기하지."

나는 선생님의 이런 말씀을 듣고 오히려 부담이 됐다.

32

교수님들은 내 논문에 대해서 내가 평가했던 것만큼 높이 평가하지는 않은 모양이었다. 하지만 어쨌든 통과는 됐다. 졸업식 날 나는 궤짝 속에 틀어박혀 있어서 곰팡내가 나는 겨울 양복을 꺼내 입었다. 식장에서 다른 졸업생들과 나란히 서서 보니 모두 더워서 얼굴이 벌겋게 상기되어 있었다. 우리는 바람도 통하지 않는 두꺼운 장막 속에 몸뚱이를 가둬놓고 있었다. 잠시 서 있는 동안에 손에 쥐고 있던 손수건이 흥건해졌다.

나는 식이 끝나자마자 곧장 집으로 달려와서 옷을 다 벗어젖혔다. 창문을 열고 졸업장을 망원경처럼 둘둘 말아 그 구멍을 통해 바깥을 내다보았다. 그러고는 졸업장을 그대로 책상 위에 던져놓았다. 그런 다음 방 한가운데 큰대자로 누워 잠을 청했다. 잠들기 전 나는 내 과거를 돌이켜 생각해보았다. 그리고 나의 미래도 상상했다. 그러다가 책상 위에 동그랗게 나자빠져 있는 졸업장을 올려다보니 지금까지 살아온 내 인생에 한 획을 긋는 그것이 어떤 의미를 담고 있는 듯도 했고, 별것 아닌 종잇장으로 보이기도 했다.

나는 그날 저녁 선생님 댁으로 저녁 초대를 받아 갔다. 그 일은 나중에 내가 졸업을 하게 되면 다른 곳에서 시간 보내지 말고 선생님 댁에 와서 같이 식사라도 하자고 그전부터 약속해둔 일이었다.

식탁은 말씀하신 대로 거실 근처에 차려져 있었다. 술을 달아 장식한 두꺼운 테이블보가 전등불 밑에 청초하게 깔려 있었다. 선생님 댁에서 식사를 할 때는 항상 서양 요릿집에서나 볼 수 있는 흰색 면 테이블보 위에 젓가락과 밥그릇이 놓여 있었다. 그리고 그건 언제나 갓 빨아낸 것처럼 새하얬다.

"깃이나 커프스와 마찬가지야. 때가 탄 것을 내놓을 바엔 아예 색이 짙은 걸 까는 게 낫지. 흰 천을 깔려면 티끌 하나 없는 걸 깔아야지."

이렇게 말씀하시는 걸 보면 과연 선생님은 알아 모실 청결주의자였다. 서재만 보더라도 늘 먼지 한 톨 없이 정돈되어 있었다. 털털한 내게는 선생님의 이런 성격이 가끔 유난스러워 보이기도 했다.

내가 일전에 "선생님은 결벽증이 있으신가 봐요" 하고 사모님께 말했을 때 사모님은 "그래도 옷 입을 때에는 그 정도로 신경 쓰시지 않는 것 같아요" 하고 대답한 적이 있었다. 그걸 옆에서 듣고 계시던 선생님은 "솔직히 말하면 난 정신적인 결벽주의자지. 그래서 늘 고민하는 거 아닌가. 가만히 생각해보면 꽤나 어리석은 성격이야"라고 하며 웃으셨다.

정신적인 결벽주의자라는 말의 의미가 속된 표현으로 신경질적이란 말인지 아니면 윤리적으로 결벽을 추구한다는 말인지 난 알 수 없었다. 사모님도 그 말뜻을 알아듣진 못한 것 같았다. 그날 저녁 나는 선생님과 그 흰 식탁을 사이에 두고 마주 앉았다. 사모님은 우리 두 사람을 좌우에 두고 정원이 마주 보이는 자리에 앉으셨다. "축하하네" 하며 선생님이 한 잔 따라 주셨다. 나는 축하한다며 따라 주신 그 잔을 받고 특별히 기분이 좋거나 기쁘진 않았다.

물론 그것은 나 스스로도 축하받아야 할 만큼 대단한 일을 했다고 생각하지 않았기 때문이기도 하거니와 선생님의 말투 또한 축하해야 할 일을 강조하기 위해 특별히 들떠 있거나 하진 않았기 때문이다. 선생님은 엷은 미소를 지으며 술을 따라 주셨다. 나는 선생님의 그 미소가 냉소적인 그것이라고는 보지 않았다. 하지만 그와 동시에 축하한다고 말씀은 하셨지만 그것이 진정 우러나서 하신 말씀이라고도 받아들여지지 않았다. 선생님의 미소는 "세상 사람들은 이런 경우에 꼭 축하한다고들 말하지" 하고 말하는 것 같았다.

사모님은 내게 "대단하세요. 부모님께서 얼마나 기뻐하시겠어요" 하고 말해주셨다. 순간 나는 병환 중이신 아버지를 떠올렸다. 빨리 이 졸업장을 들고 내려가서 보여드려야겠다고 생각했다.

"선생님께선 졸업장을 어쩌셨어요?" 하고 물었다. 선생님은 "어쨌더라? 뭐 어디다가 그냥 넣어두지 않았겠나" 하고 사모님을 쳐다보셨다.

"네에, 분명히 어딘가에 있긴 할 텐데요."

졸업장을 어디다 두었는지는 두 분 모두 잘 몰랐다.

33

식사를 할 때 사모님은 하녀를 옆에 세워두고 직접 시중을 드셨다. 이것이 드러나지 않게 손님을 대접하는 선생님 댁 예절이었던 모양이다. 처음 한두 번은 나도 거북했지만 회를 거듭하다 보니 조금 더 달라고 사모님께 밥그릇을 내미는 것이 아무렇지도 않게 됐다.

"밥? 반찬? 어마, 아주 잘 드시네요."

사모님도 언제부턴가 마음 편히 웃으면서 말씀하시게 됐다. 그러나 졸업식 날의 저녁식사는 때가 때였던지라 그렇게 사모님이 감탄하실 만큼의 식욕이 나지 않았다.

"벌써 그만하시게요? 오늘은 너무 조금 드시네요."

"일부러 조금 먹는 게 아니라 날씨가 너무 더워 입맛이 없어서 그래요."

사모님은 하녀를 불러 식탁을 물리신 다음 후식으로 아이스크림과 얼음과자를 내오게 하셨다.

"이건 집에서 만든 거예요."

별달리 할 일이 없으셨던 사모님은 아이스크림을 손수 만들어 손님에게 대접할 만큼의 여유가 있었던 것이다. 나는 아이스크림을 두 그릇이나 비웠다.

선생님은 "자네, 이젠 졸업도 했겠다, 앞으로 무슨 일을 할 생각인가?" 하고 물으셨다. 선생님은 툇마루 쪽으로 자리를 물리시고 문지방에 걸터앉아 미닫이문에 등을 기대셨다.

그 당시 나는 졸업했다는 기분은 들었지만 그다음엔 뭘 꼭 해야지 하는 계획은 없었다. 대답할 말을 생각하느라 쩔쩔매고 있던 나를 보시고 사모님이 먼저 "교사요?" 하고 물으셨다. 그렇다고 대답하지 못하자 이번에는 "그럼 공무원이요?" 하고 또 물으셨다. 이 말을 듣고 선생님이 먼저 빙그레 웃으시고 나도 곧 따라 웃었다.

"솔직히 말씀드리면 아직 무엇을 하겠다고 확실히 잡은 계획은 없습니다. 사실 직업이란 것에 대해서 한 번도 심각하게 생각해본 적도 없고 뭐가 좋을지, 뭐가 저와 맞지 않을지 직접 겪어보지 않고서야 알 수 없는 것이기 때문에, 간단히 뭐라 말씀드리기는 좀 그렇네요."

"그건 그렇지요. 하지만 지금 댁에 재산이 좀 있으니까 그렇게 여유 있는 말씀을 하시죠. 당장 돈을 벌어야 하는 입장인 사람은 그렇게 맘 편히 있지 못할 거예요."

내 친구 중에는 졸업도 하기 전부터 중학교 교사 자리를 알아보던 놈이 있었다. 나는 속으로 사모님 말씀이 옳다고 인정했다. 그러나 겉으로는 이렇게 말했다.

"어째 말씀하시는 걸 들으니 선생님의 영향을 많이 받으신 것 같네요."

"선생님께요? 제대로 상대해주지도 않으시는데요, 뭘."

선생님은 옆에서 쓴웃음을 지으셨다.

"아내가 영향을 받든 어떻든 그건 상관없고, 자네, 일전에 내가 말한 대로 아버님이 살아 계시는 동안 물려받을 재산은 확실히 챙겨두게. 그러지 않으면 골치 아픈 일이 생길 수 있으니까."

나는 선생님과 함께 교외로 나가 나무가 우거진 넓은 정원에서 흐드러지게 피어 있는 철쭉을 바라보며 나누었던 대화를 떠올렸다. 그날 돌아오는 길에 선생님이 격앙된 목소리로 내게 하신 말씀이 다시금 귓속에 울렸다. 그때 힘주어 하신 말씀은 사람을 섬뜩하게 했다. 하지만 뒷배경을 알지 못했던 나에게는 그렇게 가슴에 와 닿지 않는 말이기도 했다.

"사모님, 이 댁 생활은 어떻게 꾸려가세요?"

"어째 그런 걸 다 물으세요?"

"선생님께 여쭤봤는데 대답해주지 않으시니까요."

사모님은 웃으시면서 선생님의 얼굴을 한번 돌아보셨다.

"대답할 만큼은 되지도 않는 살림이니까 그러셨겠죠."

"그래도 어느 정도 재산이 있으면 선생님처럼 바깥에서 일하지 않고도 살 수 있는지, 집에 내려가서 아버지와 담판 지을 때 참고 좀 하려고 그러니 대답해주세요."

선생님은 정원을 바라보시며 말없이 담배만 피우고 계셨다. 나는 사모님을 상대로 이야기할 수밖에 없었다.

"얼마큼이라고 할 만큼도 되지 않아요. 그냥 그럭저럭 굶지 않고 살아갈 수 있는 정도죠. 그건 그렇고…… 저기, 졸업도 하셨으니 이제부턴 뭔가 일을 해야지요. 선생님처럼 저렇게 빈둥빈둥……."

"빈둥대고 있는 것만은 아니지."

선생님은 얼굴만 살짝 돌리시며 사모님의 말씀을 부정하셨다.

34

나는 그날 밤 10시가 넘어 선생님 댁을 나왔다. 이삼일 후에 고향에 내려갈 참이었기 때문에 자리에서 일어나며 나는 잠시 작별 인사를 드렸다.

"당분간은 뵙지 못하겠습니다."

"9월에는 올라오시겠지요."

나는 이미 졸업을 했기 때문에 9월이 됐다고 반드시 올라올 필요는 없었다. 그러나 한창 더운 8월에 도쿄로 올라와 헐떡일 생각도 없었다. 그리고 그때 내겐 시간과 장소에 구애받을 이유가 없었다.

"대충 9월이 되겠네요." 하고 나는 뚜렷한 생각 없이 대충 말씀드렸다. 그랬더니 사모님이 "그럼 한동안 못 뵙겠네요. 우리 부부도 어쩌면 이번 여름에 어디 갈지도 모르겠어요.

이곳 여름이 웬만큼 더워야 말이죠. 만일 가게 되면 제가 그림엽서라도 띄울게요."

"어디로 가실 건데요? 피서라면……."

선생님은 사모님과 나 사이에 주고받는 이런 대화를 듣고는 빙그레 웃고만 계셨다.

"아니 뭐, 아직 갈 건지 아닌지 확실히 정한 것도 아니에요."

내가 자리에서 일어서려던 차에 선생님은 갑자기 내 팔을 잡으시며 "그간 아버님의 병환은 좀 어떠신가?" 하고 물으셨다. 나는 그때 아버지의 상태에 대해서 거의 아는 바가 없었다. 아무 소식도 없으니 괜찮으시겠지 하고 생각하고 있었다.

"그렇게 쉽게 생각할 병이 아니네. 요산중독 증세라도 보이면 그땐 손쓸 수도 없으니까."

나는 그 말씀을 듣기 전까지는 요산중독이라는 말을 들어본 적이 없었고, 당연히 그 의미도 알지 못했다. 지난해 겨울방학 전에 아버지를 뵈러 갔을 때도 그런 전문용어는 의사한테도 전혀 들은 바가 없었다. "정성껏 보살펴드리세요" 하고 사모님도 말씀하셨다.

"독이 머리까지 퍼지면 그날로 끝이네. 자네, 우습게 보면 큰일나."

아무런 경험도 없었던 나는 말씀을 들으면서 약간 불안한 생각이 들었지만 그렇게 심각하진 않았다.

"어차피 완치는 불가능한 병이라니까, 옆에서 걱정만 한다고 되는 일도 아니고요."

"그렇게 대범하게 생각하면 그렇기도 한데요……."

사모님은 오래전에 같은 질환으로 돌아가셨다는 모친 생각이라도 났는지 가라앉은 목소리로 이렇게 말씀하시고 고개를 떨구셨다. 나도 아버지를 생각하니 숙연해졌다.

"시즈, 당신은 나보다 먼저 저세상으로 갈 텐가?"

"왜요?"

"왜라니 그냥 물어본 거야. 아니면 내가 당신보다 먼저 가게 될까? 대개 세상 돌아가는 걸 보면 남편이 앞서고 부인이 뒤에 남는 것 같네만."

"그게 그렇게 꼭 정해져 있는 것이겠어요? 하지만 남자들이 아무래도 나이가 더 많으니까."

"그러니 남자가 먼저 죽는다는 건가? 그럼 나도 당신보다 먼저 저세상에 가게 되겠네그려."

"당신은 예외예요."

"그럴까?"

"이렇게 건강하신걸요. 지금까지 걱정할 만한 일도 없으셨잖아요. 그런 걸 보면 제가 먼저 갈 거예요."

"당신이 먼저 갈까?"

"네에, 꼭 그럴 거예요."

여기서 선생님은 내 얼굴을 보셨다. 나는 그냥 웃었다.

"그런데 만약 내가 먼저 가게 되면 그땐 당신 어쩔 텐가?"

"어쩌다니요……."

사모님은 이쯤에서 더 이상 말씀을 잇지 않으셨다.

35

나는 일어났다가 그 자리에 다시 앉아서 이야기가 끝날 때까지 두 분의 대화를 듣고 있었다.

"자네는 어떻게 생각하나?"

선생님이 내게 물으셨다. 선생님이 먼저 가실지, 사모님이 먼저 세상을 뜨실지 근본적으로 내가 판단할 만한 문제는 아니었다. 나는 그저 빙그레 웃기만 했다.

"사람의 목숨은 아무도 모르는 거지, 나도."

"인명은 재천이라잖아요. 세상에 날 때 이미 정해진 수명을 타고나는 거니까 어쩔 수 없지요. 아버님이나 어머님도 그러셨잖아요. 거의 같은 날 가셨죠?"

"돌아가신 날짜 말인가요?"

"완전히 같은 날은 아니었지만 뭐 거의 같은 날이라고 봐야지. 한 분 먼저 가시고 곧바로 뒤따라가셨으니까."

이런 문제에 대해서는 나는 전혀 아는 게 없었다. 신기하게 생각됐다.

"어떻게 두 분이 그렇게 한꺼번에 돌아가셨어요?"

사모님이 대답하시려고 하자 선생님께서 가로막으셨다.

"그 얘기는 여기서 그만하지. 길게 할 얘기도 아니니까."

선생님은 손에 들고 계셨던 부채를 괜히 휙휙 부치시며 말씀하셨다. 그러고는 다시 사모님을 바라보셨다.

"시즈, 내가 죽으면 이 집은 당신이 가지게."

사모님은 웃으셨다.

"그럼 주시는 김에 땅도 주세요."

"땅은 다른 사람 명의로 돼 있으니 그렇게는 안 되지. 대신 내가 갖고 있는 것은 전부 당신 거야."

"어마, 고마워요. 그런데 가로쓰기로 된 책들은 주셔도 소용없네요."

"헌책방에 내다팔면 되지."

"팔면 얼마나 받을까요?"

선생님은 대답하지 않으셨다. 하지만 선생님의 이야기는 자신의 죽음이라는 훗날에나 일어날 일에서 벗어나지 않았다. 그리고 그 죽음은 반드시 사모님보다 먼저 일어날 거라고 가정하고 계셨다. 사모님은 처음 한동안은 그다지 심각하지 않게 말상대를 해주셨다. 그러다가 같은 이야기가 계속되자 어느 틈엔가 소녀 같은 사모님의 마음이 무거워진 것 같았다.

"오늘 자꾸 왜 그러세요? 말끝마다 내가 죽으면 내가 죽으면 하고, 적당히 좀 해두세요. 내가 늦게 태어났잖아요. 그런 말씀 이젠 재밌지 않네요. 당신이 나보다 먼저 태어났으니 먼저 죽으면 당신이 원하는 대로, 생각대로 해드릴 테니까…… 그럼 되잖아요."

선생님은 정원을 바라보시며 웃었다. 그리고 더 이상 사모님이 상처받을 얘기는 하지 않으셨다. 나도 너무 늦은 시간이라 그만 자리를 털고 일어났다. 선생님과 사모님은 현관까지 배웅해주셨다. "아버님 잘 보살펴드리세요" 하고 사모님이 말씀하셨다. 선생님은 "그럼 9월에 다시 보세"라고 하셨다.

나는 인사를 하고 문밖으로 발길을 돌렸다. 현관과 대문 사이에 있는 봉긋하게 올라온 둔덕에 박달나무 한 그루가 내 앞길을 가로막듯이 가지를 뻗고 있었다. 나는 두세 걸음 앞으로 나가 검은 잎들로 뒤덮여 있는 가지 꼭대기를 올려다보며 가을에 필 꽃과 그 향기를 머릿속에 떠올렸다. 나는 선생님이 계신 이 집과 박달나무를 이전부터 마음속에 자리잡고 있는 어떤 것으로 기억하고 있었다.

내가 가던 길을 멈추고 박달나무 앞에 서서 올가을에 이 집 현관문에 들어설 일을 생각하고 있을 때, 그때까지 창문의 격자를 비추던 현관 앞 전등이 갑자기 꺼져버렸다. 선생님 내외는 그대로 안으로 들어가신 모양이었다. 나는 혼자 캄캄한 밖으로 걸어 나왔다.

나는 하숙방으로 곧장 돌아가지 않았다. 고향에 내려가기 전에 준비할 물건들도 있었고, 오랜만에 성찬을 대접받은 위장에 숨 돌릴 여유를 줄 필요도 있었기 때문에 번화가 쪽으로 걸음을 옮겼다. 시내는 그때까지 초저녁이었다. 별 용건도 없어 뵈는 남녀들이 술렁거리는 속에서 오늘 나와 같이 졸업식장에 서 있었던 어떤 사람과 우연히 마주쳤다. 그는 억지로 날 근처 술집으로 끌고 갔다. 나는 거기서 맥주 거품처럼 부글거리며 쏟아내는 그의 이야기를 듣고 있어야 했다. 그러다가 12시가 넘어서야 겨우 하숙방으로 돌아왔다.

36

나는 그다음 날 더위를 무릅쓰고 부탁받은 물건들을 사러 돌아다녔다. 집으로 내려올 때 이런저런 물건들을 사오면 좋겠다고 쓴 편지를 읽을 때는 별것 아니라고 생각했는데 막상 물건을 사러 나서고 보니 보통 피곤한 일이 아니었다. 나는 전차 안에서 땀을 훔치며 사람에게 이런 수고를 끼치는 걸 당연하게 생각하는 촌사람들이 무척이나 뻔뻔스럽다고 생각했다.

나는 올여름을 두 손 늘이고 앉아 빈둥거리며 보낼 생각은 아니었다. 집에 돌아가서 할 일들에 대해 미리 계획을 짜두었기 때문에 그걸 실천하는 데 필요한 책들을 구하러 돌아다녀야 했다. 나는 반나절 내내 서점 이층에 틀어박혀 있을 각오를 했다. 그리고 관심 있는 분야의 책들이 꽂혀 있는 선반 앞에 서서 구석구석까지 한 권씩 검토해나갔다.

부탁받은 물건들 중에 나를 가장 애먹인 것은 여자들 옷에 다는 장식깃이었다. 승복에 달 것이라고 하면 알아서 적당한 것을 꺼내 주겠지만 이건 그것도 아니고 막상 고르자니 모양이 각양각색이라 어떤 것을 골라야 할지 땀까지 뻘뻘 흘리며 고민해야 했다. 게다가 그 가격이 또 집집마다 들쭉날쭉이었다. 싸겠거니 생각하고 물어보면 턱없이 비싸고, 너무 비쌀 것 같아서 물어보지도 못하고 있으면 오히려 싸구려였다. 또 몇 가지를 놓고 아무리 비교해봐도 무엇 때문에 그렇게 가격 차이가 나는지 도무지 이해할 수 없는 것들도 있었다. 나는 완전히 지쳤다. 급기야는 속으로 사모님을 모시고 나오지 않은 걸 후회했다. 그리고 나는 가방도 하나 샀다. 그리 고급스러워 보이지 않는 싸구려였지만 그래도 번쩍거리는 금장식이 붙어 있었기 때문에 촌사람들 입을 떡 벌어지게 만들기에는 충분한 것이었다.

내가 가방을 산 것은 어머니의 주문이 있었기 때문이다. 졸업하면 새 가방을 사서 그 속에 앞서 말한 선물들을 넣어 갖고 오라고 입으로만 대충 말씀하신 게 아니라 편지에다

굵은 글씨로 또박또박 써서 이르셨다. 나는 그 편지를 읽고 웃음을 터뜨렸다. 어머니의 의도를 모르는 바도 아니었으며 그렇게 빤한 어머니의 생각 자체가 우스웠던 것이다.

나는 저녁 식사를 할 때 선생님 내외분께 말씀드린 대로 그날로부터 3일 후 기차편으로 도쿄를 떠나 고향으로 향했다. 지난겨울 내가 아버지의 병환에 대해 말씀드린 이래로 선생님으로부터 계속 주의를 들어온 나는 가장 걱정해야 할 당사자이면서도 어찌된 일인지 그리 심각해지지 않았다. 나는 그보다는 오히려 아버지가 떠나고 난 다음에 혼자 남으실 어머니가 신경 쓰였다. 그러니 나는 마음 한 구석에서 이미 아버지를 돌아가실 양반으로 제쳐놓고 있었던 모양이다. 규슈에 있는 형에게 보낸 편지에도 이젠 정말 아버지가 예전의 건강을 되찾으실 수 없어 보인다고 썼다. 일 때문에 바쁜 줄은 알지만 가능한 한 짬을 내서 이번 여름에 부모님 얼굴이라도 좀 뵙고 가라고도 썼다. 그리고 나이 드신 두 분만 시골에 계시게 하는 건 어째 맘이 놓이질 않는다는 둥 자식된 도리로 너무 마음이 아프다는 둥 꽤나 감상적인 말까지 동원했다. 사실 그건 다 솔직한 내 심정이었다. 하지만 편지를 다 쓰고 나서 다시 읽어보니 쓸 때의 기분과는 좀 달랐다.

나는 기차를 타고 가면서 이런 인간의 심리에 대해 생각했다. 곰곰이 따져보니 내가 생각해도 내 자신이 생각을 이

랬다저랬다 바꾸는 가벼운 존재로 여겨졌다. 기분이 영 언짢았다. 나는 또 선생님 내외분을 떠올렸다. 특히 이삼일 전 저녁 식사에 초대받았을 때 나누었던 대화가 내 귓속에 다시 울렸다.

"어느 쪽이 먼저 저세상에 갈까?"

나는 그날 저녁 선생님과 사모님 사이에 불거졌던 의문을 혼자서 되뇌어보았다.

그리고 그 의문은 누구도 자신 있게 답할 수 없는 것이라 결론 내렸다. 만약 어느 쪽이 먼저 세상을 뜰 거라고 확실히 알고 있다면 선생님은 과연 어떠실까? 사모님은 또 어떻게 행동하실까? 두 분의 행동은 지금과 다름없을 것이다(죽음에 한 걸음 한 걸음 가까워지고 있는 아버지를 고향에 두고 내가 아무 도움도 되어드리지 못하는 것만 봐도 그렇다). 나는 인간이란 존재가 정말이지 아무것도 아니라는 걸 새삼 깨달았다. 인간은 거스를 수 없이 타고난 가변적인 존재임을 절감했다.

부모님과 나

1

고향 집에 돌아와서 난 지난겨울에 뵈었던 아버지의 상태가 조금도 악화되지 않은 모습을 보고 꽤 의외라고 생각했다.

"아이고, 이제 왔냐. 그래, 졸업까지 하다니 정말 장하다. 잠깐 기다려라. 내 얼른 세수 좀 하고 올 테니."

아버지는 마당에서 뭔가 하고 계시던 참이었다. 낡아빠진 밀짚모자 뒤에 볕을 막기 위해 매단 꾀죄죄한 손수건을 나풀거리며 우물이 있는 뒤꼍으로 들어가셨다. 일단 입학한 학교를 졸업하는 것은 당연한 일이라고 생각하고 있던 나는 그 사실에 너무나 기뻐하시는 아버지를 보자 왠지 민망했다.

"졸업까지 하다니 정말 장하다."

아버지는 이 말씀을 몇 번이나 반복하셨다. 나는 마음속으로 이런 아버지의 기쁨과 졸업식 날 밤 선생님께서 "축하하네" 하고 말씀하실 때의 모습을 비교했다. 겉으로는 축하한다고 하시면서도 속으로는 대단치 않게 생각하셨던 선생님이, 그리 대단한 일도 아닌 졸업에 크게 기뻐하시는 아버지보다 고상하게 생각됐다. 그러다 보니 나는 아버지의 무지에서 나온 촌스러움이 영 마땅찮아졌다.

"대학 졸업장 하나 받았다고 뭐 그리 대단할 것도 없어요. 매년 몇백 명씩이나 졸업하는데요, 뭘."

결국 내 입에서는 이런 식의 대꾸가 튀어나왔다. 내 말을 듣고 아버지가 좀 이상한 표정을 지으셨다.

"단지 네가 졸업했다는 것만 가지고 대단하다고 하는 게 아니다. 그야 졸업한 것도 대단한 일이기야 하지. 하지만 내가 그리 말한 건 좀 의미가 달라. 그걸 네가 좀 이해해주면……."

나는 무슨 말씀을 하시려는지 끝까지 듣고 싶었다. 아버지는 그다지 이야기하고 싶어 하지 않으셨지만 주저하다가 이렇게 말씀을 이으셨다.

"그게 말이다, 얘야. 내가 대단하다고 한 말은, 너도 알다시피 내가 몸이 안 좋잖니. 작년 겨울 네가 왔을 때 사실 난 앞으로 길어야 3, 4개월쯤 더 살 수 있을 거라 생각했다. 그러던 게 어찌된 일인지 오늘까지 움직이는 데 별 불편 없이 이렇게 지내고 있구나. 그런데 네가 대학 공부까지 마친 거야. 그러니 내가 기쁘지 않겠냐. 그렇게 애쓰면서 공부한 내

아들이 나 죽은 뒤에 졸업하는 것보다 그래도 이만할 때 공부를 끝마친 게 이 아비 입장에서는 기쁘지. 왜 아니겠냐. 많이 배운 네가 보면 누구나 다 가는 대학을 졸업한 걸 가지고 자꾸 대단하다, 대단하다 하는 게 듣기 거북할 수도 있겠지만 내 입장에서 한번 생각해보렴. 그게 그렇지가 않단다. 그러니까 학교 졸업은 너보다 나한테 더 대난하고 기쁜 일이야. 알겠냐."

나는 아버지 말씀에 한마디도 대꾸할 수 없었다. 너무 부끄럽고 죄송해서 고개조차 들 수 없었다. 아버지는 작년부터 이미 당신의 죽음을 각오하고 계셨던 모양이다. 더구나 그 시기가 내가 졸업하기 전에 닥칠 거라 생각하셨던 것이다. 그런 아버지에게 나의 졸업이 얼마나 큰 기쁨인지도 헤아리지 못했던 나는 정말이지 어리석은 놈이었다.

나는 가방 속에서 졸업장을 꺼내 부모님 앞에 공손히 내보였다. 졸업장은 가방 속에서 무엇엔가 눌렸는지 몹시 구겨져 있었다. 아버지는 두 손으로 차근차근 구김을 펴려 하셨다.

"이런 건 둘둘 말아서 손에 쥐고 왔어야지."

"속에 뭘 좀 받치고 왔으면 좋았을걸."

어머니도 옆에서 거드셨다. 아버지는 잠시 졸업장을 바라본 다음에 거실로 나가서 눈에 잘 띄는 자리에 올려두셨다. 예전 같으면 그 모습을 보고 분명히 그만두라고 했을 나였지만 그때 난 아버지 하시는 대로 잠자코 보고만 있었다. 아버지와 어머니를 조금이라도 거스르고 싶지 않았다. 그런데 도리노코(일본 전통 종이로 밝은색 바탕에 표면이 매끈매끈한 고급지)로 만든 졸업장은 일단 한번 구겨지자 좀처럼 모양이 잡히지 않았다.

적당한 자리에 올려두자마자 곧 구겨졌던 대로 다시 오그라들며 쓰러졌다.

2

나는 어머니를 불러 아버지의 상태에 대해 여쭤보았다.

"마음대로 마당출입을 하시던데, 그래도 괜찮아요?"

"저렇게 움직여도 아무렇지도 않으신 모양이야. 많이 좋아지신 것 같다."

내가 생각했던 것보다 어머니도 그다지 걱정하지 않으셨다. 도시에서 한참 떨어진, 논두렁 밭두렁 속에서 평생 살아온 여자인 어머니는 이런 일에 대해서 전혀 아는 게 없으셨다. 그런 어머니가 지난번 아버지가 쓰러지셨을 때는 크게 놀라서 그렇게 걱정하셨구나 하고 생각하며 혼자서 물끄러미 어머니의 뒷모습을 바라보았다.

"그래도 그때 의사가 와서 앞으로는 더 좋아지기 힘들다고 말했잖아요."

"그러니 인간의 몸만큼 신기한 것도 또 없는 것 같다. 의사가 그리 말했는데 지금까지 저렇게 멀쩡히 계시니까 말이야. 나도 처음엔 너무 놀라서 저러다 자리에서 아주 못 일어나시겠구나 생각했는데, 그게 저, 천성이 꼼짝 않고 계시진 못하시잖니, 네 아버지가. 나름대로 신경은 쓰고 계시지만 워낙 기력이 좋은 양반이라. 당신이 괜찮다고 생각하시면 내가 옆에서 아무리 말해도 귓등으로도 듣지 않으신다니까."

지난겨울 집에 돌아온 나를 보시곤 곧바로 자리를 걷어 올리시고 수염을 다듬으셨던 아버지의 모습을 떠올려보았다. "이제 괜찮다. 느이 어머니가 괜한 법석을 떨어가지고 그랬지" 하셨던 그때의 아버지 말씀을 생각해보면 지금 하신 어머니의 말씀에 수긍이 갔다. "그래도 주변 사람들이 항상 신경 쓰고 있어야 해요"라고 말하려던 나는 결국 입을 다물고 잠자코 있었다. 단지 아버지의 병환에 대해서 내가 알고 있는 사항에 대해서 좀 가르쳐드렸다. 그 이야기의 대부분은 선생님과 사모님으로부터 들은 것들이었다. 어머니는 그다지 귀담아듣는 것 같지 않았다. 그냥 "아아, 똑같은 병을 앓으셨구나. 아유, 안됐네. 그분은 연세가 몇이나 되셨을 때 돌아가셨다던?" 하고 별로 중요하지도 않은 것만 되물으셨을 뿐이다.

나는 더 이상 말씀드려야 심각하게 받아들이지도 않으실 것 같아서 아버지께 직접 말씀드리기로 했다. 아버지는 내가 하는 말을 어머니보다는 심각하게 받으셨다. 하지만 다 듣고 난 다음엔 "그렇지, 네 말도 맞다. 하지만 이 몸뚱이는 내 것이니까 내 몸에 약이 되는 일은 오랜 경험으로 봐서 내가 가장 잘 알고 있지" 하고 말씀하셨다. 옆에서 듣고 계시던 어머니는 그저 고개를 돌리고 쓴웃음만 지으셨다. 그러고는 작은 목소리로 내게 "거봐라" 하셨다.

"하지만 그래도 아버지는 이미 각오는 하고 계세요. 이번에 제가 졸업한 걸 그렇게 기뻐하신 것도 다 그 때문이에요. 졸업 전에 눈감으실 거라고 생각하셨는데 그래도 아직 저만하실 때 졸업장을 받아왔으니 그게 기쁜 거라고 저한테 직접 말씀하셨다고요."

"아이고 얘야, 말씀은 그렇게 하셔도 속으로는 아직 괜찮다고 생각하신다니까."

"정말 그럴까요?"

"아유, 저 양반 앞으로 10년이든 20년이든 아직도 가려면 멀었다고 생각하셔. 가끔 나한테도 '내가 이래 갖고는 오래 못 버틸 것 같네, 내가 죽으면 당신은 어쩔 텐가, 혼자서 이 집에 살 수 있겠나?' 하시면서 괜히 맘 언짢게 말씀하시기는 해도……."

나는 갑자기 아버지가 돌아가시고 난 다음 어머니 혼자

남아 계실 이 낡은 시골집을 머릿속에 그려보았다. 아버지 혼자 먼저 가시고 난 다음에도 이 집이 그대로 이런 모습으로 있을까? 형은 어떻게 할까? 어머니는 뭐라 하실까? 그런 모습을 보고 난 여길 떠나 도쿄에서 맘 편히 지낼 수 있을까? 나는 어머니를 눈앞에 두고 머릿속에 선생님이 염려하신 것—아버지가 아직 정신이 온전하실 때 재산을 분배해서 챙겨두라는 말씀—을 떠올렸다.

"뭐라고 해도 말이야, 내 여태껏 지켜보니 자기 입으로 죽겠다, 죽겠다 입버릇처럼 말하던 사람들이 더 오래 살더라. 느이 아버지도 저렇게 가끔 죽겠다는 둥, 죽으면 어쩔 거냐는 둥 말씀하시지만 앞으로 몇 년을 더 사실지, 몇십 년을 더 사실지 모른다니까. 그것보단 입 꼭 붙이고 멀쩡하게 있는 사람이 더 위험한 법이야."

나는 이 말씀이 어머니 나름대로의 논리에서 나온 말인지, 이 마을 통계에서 나온 말인지 몰랐지만 고리타분한 어머니의 말씀을 그냥 듣고만 있었다.

3

아버지와 어머니는 내가 졸업장을 들고 내려왔으니 축하 잔치를 열어야 된다고 계획을 짜고 계셨다. 나는 돌아온 당

일부터 어쩌면 이런 일이 있을지도 모른다고 내심 걱정하고 있었다. 아무래도 두 분 눈치가 이상해서 내가 먼저 말씀드렸다.

"너무 야단스럽게 그러실 것 없어요."

나는 시골 사람들이 손님으로 집에 와 북적대는 것이 싫었다. 마시고 먹는 걸 일생 최대의 목적으로 여기고 사는 그 사람들은 어디서 무슨 건수가 생기기만 바라고 사는 사람들이다. 나는 어릴 때부터 그런 사람들과 같은 자리에 끼어 앉아 있는 것을 무척이나 답답해했다. 그런데 내 일로 그 사람들을 불러 모으다니, 상상만으로도 숨이 막혔다. 그러나 부모님 앞에서 그런 염치없는 사람들을 초대해 사람 정신 사납게 하지 말라는 말은 차마 할 수가 없었다. 그래서 나는 그저 그러실 것까진 없다고만 자꾸 우겼다.

"너는 자꾸 야단스럽다고 하는데, 조금도 야단스러울 것 없다 얘야. 평생 단 한 번뿐이니까 말이야. 손님을 부르는 건 당연하지. 이런 경사를 그냥 넘기면 못써요."

어머니는 내가 졸업한 것을 무슨 장가라도 가는 양 중요하게 여기시는 것 같았다.

"손님을 부르지 않는다고 큰일나는 건 아니지만, 그래도 모른 척하고 있으면 뒤에서 뭐라고들 하니까."

이건 아버지의 말씀이다. 아버지는 사람들이 뒤에서 쑤군덕대는 걸 꽤 신경 쓰셨다. 사실 이런 경우에 자기들이 기대한 대로 잔치를 벌이지 않으면 뒤에서 뭐라고들 말을 만들어 퍼뜨리는 사람들이 분명히 있긴 있었다.

"여긴 도쿄랑은 다르다. 시골 사람들은 말들이 많잖니."

아버지도 인정하셨다.

"느이 아버지 체면도 있고 하니까."

어머니도 한말씀 거드셨다. 나는 더 이상 내 입장만 고집할 순 없었다. 두 분 편하실 대로 하게 내버려두기로 생각을 바꿨다.

"순전히 저를 위해서 그러시는 거라면 그러지 않으셔도 된다고 말씀드렸던 거예요. 뒤에서 무슨 말이 돌까 봐 그러시는 거라면 그건 또 다른 문제지요. 두 분께 불편 끼치는 일을 제가 억지로 우길 수는 없으니까요."

"네가 그렇게 받아들이면 좀……."

아버지는 언짢은 표정을 하셨다.

"아니, 그게 저 아버지가 꼭 너 때문이 아니라고 하신 건 말이다, 얘야, 사실 말이지 너도 세상 살면서 사람들 사이에서 어찌 처신해야 하는지는 알 거 아니냐. 사람들끼리 섞여 살려면……."

어머니는 나와 아버지 사이의 분위기가 심상치 않게 돌아가는 것 같자 괜히 이러쿵저러쿵 앞뒤가 맞지 않는 말씀을 하셨다. 무슨 말씀을 하시는 건지 내용은 정확히 모르겠지만 얘기한 시간만큼은 아버지와 내가 한 말을 다 합쳐도 모자랄 만큼 길게 하셨다.

"많이 가르치면 사람이 무슨 일에나 토를 달아서 못써."

아버지는 이 말씀 한마디 이후로 입을 다무셨다. 나는 이 간단한 한마디 속에서 평소에 아버지가 내게 갖고 계신 불만의 실체를 보았다. 나는 그때 내 감정만 앞세워 삐딱하게 말씀드린 건 깨닫지 못하고 아버지가 말씀 중에 엉뚱한 트집을 잡는다고만 생각했다.

아버지는 그날 밤 다시 태도를 바꿔서 손님을 언제 부르는 게 괜찮겠냐고 내 사정을 물어보셨다. 별다른 일 없이 낡은 집구석에서 빈둥거리며 있던 내게 그런 걸 물으시는 것은 아버지 쪽에서 먼저 숙이고 들어오신다는 뜻이다. 나는 이렇게 감싸 안는 아버지 앞에 숙연해질 수밖에 없었다. 나는 아버지와 잠시 이야기를 나누고 잔치 날짜를 정했다.

그런데 잔치를 벌이기로 한 날짜가 채 되기도 전에 큰 사건이 일어났다. 메이지明治 천황이 위독하다는 소식이 그것이었다. 신문을 통해 곧 온 나라로 퍼진 이 소식은 촌구석에서 실랑이 끝에 결국 합의 본 거북스런 졸업식 축하 잔치를 한 방에 날려버렸다.

"지금은 때가 좋지 않으니 잔치 얘기는 없던 걸로 하자고 말하는 게 낫겠다."

안경을 코끝에 걸치고 신문을 보던 아버지는 이렇게 말씀하셨다. 아버지는 그 소식을 접하고선 바로 당신의 병을 떠올리셨던 것 같다.

나는 얼마 전 졸업식에 언제나처럼 대학을 방문하신 폐하의 모습을 추억했다.

4

단출한 식구가 살기에는 너무 넓은 오래된 이 집에서 한가하게 시간을 보내고 있던 나는 궤짝 속을 뒤져서 헌책들을 꺼내 읽기 시작했다. 나는 가만히 앉아 책을 앞에 놓았지만 왠지 내용이 눈에 들어오지 않았다. 한밤중에도 불빛들이 휑하니 들이비치던 도쿄의 하숙집 이층 방에서 멀리 지나가는 기차 소리를 들으며 한 장 한 장 읽어 내려가는 게 마음도 편하고 공부도 더 잘됐다.

나는 어쩌다가 책상에 기대서 선잠을 잤다. 때로는 아예 베개까지 꺼내 본격적으로 드러누워 낮잠을 청하는 날도 있었다. 그러다 눈을 뜨면 매미 소리가 들렸다. 꿈속에서도 계속됐던 것 같은 그 소리는 어느 순간 갑자기 걷잡을 수 없이 커져 머릿속이 다 윙윙 울렸다. 나는 가만히 그 소리를 들으면서 가끔씩 가슴이 시려오는 느낌을 받았다.

나는 연필을 잡고 이런저런 친구들에게 어떤 건 짧게, 또 어떤 글은 길게 편지를 썼다. 어떤 친구는 도쿄에 남아 있었다. 또 어떤 친구는 먼 고향 집으로 내려갔다. 개중에는 답장을 보내는 친구도 있었고 깜깜무소식인 경우도 있었다. 그동안 나는 단 하루도 선생님을 잊은 적이 없었다. '고향에 돌아온 이후의 나'라는 제목으로 원고지 석 장 정도 되는 글을 지어 선생님께 보내기로 했다. 나는 그것을 봉투에 넣고 봉했을 때 과연 선생님이 아직 도쿄에 계실지 궁금했다. 보통 선생님이 사모님과 함께 집을 비우실 경우에는 나이가 한 오십 줄은 되어 보이는 기리사게(무사의 미망인이 출가의 의미로 틀어 올린 긴 머리를 잘라 뒤에 묶어 드리운 머리형) 머리를 한 여자가 와서 집을 봐주곤 한다. 일전에 내가 선생님께 저 사람은 누구냐고 물었더니 선생님은 누구로 보이냐고 반문하셨다. 나는 그 사람이 선생님의 친척일 거라고 생각했다. 선생님은 "나한텐 친척이 없다네" 하고 짧게 대답하셨다. 선생님은 고향에 연고가 있는 사람들과는 편지를 주고받거나, 소식을 알리는 일이 전혀 없으셨다. 내가 궁금했던 그 아주머니는 선생님과는 상관없는 사모님의 친척이었다. 나는 선생님께 편지를 보내면서 문득 폭이 좁은 오비를 뒤로 묶고 있던 그 아주머니의 뒷모습을 떠올렸다. 만약 선생님 내외분이 어딘가 피서라도 떠나신 다음에 이 편지가 도착하면 그 아주머니는 이 편지를 곧장 선생님 계신 곳으로 다시 보내줄 만큼 친절한 사람일까 생각했다. 그런 생각까지 했지만 그 편지 속에는 이렇다 할 만한 중요한 얘기가 없다는 걸 나는 잘 알고 있었다. 나는 외로웠던 것이다.

그리고 선생님으로부터 답장이 오기를 기다리기 시작했다. 결론부터 말하자면 나는 끝내 답장을 받지 못했다.

아버지는 지난번처럼 그렇게 장기를 두고 싶어 하지 않으셨다. 지난번 우리 부자를 돈독히 묶어주던 그 장기판은 먼지를 덮어쓴 채 마루 한 켠으로 밀려나 있었다. 천황이 위중하단 소식을 접하신 이후 아버지는 그 일에 꽤 집착하시는 것 같았다. 매일 아침 신문이 오길 기다렸다가 제일 먼저 읽으셨다. 그러고는 읽은 기사를 내 방으로 갖고 와서 보여주셨다.

“이것 좀 봐라. 오늘도 임금님에 관한 이야기가 자세히 나왔다.”

아버지는 천황을 늘 임금님이라고 부르셨다.

“안됐지만 말이야, 임금님의 병환도 선친이 앓았던 것과 비슷한 모양이야.”

이렇게 말씀하시는 아버지의 얼굴에는 수심이 가득했다. 그 말씀을 듣자 나는 아버지가 언제 또 쓰러지실지도 모른다는 걱정으로 가슴이 메어왔다.

“그렇지만 괜찮으시겠지. 나같이 미천한 사람도 아직 이렇게 살고 있으니까 말이야.”

아버지는 겉으로는 당신이 멀쩡하다고 못박으시면서도 바로 다음 순간에라도 닥쳐올 수 있는 위험을 예감하고 계신 것 같았다.

“아버지는 내심 걱정하고 계세요. 어머니가 말씀하신 것처럼 10년이든, 20년이든 살 자신은 없으신 것 같아요.”

어머니는 내 말을 듣고 걱정스런 얼굴을 하셨다.

“아버지께 장기라도 한 판 두자고 한번 말씀드려봐라.”

나는 마루 구석에 있던 장기판을 들고 나와 먼지를 닦아냈다.

5

아버지는 점차 쇠약해지셨다. 나를 질리게 했던, 뒤통수에 손수건이 달린 그 낡은 밀짚모자가 이젠 정말 쓰레기통에 처박히게 생겼다. 나는 검게 그을린 선반 위에 놓여 있는 그 모자를 바라볼 때마다 아버지에 대한 연민을 느꼈다. 아버지가 예전처럼 마음대로 움직이실 때는 좀 들어가 쉬셨으면 하고 걱정했다. 이제 아버지가 방 안에 꼼짝 않고 앉아 바깥출입을 전혀 못 하시게 되자 그전만큼만이라도 거동하실 수 있었으면 하는 바람이 간절했다. 나는 아버지의 상태에 관해 어머니와 자주 이야기했다. “느이 아버지 성격 탓이지 뭐냐” 하고 어머니는 말씀하셨다. 어머니는 천황의 병과 아버지의 병을 연상해서 생각하셨다. 나는 그저 성격 탓이라고만은 생각하지 않았다.

“성격 때문만은 아니죠. 정말로 상태가 안 좋아지신 건 아닐까요? 아무래도 이번에는 기분보다는 실제로 몸 상태가 나빠지신 것 같아요.”

나는 이렇게 말하고 먼 곳에서 용하다는 그 의사라도 불러 한번 진찰을 받아보게 하는 건 어떨까 생각했다.

“올여름에 이거 영 너한테 못할 짓이구나. 기특하게 대학까지 졸업했는데 잔치도 못 해주고, 아버지 상태도 저 모양이고, 게다가 임금님도 병환이시라니…… 아무리 생각해도 네가 도착하자마자 손님들을 부를걸 내가 잘못했어.”

내가 집에 내려온 것은 7월 5일인가 6일이고, 부모님이 잔칫상을 차려 손님을 부르자고 말을 꺼낸 것은 그로부터 일주일 뒤였다. 그리고 또 이러고저러고 얘기 끝에 정한 날짜는 다시 일주일 뒤였다. 특별히 시간에 구애받지 않고 모든 일이 세월아 네월아 하면서 돌아가는 시골로 돌아온 나는 그 덕분에 마땅찮은 잔칫상 걱정에서 벗어난 셈이지만 이런 내 속마음을 어머니는 전혀 눈치채지 못하신 것 같았다.

결국 천황이 승하하셨다는 소식이 전해졌을 때 아버지는 신문을 손에 꼭 쥔 채로 “아아, 아아” 하시며 잠시 신음 소리만 내시더니 “임금님께서 결국 돌아가셨구나. 그럼 나도……” 하고 그다음엔 말씀을 잇지 못하셨다.

나는 검은색 천을 사기 위해 시내에 나갔다. 그리고 사온

천으로 깃봉을 싸고 깃봉 끝에 검은 리본을 달아 대문 옆에 사선으로 세웠다. 깃발도, 검은 리본도 바람 한 점 없는 허공에서 힘없이 밑으로 처졌다. 우리 집 대문의 낡은 지붕은 짚으로 덮여 있었다. 이 초가지붕은 바람에 쓸리고 비에 젖어 짚 색깔이 변해 엷은 재색을 띠는 데다 군데군데 파인 곳이 눈에 띄었다. 나는 혼자 문밖으로 걸어 나와 검은 리본과 흰 천에 빨간색 동그라미(일장기를 가리킴)가 그려진 깃발을 바라보았다. 그리고 다시 한 발짝 물러나 깃발 뒤로 보이는 빛바랜 초가지붕을 함께 시야에 담아보았다. 예전에 선생님이 "자네 집은 어떤 구조로 되어 있나? 내 고향에 있는 집과 모양이 많이 다를까?" 하고 물으신 말씀이 생각났다. 나는 내가 태어나고 자란 이 오래된 집을 선생님께 보여드리고 싶기도 했고, 또 한편으론 선생님께 보여드리기가 부끄럽기도 했다.

나는 집으로 들어갔다. 내 책상이 있는 방으로 와서 신문을 읽으며 도쿄의 거리 풍경을 머릿속에 그려보았다. 일본에서 가장 큰 도시 전체가 지금 얼마나 침통해하고 있으며 어떻게 돌아가고 있을지 상상해보았다. 나는 침체되면 침체된 대로 빨리빨리 일이 돌아가야 하는 도시의 술렁거리는 불안 속에서 유일한 한 점의 불빛인 선생님 댁을 보았다. 나는 그때 이 빛이 암흑의 소용돌이 속에 다른 모든 것들과 마찬가지로 자연스럽게 빨려 들어가고 있음을 알아

차리지 못했다. 어차피 그 불빛도 빛을 소멸해갈 운명인데 지금 내 눈앞에 잠시 보류하고 있는 것뿐이라는 사실을 나는 미처 깨닫지 못했다.

나는 이런 순간적인 경험에 대해 선생님께 편지를 쓸까 하고 펜을 들었다. 나는 열 줄 정도 쓰다가 그만두었다. 종이를 박박 찢어 휴지통에 던져버렸다(선생님 앞으로 그런 말을 써 보내도 별로 달라질 것이 없으며, 이전 경험으로 봐서 절대 답장을 써 보내주시진 않을 것이라 생각했기 때문이다). 나는 외로웠다. 편지를 쓰는 것은 그 때문이었다. 그리고 답장이 왔으면 좋겠다고 생각했다.

6

8월 중순 즈음에 나는 한 친구로부터 편지를 받았다. 편지에는 지방의 어느 중학교 교사 자리가 났는데 가지 않겠냐고 써 있었다. 자기에게 들어온 자리인데 자기는 더 좋은 곳에서 근무하기로 결정되었기 때문에 소용없게 됐다며 나에게 소개하는 것이었다. 나는 곧 답장을 썼다. 우리 동기 중에 꼭 교사가 되고 싶다고 한 친구가 있으니 그쪽에 권하는 것이 좋겠다고 했다.

나는 답장을 부친 다음에 아버지와 어머니에게 그 이야

기를 했다. 두 분 모두 나의 결정에 이견은 없으셨다.

"그렇게 멀리 가지 않아도 좋은 자리는 얼마든지 있을 거다."

이런 말씀 속에서 나는 두 분이 내게 갖는 과분한 기대를 읽을 수 있었다. 순박하신 우리 부모님은 이제 막 대학을 나온 내가 월급을 많이 받는 굉장한 일자리를 구할 것이라고 믿고 계셨다.

"대학을 나왔다고 해도 요즘엔 그런 좋은 일자리는 구하기가 쉽지 않아요. 특히 형과 저는 전공도 다르고, 또 형이 취직할 때하고는 지금 물정이 많이 다르니까 저희 둘을 똑같이 놓고 비교하시면 곤란하죠."

"하지만 대학까지 졸업한 이상 얼른 독립해서 자기 앞가림을 해야지. 그러지 않으면 우리도 곤란하다. 사람들이 댁의 둘째 아드님은 대학까지 나왔는데 지금 무슨 일을 하느냐고 물어봤을 때 할말이 없으면 영 체면이 안 서니까 말이야."

아버지는 얼굴을 찡그리셨다. 아버지는 이 고장에서 나고 살아오시면서 생전 고향 밖으로 나가는 법을 모르셨던 분이다. 이곳에 사는 아무개에게 대학을 나오면 어느 정도의 월급을 받는다더라는 얘기를 들으신 아버지는 이렇게 말하고 다니는 사람들에게 안 좋은 소문이 나지 않도록 이제 막 졸업한 내가 그럴듯한 자리에 취직하길 바라셨다. 큰 도시에 적을 두고자 했던 나는 아버지나 어머니의 눈에 구름 위를 걸어 다닐 생각을 하는 이상한 사람으로만 비쳤다. 나 스스로도 그 비슷한 생각을 안 해본 것은 아니다. 나는 내 생각을 있는 그대로 밝히기에는 너무나 생각하는 방식이 다른 부모님 앞에서 잠자코 있을 수밖에 없었다.

"네가 만날 선생님, 선생님 하는 그분한테라도 부탁을 좀 드려보는 게 좋지 않겠니? 이런 때야말로."

어머니는 이런 식으로밖에, 다른 방식으로는 선생님을 해석할 수가 없는 분이었다. 지금 어머니가 언급하신 선생님은 내게 고향에 가면 아버지 살아생전에 어서 재산을 분배해서 몫을 챙겨두라고 말한 그 사람이다. 졸업을 했으니 일자리를 주선해주겠다는 그런 사람이 아니었다.

"그 선생님은 무슨 일을 하고 계시냐?"

아버지가 물으셨다.

"아무 일도 하시지 않습니다" 하고 내가 대답했다. 나는 분명히 얼마 전에 선생님께선 아무 일도 하지 않는 분이라고 아버지와 어머니께 말씀드린 적이 있다. 그러니 아버지가 벌써 그걸 잊어버렸을 리는 없다.

"아무 일도 하지 않는다니 그건 또 무슨 이유에서냐? 네가 그렇게 존경할 정도의 사람이라면 무슨 일이든 하는 분일 텐데 말이다."

아버지는 이렇게 말씀하시며 내게서 무슨 말이 나오는지 떠보셨다. 아버지의 생각으로는 훌륭한 사람이란 모두 사회적으로 높은 자리에 앉아 큰일을 하고 있는 사람이었다.

아무 일도 하지 않는데 훌륭한 사람이라면 필경 야쿠자이기 때문에 놀고 있는 거라고 생각하시는 분이었다.

"나 같은 사람도 월급 받고 일하지는 않아도 놀고먹지는 않잖냐."

아버지는 이렇게까지 말씀하셨다. 그래도 나는 묵묵히 아무 대꾸도 하지 않았다.

보다 못한 어머니가 "네가 그렇게 존경하는 훌륭한 분이라면 꼭 어디 좋은 자리를 알아봐 주실 게다. 부탁해본 적은 있니?" 하고 물으셨다. 나는 "아니요" 하고 대답했다.

"왜 부탁드려보지 않는 거니? 편지라도 괜찮으니까 한번 여쭤봐라."

"예."

나는 대답을 하는 둥 마는 둥 하고 자리에서 일어났다.

7

아버지는 확실히 당신의 병을 두려워하고 계셨다. 그러나 의사가 올 때마다 꼬치꼬치 질문해서 대답할 사람을 곤란하게 만드는 양반은 아니었다. 의사도 환자가 너무 걱정할 것을 우려해서인지 아무 말도 하지 않았다.

아버지는 당신이 돌아가신 다음 일을 생각하고 계신 것

같았다. 적어도 당신이 안 계신 이 집을 상상해보시는 것 같았다.

"자식들 공부시키는 것도 좋기만 한 건 아니네그려. 기껏 공부시켜놓으면 그 자식 놈은 집에는 코빼기도 안 보이니 말이야. 이건 부모 자식 사이 갈라놓으려고 공부시키는 것도 아니고 말야."

대학까지 마친 형은 지금 멀리 떨어진 곳에 산다. 공부 좀 했다고 나는 다시 도쿄로 돌아갈 마음을 먹고 있었다. 이런 자식들을 길러낸 아버지의 지금 말씀이 영 틀렸다고 할 수는 없는 것이었다. 오랜 세월 살아온 이 낡은 시골집에 덜렁 혼자 남겨질 어머니를 생각하신 아버지는 무척이나 외로우셨을 것이다.

이 집을 떠나 살 생각은 꿈에도 없으셨던 아버지다. 이곳에서 함께 세월을 보낸 어머니도 눈에 흙이 들어가기 전까지는 이곳을 떠날 수 없다고 믿고 계셨다. 아버지는 당신이 떠난 뒤 처량해질 어머니를 혼자 이 집에 살게 하는 것이 못내 불안하셨던 것이다. 그런데도 말로는 내게 도쿄에서 번듯한 일자리를 얻으라고 하시는 아버지의 말씀은 모순된 것이 아닌가.

나는 그 모순을 이상하게 생각했지만, 한편으론 그 덕에 다시 도쿄로 나갈 수 있다는 걸 다행으로 여기고 있었다.

나는 아버지와 어머니 앞에서 그런 일자리를 구하기 위

해 최대한 노력하고 있다는 걸 보여드려야 했다. 나는 선생님께 편지를 써 집안 사정이 이렇다는 걸 소상히 말씀드렸다. 만약 내가 할 수 있는 일이 있다면 무엇이든 할 각오이니 일자리를 주선해주십사 하고 부탁드렸다. 나는 속으로 선생님이 이런 나의 부탁에 응하실 리가 없다고 생각하면서도 편지를 썼다. 하지만 선생님께서 이 편지에 대한 답장만큼은 보내주실 거라고 기대한 것은 사실이다. 나는 그 편지를 부치기 전에 어머니와 마주 앉아 이야기를 했다.

"어머니가 말씀하신 대로 선생님께 편지를 썼어요. 좀 읽어보시겠어요?"

어머니는 내 예상대로 그 편지를 읽지 않으셨다.

"그랬냐, 그럼 빨리 갖다 부치렴. 우는 아이 젖 주는 법이다. 다른 사람이 아무 생각이 없더라도 네 쪽에서 먼저 손을 써야지."

어머니는 나를 아직 어린애라고 생각하고 계셨다. 나도 사실 그런 느낌이 들긴 했다.

"하지만 어머니, 편지만 갖고는 안 되지요. 9월경에 제가 도쿄로 직접 가야 될 것 같은데요."

"그야 그렇기도 하지. 본인이 직접 가야 좋은 자리가 나서겠지. 남한테 부탁만 해두고 손 놓고 있어선 안 되지."

"네에, 어쨌든 답장은 꼭 올 테니까, 그다음에 다시 얘기하죠."

나는 이런 일에 대해서 빈틈없이 꼼꼼하신 선생님이라는 걸 알고 있었다. 그래서 나는 진심으로 선생님한테서 답장이 올 것이라고 믿었다. 하지만 결국 내 예상은 빗나갔다. 선생님으로부터는 일주일이 지나도록 아무런 소식도 없었다.

"아무래도 어디 피서라도 가신 것 같아요."

나는 어머니에게 이런 말이라도 해서 둘러대야 했다. 하지만 이 말은 어머니에게 하는 변명일 뿐만 아니라, 나 스스로에게 하는 위로의 말이기도 했다. 나는 굳이 어떤 사정이 있을 거라고 가정해서 선생님의 태도를 정당화하지 않고는 불안했던 것이다.

나는 때때로 아버지의 상태를 잊고 당장 도쿄로 올라가 버릴까 하고 생각하기도 했다. 아버지조차 어떤 때는 당신의 병을 잊는 경우도 있었으니까. 당신이 없는 미래를 걱정하면서도 아버지는 훗날에 대비한 어떠한 조처도 하지 않았다.

나는 결국 선생님이 충고하신 재산 분배에 관한 이야기를 아버지께 꺼낼 기회조차 잡지 못하고 그저 세월만 보냈다.

8

9월 초순이 되자 나는 마침내 도쿄로 돌아가기로 작정했다. 나는 아버지에게 당분간은 지금까지 했던 것처럼 생활비를 좀 부쳐달라고 부탁드렸다.

“집에서 이러고 있으면 아버지가 말씀하시는 그런 일자리를 구할 수 없잖아요.”

나는 아버지가 원하는 일자리를 얻기 위해 도쿄로 간다는 듯이 말씀드렸다. 부탁 끝에 “예, 물론 일자리를 구할 때까지만이죠”라는 말도 덧붙였다. 나는 말은 그렇게 했지만 나한테 좋은 일자리가 생길 리 없다고 생각하고 있었다. 하지만 바깥 물정에 어두우신 아버지는 꼭 구할 수 있을 거라고 믿고 계셨다.

“그야, 도쿄에 가면 금방이라도 구할 수 있을 테니까 뭐 그동안은 어떻게든 마련해보겠다만은…… 대신 그게 길어지면 곤란하다. 좋은 자릴 구하는 대로 독립해야지. 원래 학교를 졸업했으면 그날로 다른 사람한테 손을 벌리지 말고 자기 힘으로 벌어 써야 되니까. 요즘 젊은 애들은 돈을 쓸 줄만 알지, 벌 생각은 안 하고 사는 것 같더구나.”

아버지는 이 말씀뿐 아니라 두루두루 잔소리를 하셨다.

“옛날에는 부모가 늙으면 자식들 신세를 졌지만 요즘에는 다 큰 자식들도 부모가 거둬야 해” 하며 푸념 비슷한 말씀도 빼놓지 않았다. 나는 그저 말없이 듣고만 있었다. 이만하면 대충 하실 말씀은 다 하셨겠지 생각하고 나는 조용히 자리에서 일어나려고 했다. 아버지는 언제 떠날 거냐고 물으셨다. 나는 하루라도 빨리 떠나고 싶었다.

“어머니와 상의해서 날짜를 정할게요.”

“그래.”

그때 나는 아버지 앞에서 상당히 어른스럽게 행동했다. 나는 되도록 아버지의 심기를 건드리지 않고 시골집을 떠나려고 했다. 아버지는 나를 다시 불러 세우셨다.

“이제 네가 도쿄로 올라가면 이 집은 또 텅 비게 돼. 나와 너희 어머니밖에 없잖니. 내가 몸이라도 성하면 문제가 아니지만 이래 갖고서야 언제 무슨 일이 날지 모르겠다.”

나는 많이 약해지신 아버지를 위로해드리고 내 방으로 돌아왔다. 나는 여기저기 흩어져 있는 책들 틈에 앉아 불안해하시던 아버지의 태도와 말씀을 머릿속에 떠올리며 생각했다. 나는 그 순간 다시 매미 울음소리를 들었다. 그 소리는 요전에 들었던 소리와는 달리 중이 웅얼웅얼 불경을 읊어대는 소리처럼 들렸다. 나는 여름방학 때 집에 내려와서 목청이 끊어져라 맹렬히 울어대는 매미 소리를 가만히 듣고 앉아 있으면 괜스레 서글퍼지곤 했다. 그러면 나의 슬픈 감정은 이 벌레의 맹렬한 울음소리와 함께 마음속 깊이 타고 들어와 묻히는 것 같았다. 그런 감정이 들면 나는 미동도 없이 앉아 다른 사람들을 떠올렸다.

그런데 그때 방에 돌아와 매미 소리를 들었을 때는 기분이 달랐다. 매미 소리가 마치 중이 불경 외는 소리처럼 들리더니 나를 둘러싼 사람들의 운명이 큰 윤회의 바퀴 속을 빙빙 돌아가는 모습이 머릿속에 그려졌다. 나는 많이 외로워하시는 아버지의 태도와 말씀을 생각하며 한편으론 보낸 편지에 답장도 없으신 선생님을 떠올렸다. 선생님과 아버지는 내가 이성적으로 비교를 할 때나, 마음속에 저절로 떠오를 때나 정반대의 인상을 남긴다.

나는 아버지의 모든 것에 대해 거의 다 알고 있다. 내가 만약 아버지 슬하를 벗어나 독립한다면 부모와 자식 간의 정 때문에 섭섭한 마음이 들 뿐이다. 한편 선생님에 대해서 나는 아직 파악하지 못한 부분이 많다. 말씀해주시기로 약속한 과거도 듣지 못했다. 선생님은 나에게 미지의 인물이었다. 나는 반드시 내가 모르는 그 부분을 거쳐 선생님의 모든 것이 확실한 단계까지 나아가야 한다고 생각했다. 선생님과 관계가 끊어지는 건 나에게 큰 고통이었다. 나는 어머니와 상의해 도쿄로 돌아갈 날짜를 잡았다.

9

내가 돌아갈 날짜가 가까웠을 때(상경하기 바로 이틀 전 저녁이었다고 생각된다), 아버지가 다시 쓰러지셨다. 나는 그때 이미 책들과 옷가지를 정리해 짐을 챙겨둔 상태였다. 이번에 아버지는 욕조에 들어가 몸을 닦던 중에 정신을 잃으셨다. 아버지의 등을 닦아주고 있던 어머니가 큰 소리로 나를 불렀다. 나는 알몸으로 어머니에게 등을 기대고 안겨 있는 아버지를 보았다. 내가 아버지를 부축해 방으로 옮겨 자리에 눕혔을 때 아버지는 이제 괜찮다고 말씀하셨다. 무슨 일이 날 것에 대비해 베갯머리에 앉아 젖은 물수건으로 아버지의 머리를 식혀드리던 나는 9시경에 야식으로 허기를 때웠다.

다음 날이 되자 아버지는 생각보다 상태가 좋아지셨다. 말리는 소리도 듣지 않으시고 걸어서 변소에 다녀오셨다.

"이제 괜찮다."

아버지는 작년 말에 쓰러지셨을 때 내게 했던 말씀을 그대로 반복하셨다. 그때는 내가 보기에도 괜찮으셨다. 나는 이번에도 어쩌면 본인 말씀대로 괜찮으실지도 모른다고 생각했다. 그리고 의사도 늘 신경 써서 조심시켜야 한다고만 말할 뿐 부탁을 해도 확실한 말은 해주지 않았다. 나는 불안한 마음에 날짜가 되었는데도 선뜻 도쿄에 갈 생각을 하지 못했다. 그리고 어머니께 "좀더 상태를 지켜본 다음에 갈까요?" 하고 상의드렸다. 어머니도 "그래 주겠니?" 하고 부탁하셨다.

어머니는 아버지가 정원에 나가시거나 뒷문 쪽으로 내려가시는 모습을 보면 아무렇지 않구나 하고 방심하시면서 갑자기 이런 일이 생기면 필요 이상으로 걱정하시며 어쩔 줄 몰라 했다.

"너 오늘 도쿄 간다고 하지 않았냐?"

아버지가 물으셨다.

"네, 좀더 있다 가려고요" 하고 내가 대답했다. 그랬더니 아버지가 "나 때문에 그러냐?" 하고 반문하셨다. 나는 순간 망설이며 서 있었다. 그렇다고 하면 아버지께 당신 병환이 그렇게 심각한 것이라고 알리는 게 되고, 아니라고 하면 그럼 이유가 뭐냐고 물으시며 이야기가 길어질 것이 뻔했다. 나는 아버지가 당신 병에도, 다른 일에도 신경 쓰게 하고 싶지 않았다. 그러나 아버지는 내 마음을 꿰뚫어 보시는 것 같았다. "너한테 못할 짓이다" 하고 짧게 한마디하시고 정원으로 향하셨다.

나는 내 방으로 들어와 한쪽 구석에 내던져 놓았던 짐보따리를 바라보았다. 보따리는 맘 내킬 때 언제라도 출발할 수 있도록 단단히 동여매어져 있었다. 나는 한동안 그 앞에 서서 멍하니 그것을 내려다보다가 다시 풀까 생각했다.

몸은 이곳에 있어도 마음은 딴 곳에 두고 심란한 기분으로 그렇게 또 이삼일을 보냈다. 그때 다시 아버지가 쓰러지셨다. 의사는 절대 자리에서 일어나지 말고 그대로 누워서 안정을 취하라고 명령했다. "이게 어찌된 일이냐" 하고 어머니는 아버지가 들리지 않을 정도의 작은 목소리로 나에게 말씀하셨다. 어머니의 표정은 아주 불안해 보였다. 나는 형과 여동생에게 전보를 쳤다. 하지만 아버지에게는 아무 말씀도 드리지 않았다. 아버지가 말씀하시는 걸 보면 그저 감기 정도 앓고 있는 사람처럼 보였다. 게다가 식사량은 평소보다 훨씬 늘었다. 옆에서 주의를 줘도 좀처럼 듣지 않으셨다.

"어차피 죽을 거라면 맛난 거라도 원없이 먹고 죽어야지."

나에게는 맛난 것을 찾으시는 아버지가 한편으론 우습기도 하고 한편으론 마음 찡하기도 했다. 아버지는 정말로 맛있는 음식을 먹을 수 있는 도시에서는 사신 적이 없는 분이었다. 한밤중에도 가키모치(얇게 저민 찰떡)를 구워오라고 하셔서 우적우적 씹어 드셨다.

"어찌 저리 배를 주리시는 걸까, 아무래도 아직은 살 만하신가 보다."

어머니는 다른 사람들이 보면 걱정했을 이상 증세를 보고 오히려 안심하시는 것 같았다. 그러면서도 병이 났을 때나 사용하는 '주리다'라는 구식 표현을 무엇이나 잡숫고 싶어 한다는 의미로 사용하셨다.

큰아버지가 병문안을 오셨을 때 아버지는 너무 늦어서 가야겠다는 큰아버지를 자꾸 붙잡으셨다. 당신이 심심해서 그런다는 것이 주된 이유였지만 어머니나 내가 먹고 싶은 만큼 먹을 걸 주지 않는다고 불평을 늘어놓으려는 것도 큰아버지를 붙잡는 목적 중에 하나였던 것 같다.

10

아버지의 상태는 일주일 동안 변화가 없었다. 나는 그동안에 규슈에 있는 형에게 장문의 편지를 썼다. 여동생에게는 어머니한테 연락하라고 했다. 나는 속으로 이번이 두 사람 앞으로 아버지의 건강에 관해 부치는 마지막 편지가 될 거라고 생각했다. 그래서 편지에다 다음에 또 무슨 일이 있으면 그땐 전보를 칠 테니 곧바로 달려오라고 일렀다.

형은 일 때문에 늘 바빴다. 동생은 임신 중이었다. 그러니 아버지 상태가 당장 어찌되실 정도가 아닌 이상 곧장 불러들일 상황은 아니었다. 하지만 사정 봐준답시고 천천히 알렸다가 기껏 멀리서 달려왔는데 너무 늦어 아버지의 임종도 보지 못하면 그것도 나중에 원망을 들을 일이다. 나는 전보 내용뿐만 아니라 부치는 시기까지 남모르는 고민을 해야 했다.

"며칠 몇 시에 돌아가실 건지는 저로서도 알 수 없습니다. 다만 언제고 일이 날 수 있다는 것만큼은 알고 계세요."

먼 곳에서 왕진 온 의사는 나한테 이렇게 말했다. 나는 어머니와 상의를 해서 그 의사가 소개해준 간호사를 집에 상주시키기로 했다. 아버지는 당신의 베갯머리에 와서 인사를 하는 흰옷 입은 여자를 보고 이상한 표정을 지으셨다.

아버지는 당신이 회복할 수 없는 병에 걸렸다는 사실은

진작 알고 계셨다. 하지만 죽음이 당장 코앞에 닥쳤다는 것은 전혀 감지하지 못하셨다.

"이제 이 병이 좀 나으면 도쿄에 한번 놀러 가야지. 인간은 언제 죽을지 모르니까 뭣이든 하고 싶은 게 있으면 살아생전에 다 해봐야 해."

어머니는 옆에서 그저 "그땐 저도 함께 데리고 가주세요" 하고 장단을 맞추셨다.

하지만 그런 아버지도 때로는 상당히 비관하셨다.

"내가 죽으면 아무쪼록 느이 어머니 잘 모셔라."

이 '내가 죽으면'이라는 어구는 이미 전부터 내 마음속에 자리하고 있었다. 내가 졸업하던 날 저녁 선생님은 사모님에게 몇 차례 이러한 말씀을 반복하신 일이 있다. 나는 미소를 띠며 말씀하시던 선생님의 얼굴과 '재밌지 않아요' 하며 듣지 않으려고 하셨던 사모님의 모습을 떠올렸다. 그때 선생님이 하신 '내가 죽으면'이라는 말은 단순한 가정이었다. 지금 내가 아버지로부터 들은 말은 바로 몇 분 후에라도 일어날 수 있는 사실이었다. 나는 아버지를 대할 때 선생님을 대하시던 사모님의 태도처럼은 할 수 없었다. 그러나 무슨 말로라도 아버지를 위로해드리지 않을 수 없었다.

"그런 약한 말씀 하지 마세요. 이제 곧 나으시면 도쿄에 나들이하러 오실 거잖아요. 어머니도 함께 말이에요. 이번에 오시면 정말 놀라실 거예요. 도시가 얼마나 많이 변했는데요. 새로운 전차 노선도 많이 생겼고, 전차가 지나가는 곳은 그 거리도 자연히 번화했죠. 게다가 구획 정비도 새로 했어요. 도쿄는 말이죠, 1분 1초도 가만히 있질 않아요."

나는 아버지를 어찌 대할지 몰라 쓸데없는 말까지 떠들었다. 그래도 시답잖은 내 말을 듣고 아버지의 기분이 좀 나아지시는 것 같았다.

병이 길어지니 자연스럽게 집에 드나드는 사람들도 많아졌다. 근처에 사는 친척들은 이틀에 한 명꼴로 돌아가며 문병을 왔다. 그 가운데는 비교적 먼 곳에 살아 평소엔 얼굴 보기 힘든 사람들도 있었다. "이거 큰일이다 싶어 달려왔더니 뭐 괜찮으시네. 말씀도 잘하시고, 무엇보다 조금도 수척해 보이지 않는데" 하고 돌아가는 사람도 있었다. 내가 처음 내려왔을 때는 썰렁하던 집이 아버지 병환 때문에 점점 북적대기 시작했다.

자리보전을 하는 동안 아버지의 상태는 점점 안 좋은 방향으로 기울었다. 나는 어머니와 큰아버지를 모시고 이야기를 한 뒤 마침내 형과 여동생에게 전보를 쳤다. 형한테는 곧바로 내려오겠다고 답신이 왔다. 매제도 오겠다고 답변을 보내왔다. 지난번 임신했을 때 유산을 해서 다음엔 또 그런 일이 발생하지 않도록 몸조심을 시켜야 한다고 미리 밝힌 매제는 여동생을 대신해서 혼자 방문할 눈치였다.

11

이렇게 집안이 뒤숭숭한 동안에도 나는 잠깐씩 조용하게 시간을 보낼 여유를 갖기도 했다. 가끔은 책을 잡고 열 장 정도는 계속 읽을 시간도 있었다. 지난번에 단단히 동여매 두었던 내 짐보따리는 어느 틈엔가 풀어헤쳐져 입을 벌리고 있었다. 나는 필요할 때마다 그 안에서 이것저것을 꺼냈다. 나는 도쿄를 떠나면서 세웠던 계획들을 다시 생각해보았다. 그 가운데 내가 한 일은 계획의 3분의 1도 되지 않았다. 나는 계획을 완수하지 못했을 때 찾아오는 허탈함을 이전에도 몇 번 경험한 적이 있다. 그러나 이번 여름만큼 생각해둔 것을 실행하지 못한 적은 거의 없다. 이런 게 사는 것이지 하는 생각이 들면서도 나는 억누를 수 없는 자괴감으로 괴로워했다. 이런 기분에서 헤어나지 못하면서도 한편으론 아버지의 병환을 걱정했다. 그리고 아버지가 돌아가신 후의 일들도 상상했다. 또 언제나 그랬듯이 선생님도 마음속에 그렸다. 그러면서 사회적인 위치, 교육, 성격이 전혀 다른 아버지와 선생님 두 분의 모습을 한동안 지켜보고 있었다.

아버지가 계신 방에서 나와 흩어진 책들 사이에 앉아 있는 방에 어머니가 얼굴을 내미셨다.

"낮잠이라도 좀 자지 그러냐. 너도 무척 피곤할 텐데."

어머니는 그 당시의 내 마음속을 다 보지 못하셨다. 나는 그런 어머니를 이해 못 할 어린애는 아니었다. 나는 걱정해 주셔서 고맙다고 한마디했다. 어머니는 나가지 않고 문지방에 그대로 서 계셨다.

"아버지는요?" 하고 내가 물었다.

"지금 푹 잠드셨어."

어머니가 대답하시면서 뭔가 생각난 듯이 문지방을 넘어와 내 옆에 앉으셨다. 그러더니 불쑥 "선생님한테는 아직 아무 소식도 없냐?" 하고 물어보셨다. 어머니는 일전에 내가 편지를 부치면서 한 말을 믿고 계셨다. 선생님이 꼭 답장을 보내실 거라고 했던 말을. 하지만 나는 부모님이 바라는 답장이 오리라고 기대하고 한 말이 아니었다. 결국 의도적으로 어머니를 속인 것이 되었다.

"한 번 더 편지 좀 넣어봐라."

어머니가 말씀하셨다. 나는 그것이 어머니께 위안이 된다면 대답 없는 편지를 몇 통 쓰는 걸 굳이 마다할 사람은 아니었다. 하지만 그런 용건으로 선생님께 자꾸 부담을 드리는 것이 고통스러웠다.

나는 아버지께 꾸중을 듣는다거나, 어머니 기분을 상하게 하는 일보다 선생님을 실망시키는 것이 훨씬 더 두려웠다. 지난번 드린 부탁에 대해 아직까지 답장이 없는 것도 혹시 선생님이 내게 실망하셔서 그런 건 아닌지 걱정이 되기도 했다.

“편지를 쓰는 건 어려울 게 없지만 이런 일은 편지를 쓴다고 금세 해결되는 일이 아니에요. 아무래도 제가 도쿄에 가서 직접 다녀봐야 될 것 같아요.”

“그런데 느이 아버지가 저 모양이시니, 언제 짬을 내서 도쿄까지 다녀오겠니?”

“그러니까 저도 못 가고 이러고 있죠. 상태가 어찌 될지 모르는 동안에는 꼼짝없이 이러고 있어야죠.”

“그야 당연한 얘기지. 저리 상태가 안 좋은 아버지를 놔두고 훌쩍 도쿄든 어디든 가버릴 순 없지. 그럼.”

나는 처음엔 상황이 얼마나 심각한지 모르고 계신 어머니를 측은하게 생각했다. 그런데 어머니가 왜 이런 문제를 이렇게 경황없는 마당에 자꾸 꺼내시는지 이해할 수가 없었다.

내가 아버지의 병수발을 들다가 잠깐씩이라도 조용히 책을 볼 여유를 갖는 것처럼, 어머니도 환자를 안방에 눕혀두고 딴생각을 할 만큼 여유가 있는 건지 의아했다. 그 순간 어머니가 “실은……” 하고 입을 떼셨다.

“실은 말이다, 느이 아버지 살아 계실 때 너한테 좋은 취직 자리가 생기면 저 양반이 마음을 푹 놓으실 것 같아서 그런다. 그게 우리 마음대로 되는 일은 아니지만 그렇게 부탁해서라도 일자리가 정해지면 한결 기운도 나고, 저러고 계실 때 기쁘게 해드리는 게 효도지 다른 게 효도냐 어디."

가련한 나는 부모님께 효도도 할 수 없는 처지였다. 나는 선생님께 단 한 줄도 써 보내지 않았다.

12

형이 집에 도착했을 때 아버지는 방에 누워서 신문을 읽고 계셨다. 아버지는 평소에도 다른 일은 못 해도 신문만큼은 꼭 챙겨 보시는 습관이 있으셨는데 자리에 눕게 되고 나서는 답답하고 지루해서인지 더더욱 신문에 매달리셨다. 어머니와 나는 굳이 말리지 않고 될 수 있는 한 환자가 원하는 대로 읽게끔 해드렸다.

"신문을 읽으실 정도면 괜찮네. 아주 위독하신 줄 알고 달려왔더니 멀쩡하시네요."

형은 먼저 이렇게 운을 떼고 아버지와 이야기했다. 형의 말투가 지나치다 싶을 정도로 밝고 가벼웠기 때문에 나에게는 오히려 이상하게 생각됐다. 그러나 아버지 방에서 나와 나랑 마주 앉자 형은 굉장히 심각해졌다.

"저렇게 신문을 읽으셔도 괜찮은 거냐?"

"나도 말려봤는데 영 말을 듣지 않으시니 어쩔 수 없지."

형은 나의 변명을 말없이 듣고만 있었다. 그러더니 불쑥 혼잣말을 하듯 말했다.

"무슨 말인지 전부 이해는 하실까?"

형은 아버지의 정신이 평소보다 흐릿하다는 걸 느낀 것 같았다.

"그건 걱정 안 해도 돼. 내가 좀 전에 20분 정도 아버지 머리맡에 앉아 이런저런 얘길 했는데 조금도 이상하시지 않았어. 저런 상태라면 아직 때가 먼 것 같기도 하고 말이야."

형과 앞서거니 뒤서거니 하며 도착한 매제에게 아버지는 여동생에 관해 여러 가지 물으시던 끝에 "큰일 치렀으니 무리해서 기차를 타고 이리저리 흔들리면 안 되지. 몸도 부실한데 무리해서 병문안을 온다고 하면 내가 오히려 큰 걱정이 된다네" 하고 말씀하셨다. 그런 아버지를 뵌 매제가 "이제 자리 털고 일어나시면 아기 얼굴 보러 저희 집에 오실 테니 걱정하실 것 없어요"라고 말하는 걸 보면 우리가 생각하는 것보다 훨씬 낙관적으로 보는 것 같았다.

노기 대장(일본 육군대장으로 러일전쟁 때 제3군 사령관을 역임했다. 1912년 메이지 천황 장례식 때 부인과 함께 순사)이 죽었을 때도 아버지는 신문에서 우리 가족 중에 제일 먼저 그 소식을 들으셨다.

그때 아버지는 혼자 "큰일이야, 큰일" 하시면서 같은 소리를 자꾸 반복하셨다. 아무 영문도 몰랐던 우리는 아버지를 보고 깜짝 놀랐다.

"그땐 정말 아버지 정신이 어떻게 되신 줄 알고 기겁했네."

나중에 형도 내게 이렇게 말했다.

"저도 사실 놀랐어요" 하고 매제도 정색을 하고 고백했다.

그때 신문에는 상황이 궁금해 목 빠질 정도로 기다리게 하는 소식들로 가득했다. 나는 아버지 베갯머리에 앉아 조용히 그것을 읽었다. 읽을 시간이 없을 때에는 살짝 내 방으로 가져와서 남김없이 훑어 내려갔다. 나는 군복을 입은 노기 대장과 궁녀 차림을 한 부인의 모습을 오랫동안 잊을 수 없었다.

잠자고 있던 이곳 나무들과 풀들까지 깨워 흔들 정도의 비보가 마을 구석구석에 퍼졌을 때 나는 선생님으로부터 한 통의 전보를 받았다. 양복을 입은 사람이라도 나타나면 개가 다 깜짝 놀라 짖어대는 이 마을에서는 전보 한 통도 큰 사건이었다. 먼저 그것을 전해 받은 어머니는 역시나 깜짝 놀라 허둥지둥 나를 집 뒤 으슥한 곳으로 불러냈다.

"도대체 이게 뭐냐?"

어머니는 옆에서 내가 봉투 뜯기를 기다리고 계셨다. 전보에는 잠깐 만나고 싶은데 도쿄까지 와줄 수 있겠냐는 내용이 간단히 적혀 있었다. 나는 고개를 갸우뚱하며 잠시 그대로 서 있었다. 어머니는 "틀림없이 좋은 일자리가 나선 게야" 하고 넘겨짚으셨다. 나도 어쩌면 그럴지도 모른다고 생각했다. 그러나 뭔가 좀 기분이 이상했다. 어쨌든 아버지가 위독하시다고 형이랑 매제까지 불러 모은 내가 나 몰라라 하고 당장 도쿄로 올라갈 수는 없는 상황이었다. 나는 어머니와 이야기를 한 다음 갈 수 없다는 답신을 치기로 했다. 아주 간단히 아버지의 상태가 위독하다는 뜻을 덧붙이기는 했지만 그래도 마음이 편치 않아 자세한 사정을 적은 편지를 그날 중으로 다시 부쳤다. 부탁한 자리가 난 것으로 믿고 계셨던 어머니는 "모처럼의 기회인데 때가 맞질 않으니 어쩔 수 없지" 하시며 못내 안타까워하셨다.

13

내가 선생님께 다시 보낸 편지는 상당히 긴 것이었다. 어머니뿐만 아니라 나도 이번에는 선생님께서 무슨 말씀을 하실 거라 생각했다. 내가 편지를 부친 지 이삼일째 되던 날 내 앞으로 전보가 도착했다. 전보에는 오지 않아도 된다는 말만 들어 있었다. 나는 그것을 어머니께 보여드렸다.

"아무래도 긴 편지로 뭐라고 말씀하실 생각인가 보네."

어머니는 끝까지 선생님이 내 일자리를 알선해주실 것으로 믿고 계신 눈치였다. 나도 그런 기대가 없지는 않았지만 평소에 내가 보아온 선생님으로 봐서 그런 일은 왠지 어울리지 않았다. 내 생각에 '선생님이 일자리를 알아봐주는' 그런 일은 있을 것 같지 않았다.

"어쨌든 제가 선생님께 보낸 편지는 아직 도착하지 않았을 테니 이 전보는 그전에 부치신 게 틀림없어요."

나는 어머니를 좀 안심시켜드리려고 이런 속이 빤한 말을 했다. 어머니는 내 말을 있는 그대로 받아들이시며 "그렇지" 하고 대답하셨다. 내 편지를 읽기 전에 선생님이 이 전보를 쳤다는 것이 선생님을 바로 이해하는 데에 아무런 도움이 되지 않는다는 것을 잘 알면서도.

그날은 마침 아버지의 주치의가 병원 원장까지 대동하고 오기로 한 날이었기 때문에 어머니와 나는 더 이상 이 건에 대해 이야기할 짬이 없었다. 두 의사는 모두 지켜보는 가운데 환자에게 관장을 하는 등 치료를 하고 돌아갔다.

의사가 아버지에게 누워서 안정을 취하라고 말한 다음에는 가족들이 돌아가면서 아버지의 대소변을 받아냈다. 깔끔하신 아버지는 처음 얼마 동안 무척이나 언짢아하셨는데 실제로 몸이 말을 듣지 않게 되고서는 할 수 없이 누운 채로 일을 보셨다. 병이 깊어지면서 정신까지 무뎌지신 탓인지 뭔지는 모르겠지만 횟수를 거듭하면서 당연한 일처럼 용변을 보시게 됐다. 가끔씩 요나 이불을 더럽혀서 식구들이 이맛살을 찌푸려도 정작 본인은 아무렇지 않은 표정으로 누워 있었다. 또 병이 병인지라 소변량은 극히 적었는데 의사는 이것을 좋지 않은 증상으로 보았다. 식욕도 점차 줄었다. 어쩌다 뭔가 먹고 싶더라도 입에서만 좋았지, 목구멍에서 그 밑으로 더 이상 받아들이지 못했다. 그렇게 기다리시던 신문도 손으로 잡을 기력이 없어졌다. 베개 곁에 있는 검은 안경집 속에 있는 안경을 꺼낼 일이 없어졌다. 지금은 먼 곳에 살고 있는 아버지의 어릴 적 친구인 사쿠 모라는 분이 문병을 왔을 때 "어이, 사쿠 상 왔나" 하시며 아버지는 흐릿한 눈으로 친구분을 바라보셨다.

"와줘서 고마우이. 자네는 그리 멀쩡하니 부러워. 난 이제 틀렸나 봐."

"무슨 그런 말을. 대학 나온 아들이 둘이나 있는데 병이 좀 났기로 뭐 그리 대순가? 나를 좀 봐. 지금 당장 쓰러져도 돌봐줄 자식 놈도 없잖나. 그저 이렇게 숨이 붙어 있으니 사는 거지. 멀쩡하다고 해도 별달리 낙도 없잖나."

아버지가 다시 관장을 한 것은 사쿠 상이 다녀간 지 이삼 일 후였다. 아버지는 의사가 수고해준 덕에 훨씬 속이 편해졌다고 좋아하셨다. 이제는 살 만하다고 느껴지신 모양이었다. 옆에 계시던 어머니는 그런 아버지를 보고 당신도 크게 안심을 하신 건지, 아버지가 기분이 좀 나아지신 김에 더 기운 차리게 하시려는 건지 선생님으로부터 전보가 온 걸 마치 도쿄에 내 일자리가 난 것처럼 말씀하셨다. 곁에 있던 나는 무척이나 민망했지만 그 자리에서 딱 잘라 그게 아니라고 말할 수도 없고 해서 잠자코 있었다. 아버지는 어머니의 말을 듣고 안색이 밝아지셨다.

"그것 참 잘됐네요."

매제도 거들었다.

"무슨 자린지는 아직 모르는 거냐?"

형이 물었다. 나는 이제 와서 그 말을 전면적으로 부정할 용기가 도저히 나지 않았다.

나는 그저 그렇다는 것도, 아니라는 것도 아닌 애매한 답변을 얼버무리고 자리에서 일어났다.

14

아버지의 상태는 이제 최후의 문턱까지 와서 잠시 주저하는 것처럼 보였다. 식구들은 모두 아버지가 오늘내일 어찌 되실 걸로 각오를 하고 매일 밤 잠자리에 들었다.

아버지는 옆 사람이 보기에도 괴로울 정도의 고통은 느끼지 않으셨다. 그 점에서는 간병하기에도 편했다. 밤에는 만일에 대비해서 한 사람씩 교대로 일어나 지켰다. 나머지 사람들은 한밤중이 되면 각자의 방으로 돌아갔다. 잠들 시간을 놓쳐서 그랬는지 좀체 잠을 이룰 수 없었던 나는 건넌방에서 희미하게 신음 소리가 나는 줄 알고 방에서 뛰쳐나와 아버지가 계신 방으로 갔다. 그날 밤은 어머니가 당번이었다. 그러나 어머니는 아버지 옆에서 팔베개를 하고 잠들어 있었다. 아버지도 깊은 잠에 빠진 사람처럼 아주 조용했다. 나는 발소리를 죽여가며 내 방으로 돌아왔다.

나는 형이 누워 있는 모기장 안으로 다시 들어가 자리를 잡았다. 매부는 손님 대접을 받고 있던 터라 독방을 차지하고 있었다.

"세키도 참 못 할 짓이네. 저렇게 며칠씩 지켜보고 집에 돌아가지 못하니 말이야."

세키는 매제의 성씨였다.

"하지만 뭐 그렇게 바쁘지 않으니까 저러고 있는 거겠지. 매제보다 형이 더 곤란한 거 아니야? 이렇게 오랫동안 자리를 비워서."

"곤란해도 할 수 없지. 다른 일도 아니고 말이야."

형과 나란히 누운 나는 이런 말들을 주고받았다. 형의 머릿속에도, 나의 마음속에도 우리 힘으로는 아버지를 도울 길이 없다는 생각이 있었다. 이렇게 지켜보고 있는다고 나아지는 것도 아닌데 굳이 이렇게까지 해야 하나 하는 생각도 있었다. 우리는 자식이 돼서 아버지가 죽기를 기다리고 있는 입장이었다. 그렇지만 자식 된 도리가 있는데 형이나 나나 그런 걸 선뜻 입 밖에 낼 수는 없었다. 그리고 우린 서로가 무슨 생각들을 하고 있는지 말없이도 잘 알고 있었다. 형이 나에게 "아버지 말이야, 아직 회복할 가능성이 있는 것 같지?" 하고 물었다.

사실 형 말대로 될 것 같은 구석도 없진 않았다. 근처에 사는 사람들이 문병을 오면 피곤하실 거라며 말리는 말도 듣지 않고 그때마다 들여보내라고 하셨다. 사람들을 만나면 꼭 내 졸업 축하잔치를 하지 못해서 미안하다는 말씀을 빼놓지 않으셨다. 어떨 때는 지난번에 그냥 지나간 대신 병이 나으면 꼭 잔치에 부르겠다는 말씀도 덧붙이셨다. "네 졸업 축하잔치를 안 하게 된 건 참 다행이야. 내 잔치 때는 얼마나 곤란했니" 하며 형은 그때의 기억을 환기시켰다. 나는 술에 절어 소란을 피웠던 그때의 모습을 떠올리며 씁쓸하게 웃었다. 마실 것과 먹을 것을 들고 사람들 사이를 돌아다니며 권하시던 아버지의 모습도 떠올라 내 마음을 착잡하게 했다.

나는 형과 그다지 사이가 좋지 않았다. 어렸을 때는 자주 싸움질을 했고 싸움은 언제나 나이 어린 내가 우는 것으로 끝났다. 대학에서 전공이 달랐던 것도 순전히 성격 차이에서 온 것이다. 대학에 다닐 때 나는, 특히 선생님과 친분을 쌓던 나는 먼발치에서 형을 보며 늘 속물이라고 생각했다. 형과 오랫동안 멀리 떨어져 살았기 때문에 우리 사이에는 언제나 좁혀지지 않는 거리가 있었다. 하지만 오랜만에 이렇게 가까이서 대하고 보니 그래도 우린 형제라는 느낌이 어디선가 배어 나왔다. 지금 우리가 처한 상황도 내 마음속에 형제애를 느끼게 하는 데에 큰 역할을 했다. 우리 두 사람의 공통분모인 아버지, 그 아버지의 죽음을 눈앞에 두고 형과 나는 서로 악수를 나눈 셈이다.

"너 이제부터 어쩔 생각이냐?"

형이 물었다. 나는 형의 질문에 대한 대답과는 상관없는 말로 대답을 대신했다.

"도대체 우리 집 재산은 지금 얼마나 되는 거야?"

"나도 몰라. 아버지가 아직 아무 말씀도 안 하시니까. 하지만 재산이라고 해봤자 현금이 없는 건 너도 알잖아."

어머니는 어머니대로 선생님의 답변을 고대하고 계셨다.

"아직 소식 안 왔니?"

내 얼굴이 눈에 띄기가 무섭게 어머니는 물어오셨다.

15

"선생님, 선생님 하는 건 도대체 누구 얘기냐?"

형이 물었다.

"얼마 전에 말했잖아."

이것이 나의 대답이었다. 나는 설명을 들어놓고도 금세 잊어버리는 형의 그런 성격이 불만스러웠다.

"듣긴 들었는데……."

형은 내 설명을 듣긴 했지만 귀담아듣진 않은 것이다. 나는 굳이 형에게 선생님에 대해 설명할 필요를 느끼지 않았다. 형이 선생님의 존재를 이해해주기를 바라지도 않았다. 하지만 화가 났다. 역시 변한 게 없구나 하는 생각이 들었다. 내가 선생님, 선생님 하면서 존경하는 사람이라면 틀림없이 사회의 저명인사일 거라고 형은 생각하고 있었다. 적어도 대학의 교수 정도는 될 거라고 넘겨짚고 있었다. 사회적으로 이름도 알려지지 않고 직업도 없는 사람에겐 어떠한 가치도 있을 수 없다고 보는 형은 그런 점에서 아버지와 똑같은 인간이었다. 하지만 아버지가 아무 일도 할 수 없으니까 놀고 있는 것이라고 속단한 데에 반해 형은 무언가 할 수 있는 능력이 있는데도 빈둥대고 있는 것은 쓸모없는 인간이라고 말하는 듯한 뉘앙스를 풍겼다.

"이기주의자는 못써. 아무 일도 하지 않으면서 먹고살려고 하는 건 게으른 근성 때문이지. 인간이란 자신이 갖고 있는 재능을 최대한 살려 일하지 않으면 식충이에 불과해."

나는 형에게 자신이 지금 사용한 이기주의자라는 말의 뜻을 제대로 알기나 하느냐고 따지고 싶었다. 그런데 내가 말을 꺼내기도 전에 형은 다시 "하지만 그 사람 덕분에 괜찮은 일자리가 생겼다면 다행이지. 아버지도 저리 기뻐하시잖니" 하고 말을 했다. 선생님으로부터 어떤 확실한 내용을 담은 편지가 오지 않는 이상 나는 식구들이 알고 있는 대로 믿고 있을 수도 없었고, 또 내 입으로 어떻다고 말할 용기도 나지 않았다. 어머니의 입바른소리로 모두 내가 일자리가 생긴 줄 알고 있는 지금 이 마당에 갑자기 한마디로 판을 뒤집을 순 없었던 것이다. 어머니가 안달하지 않으셔도 나는 선생님의 편지를 학수고대하고 있었다. 그리고 나도 그땐 선생님의 편지에 우리 식구 모두가 바라는 내 일자리 소식이 담겨 있길 바랐다. 나는 죽음을 눈앞에 둔 아버지 앞에서, 그 아버지를 조금이라도 안심시켜드리고 싶어 하는 어머니 앞에서, 그리고 일하지 않으면 인간이 아니라는 듯이 말하는 형 앞에서, 그 외에도 큰아버지나 매제 앞에서 조금도 집착하고 싶지 않은 그 일에 태연할 수만은 없었다.

아버지가 이상한 누런 액체를 토했을 때 나는 일전에 선생님과 사모님이 하신 말씀을 퍼뜩 떠올렸다. "저렇게 오랫동안 누워만 계시니까 위도 안 좋아지신 게지"라고 말하는 어머니의 얼굴을 보고 아무것도 모르시는 어머니가 불쌍해 목이 메어왔다.

형과 내가 거실에서 마주 앉았을 때 형은 "들었냐?"고 물었다. 그건 의사가 돌아가면서 형에게 한 말을 들었냐는 뜻이다. 나는 부연 설명을 듣지 않아도 그것이 무엇을 뜻하는지 충분히 알 수 있었다. "너 이 집으로 아주 들어와서 집안을 돌볼 생각은 없냐?" 하고 형이 내 의향을 물었다. 나는 아무 대답도 하지 않았다.

"어머니 혼자서는 아무 일도 못 하시잖니?"

형이 다시 말을 꺼냈다. 형은 내가 흙냄새를 풍기며 썩어도 아깝지 않은 사람이라고 생각하고 있었다.

"계속 책만 읽고 있을 양이라면 시골에서도 충분히 가능한 일이고, 특별히 일자리를 구할 필요도 없으니 너한테는 딱 좋지 않니?"

"형이 집에 들어와 사는 게 도리가 아닐까?" 하고 내가 말했다.

"내가 지금 그럴 수 있는 형편이 아니잖니?"

형은 이렇게 잘라 말했다. 형의 머릿속은 이제 넓은 세상에 나가 일할 생각으로 가득했다.

"네가 싫다면 큰아버지께라도 부탁드려보겠지만, 그렇더라도 누군가 어머니를 돌봐드려야 하니까."

"어머니가 과연 여길 뜨실 생각이 있는지가 더 중요한 문제야."

우리 형제는 아버지가 돌아가시기 전부터 아버지 사후의 일에 대해 이런 식으로 서로의 생각을 주고받았다.

16

아버지는 때때로 헛소리를 하는 지경에까지 이르셨다.

"노기 대장에게 송구스럽구나. 정말이지 면목 없는 일이야. 나라도 빨리 뒤를 따라야지."

이따금씩 이런 말씀을 하셨다. 어머니는 이제 무척이나 불안해하셨다. 모두 아버지 머리맡에 앉아 자리를 뜨려 하지 않았다. 속에서 어떤 기미가 느껴지실 때마다 아버지도 빨리 때가 오기를 바라시는 것 같았다. 특히 방 안을 휘둘러보시고 어머니가 보이지 않으면 곧바로 "느이 어머니는?" 하고 찾으셨다. 입 밖으로 소리 낼 기력이 없으시면 눈으로라도 그렇게 찾으셨다. 나는 그러실 때마다 앉았던 자리에서 일어나 어머니를 부르러 나가야 했다. "무슨 할말이라도 있으세요?" 하며 어머니가 하던 일을 내팽개치고 들어오시면 아버지는 그저 어머니의 얼굴만 바라볼 뿐 아무 말씀도 하지 않으셨다. 또 그러시나 보다 하고 있으면 엉뚱한 말씀을 하시기도 했다. 그런가 하면 어떤 때는 "여보, 당신한테도 신세 많이 졌네" 하며 평생 안 하시던 말씀을 하시기도 했다. 그럴 때면 어머니는 꼭 눈물을 그렁그렁 매달고 잠자코 앉아 계셨다. 그런 다음에는 꼭 건강했던 옛날의 아버지 모습을 상상하시는 것 같았다.

"지금은 저렇게 말씀하셔도 예전엔 나한테 얼마나 모질게 하셨는데."

어머니는 아버지한테 빗자루로 등을 얻어맞은 적도 있다고 옛날 일을 말씀해주셨다. 지금까지 수도 없이 그런 얘길 들어온 나와 형은 예전에 듣던 것과는 다른 기분으로 어머니의 말씀을 받았다.

아버지는 당신의 눈앞에 희미하게 비치는 죽음의 그림자를 바라보면서도 아직 유언이라고 할 만한 말씀은 꺼내지 않으셨다.

형은 내 얼굴을 보면서 "지금이라도 뭔가 아버지에게 물어봐야 하는 거 아닌가" 하고 물었다. 나도 "그렇긴 해" 하고 대답했다. 하지만 나는 그런 말을 우리가 먼저 꺼내는 것이 환자에게 좋을 게 없다고 생각했다. 우리 둘은 망설이다가 결국 아버지 앞에서는 아무런 말도 못 꺼내고 큰아버지께 여쭤보았다. 큰아버지도 고개를 끄덕이셨다.

"말하고 싶은 게 있는데 못 하고 죽는 것도 안타깝겠지만서도, 그렇다고 이쪽에서 먼저 재촉하는 것도 안 좋을 것 같은데 말이야."

그 이야기는 결국 이렇게 미적거리다가 슬그머니 들어가 버렸다. 그러는 동안에 아버지는 혼수상태에 빠지게 됐다. 역시나 아무것도 모르는 어머니는 아버지가 잠이 든 걸로 착각하고 오히려 안심하셨다. "아유, 저렇게 편히 잠이라도 좀 주무시면 옆에 있는 사람들도 한결 낫지" 하고 말씀하셨다.

아버지는 때때로 눈을 뜨시고 누구는 어찌됐냐고 물으셨다. 아버지가 찾으시는 그 누구는 조금 전까지 옆에 앉아 있던 사람들의 이름이었다. 아버지의 의식에는 어두운 부분과 밝은 부분이 있는데, 그 밝은 부분과 어두운 부분이 가느다란 실로 이어져 일정한 거리를 두고 차례차례 돌아가는 듯이 보였다. 어머니가 혼수상태를 잠자는 것과 혼동하시는 것도 무리는 아니었다.

그러면서 아버지는 이제 혀까지 점점 꼬여갔다. 뭔가 얘기를 꺼내도 뒤가 흐릿해지면서 끊어졌기 때문에 결국 무슨 말씀인지 알아듣지 못하는 경우가 많아졌다. 그렇긴 해도 말씀을 시작하시면 위독한 사람이라고는 믿기지 않을 정도로 큰 목소리를 냈다. 우리는 평소와는 다른 이상한 목소리로 말씀을 꺼내시면 아버지의 입 가까이 귀를 갖다 대야만 했다.

"머리를 좀 차게 해드리면 좋아하실까요?"

"네."

간호사에게 확인을 하고 나는 아버지가 베고 계시던 물베개를 빼내고 새로 얼음을 채운 얼음주머니를 머리에 얹어드렸다. 달그락달그락 서로 부딪치다가 떨어진 얼음조각들이 주머니 안에서 녹아내리는 동안 나는 아버지의 축축해진 이마에서 그것을 쓸어내렸다. 그때 형이 복도에서 방으로 들어와선 아무 말 없이 나에게 편지 봉투를 건넸다. 왼손에 그것을 받아들자마자 이상한 느낌이 들었다. 그것은 보통 우편물에 비해 상당히 묵직한 것이었다. 겉봉투도 일반 편지 봉투가 아니었다. 일반 편지 봉투에 들어갈 만한 분량이 아니었던 것이다. 겉에 반지半紙를 한 번 더 감고 봉투 입구를 풀로 꼼꼼히 붙였다. 나는 그것을 형의 손에서 받아들었을 때 곧바로 선생님이 보내신 거라는 걸 알았다. 반지를 뜯자 안쪽에 선생님의 성함이 가지런히 적혀 있었다. 아버지를 봐드리고 있던 나는 손을 놓을 수가 없어서 일단 그것을 품 안에 넣었다.

17

그날은 아버지의 상태가 훨씬 안 좋아 보였다. 내가 바깥 변소에 가려고 자리에서 일어났을 때 복도에서 마주친 형은 "어디 가냐?"라며 마치 무슨 보초병이 포로를 심문하듯 물었다. 그리고 "아무래도 상태가 심상치 않으니 가능한 한 자리를 뜨지 말고 옆에 앉아 있어라" 하고 당부했다. 나도 그 말은 맞다고 생각했다. 품속에 편지꾸러미를 그대로 넣어두고 다시 제자리로 들어와 앉았다. 아버지는 눈을 뜨고 방 안에 앉아 있는 사람이 누구누구냐고 어머니께 물으셨다. 어머니가 저건 누구고, 여기 있는 건 누구라고 일일이 설명할 때마다 아버지는 고개를 끄덕이셨다. 이름을 듣고도 고갯짓이 없으실 땐 어머니가 다시 큰 목소리로 귀에다 대고 누구누구라고요, 아셨어요 하고 소리치셨다.

“여러 가지 신세 많이 졌소.”

아버지는 이렇게 한마디하시고 다시 혼수상태에 빠지셨다. 베갯머리에 빙 둘러앉아 있던 사람들은 아무 말 없이 한동안 환자의 모습을 바라만 보고 있었다. 그러다가 그중 한 사람이 일어나 옆방으로 갔다. 그 뒤에 또 한 사람이 나갔다. 세 번째로 나도 자리에서 일어나 내 방으로 왔다. 나에겐 조금 전 내 손에 쥔 우편물을 뜯어볼 목적이 있었다. 아버지 머리맡에서도 충분히 읽을 수는 있지만 한꺼번에 다 읽어 내려갈 분량이 아니었다. 나는 따로 시간을 들여 그것을 차근차근 읽고 싶었던 것이다.

나는 꽁꽁 싸맨 겉종이를 뜯어냈다. 그러자 그 안에서 가로세로 줄이 그어진 선 위에 가지런한 글씨가 빽빽이 채워진 원고 다발 같은 것이 나왔다. 그리고 많은 분량을 구겨지지 않도록 봉투에 집어넣기 위해 네 귀퉁이를 접어놓았다. 나는 접힌 부분을 반대 방향으로 꺾어서 읽기 쉽도록 폈다. 내 마음은 이 많은 분량의 종이와 그 안에 담긴 잉크가 나에게 무엇을 말할 것인지 한편으론 궁금하고, 한편으론 두렵기도 해 두근거렸다. 그리고 그와 동시에 아버지의 상태에 신경이 쓰였다. 내가 이 편지를 끝까지 읽기 전에 아버지가 어떻게 되시거나, 아니면 형이나 어머니나 큰아버지께서 날 부를 거라는 예감이 들었다. 나는 침착하게 선생님의 글을 읽을 상황이 아니었다. 나는 불안한 마음으로 첫 페이지를 읽었다. 첫 장의 내용은 다음과 같다.

과거에 자네한테서 질문을 받았을 때 대답할 용기가 없었던 나는 지금 자네 앞에 그것을 확실히 밝힐 자유를 얻었다고 믿네. 하지만 그 자유는 자네가 상경하기 전에 다시 소실될 수 있는 가변적인 자유에 지나지 않아. 따라서 그것을 이용할 수 있는 시간을 최대한 살리지 않으면 나의 과거를 자네에게 간접경험으로 가르쳐줄 기회를 영원히 잃어버리게 되고 마네. 그러면 일전에 그렇게 굳게 약속한 말이 거짓이 되고 말지. 그래서 난 지금 입으로 해야 할 말을 이렇게 펜을 쥐고 밝히고자 하네.

나는 여기까지 읽고 비로소 이 장문의 편지가 무엇 때문에 쓰였는지, 그 이유를 알게 되었다. 내 일자리 같은 것에 대해 선생님이 편지를 보낼 분이 아니라는 건 진작에 알고 있었다. 그러나 글쓰기를 좋아하지 않는 선생님이 어째서 그 사건을 이렇게 길게 써서 내게 말해줄 마음이 드신 걸까? 선생님은 왜 내가 도쿄로 올라가 뵐 때까지 기다리지 못하신 걸까?

자유를 얻어서 이제 말을 한다. 그러나 그 자유는 다시 영원히 소실되어버릴 것이다.

나는 마음속으로 이 구절을 되뇌면서 의미를 파악하려 애썼다. 갑자기 불안해졌다. 나는 계속해서 뒤를 읽어 내려가려 했다. 그 순간 아버지 방에서 나를 부르는 형의 목소리가 들려왔다. 나는 깜짝 놀라 벌떡 일어섰다. 복도를 내달려 모두 앉아 있는 방으로 뛰어들어갔다. 나는 드디어 아버지의 마지막 순간이 왔음을 감지했다.

18

아버지 방에는 언제 도착했는지 의사가 와 있었다. 최대한 환자를 편하게 해주라는 말과 함께 관장하는 법을 가르쳐주고 있었다. 간호사는 어젯밤을 꼬박 새워서, 좀 쉬러 옆방으로 갔다. 관장하는 모습이 익숙하지 않은 형은 자리에서 일어나 어쩔 줄 몰라 하며 서 있었다. 내 얼굴을 보더니 "네가 좀 대신 하겠니?" 하며 옆자리로 물러나 앉았다. 나는 형을 대신해서 기름종이를 아버지의 엉덩이 밑에 갖다 대고 시중을 들었다.

아버지는 조금 편안해지신 것 같았다. 30분 정도 머리맡에 앉아 지켜보던 의사는 관장 결과를 살펴보고 다시 오겠다고 한 뒤 돌아갔다. 대문을 나서면서 혹시라도 그사이에 무슨 일이 생기면 곧바로 연락하라고 일러두고 갔다.

나는 당장이라도 꼭 무슨 일이 날 것만 같은 방을 걸어 나와 다시 선생님의 편지가 놓여 있는 곳으로 갔다. 하지만 나는 마음을 안정시킬 수가 없었다. 책상 앞에 앉자마자 누가 또 큰 소리로 날 부를 것이다. 그러면 그것으로 마지막이다. 두려움으로 손이 떨렸다. 나는 선생님의 편지를 내용은 읽지 않고 페이지만 넘겨갔다. 내 눈은 칸에서 벗어나지 않고 있는 글씨를 바라보고 있었다. 하지만 내용을 읽을 여유는 없었다. 눈앞에 있는 글자들을 읽을 여유조차 마음놓고 가질 수 없는 상황이었다. 나는 마지막 장까지 차례차례 넘겨보고 다시 그 종이 다발을 원래대로 접어 책상 위에 올려놓았다. 그때 갑자기 결말을 예고하는 듯한 구절이 내 눈에 꽂혔다.

> 이 편지가 자네에게 도착할 즈음에는 나는 이미 이 세상에는 없을 걸세. 죽어 있겠지…….

갑자기 숨이 멈추는 듯했다. 지금까지 쿵쾅쿵쾅 뛰던 내 심장이 한순간에 덩어리로 뭉쳐버린 것 같았다. 나는 다시 뒷장부터 페이지를 넘겨갔다. 그리고 한 장에 한 구절씩 읽어갔다. 나는 모래사장에서 사금 조각을 찾아내려는 사람처럼 내가 꼭 알아야 하는 말을 찾아내려고 가물거리는 문자들을 훑어 내려갔다. 그때 내가 알고자 했던 것은 단지 선생님의 안부였다. 선생님의 과거, 선생님이 내게 말해주겠다고 약속하신, 내가 그토록 궁금해했던 과거는 그 순간 내게 전혀 중요하지 않았다.

나는 끝까지 페이지를 넘겼는데도 내가 찾는 구절이 쉽게 보이지 않는 그 기나긴 편지 꾸러미를 손으로 꽉 쥐었다.

나는 다시 아버지를 살펴보러 방문까지 갔다. 환자의 방은 의외로 조용했다. 수척한 얼굴을 하고 머리맡에 앉아 계시던 어머니를 손짓으로 불러내서 물었다.

"좀 어떠세요, 아버지는?"

"지금 좀 잠잠해진 것 같다."

나는 아버지의 눈앞에 얼굴을 갖다 대고 "좀 어떠세요? 관장을 하니까 좀 나으세요?" 하고 물었다. 아버지는 고개를 끄덕이셨다. 아버지는 또박또박 "고맙다"라고 말씀하셨다. 놀랍게도 정신이 또렷하셨다. 나는 다시 아버지 방에서 나와 내 방으로 건너왔다. 시계를 올려다보고 기차 시간표를 살펴보았다. 나는 벌떡 일어나서 오비를 고쳐 매고 옷소매 안에 선생님의 편지를 쑤셔넣었다. 그러고는 밖으로 뛰어 나갔다. 나는 곧장 의사의 집으로 달렸다. 나는 의사를 붙잡고 아버지가 앞으로 이삼일은 더 버틸 수 있는지 그 자리에서 확실한 말을 들을 생각이었다. 주사를 놓든 뭘 하든 아버지의 명을 이삼일만 좀 연장해달라고 부탁하려고 했다. 그러나 의사는 집에 없었다. 나는 그 집에 앉아 의사가 돌아올 때까지 기다릴 만한 시간이 없었다. 마음에 여유도 없었다. 나는 곧 차를 잡아타고 기차역으로 가자고 했다.

나는 기차역 벽에 종이 한 장을 받쳐놓고 연필로 어머니와 형 앞으로 편지를 썼다. 내용은 아주 간단한 것이었지만 아무 말 없이 사라지는 것보다는 나을 거라 생각해서 그 짧은 편지를 집주소로 부쳐달라고 승무원에게 부탁했다. 그러고는 뒤도 돌아보지 않고 도쿄행 기차에 올라탔다. 나는 덜커덩거리는 삼등열차에서 선생님의 편지를 꺼내 천천히 읽기 시작했다.

선생님과 유서

1

나는 올여름 자네로부터 두세 통의 편지를 받았네. 도쿄에서 괜찮은 일자리를 구하고 싶으니 잘 부탁한다고 쓴 편지는 두 번째로 받은 것이었다고 기억하네. 나는 그 글을 읽고 뭔가 해주고 싶다는 생각을 했지. 적어도 그에 대한 답장 정도는 써 보내야 하지 않을까 생각했네. 하지만 솔직히 고백하자면 난 자네의 부탁에 대해 아무런 노력도 하지 않았네. 자네도 알다시피 대인관계의 폭이 좁다고 하기보다는 이 세상을 혼자 살아가고 있다고 봐야 할 정도인 나에겐 자네 부탁을 위해 어떻게 해볼 여지가 없었던 걸세. 하지만 그건 그리 주된 이유는 아니야. 진실을 말하자면 나는 자네로부터 편지를 받을 당시 내 자신을 어찌해야 좋을지 몰라 번민에 빠져 있었다네. 지금처럼 인간 세계의 한 귀퉁이에서 미라처럼 살아가야 할지, 그렇지 않으면…… 그 당시에 나는 '그렇지 않으면'이란 말을 마음속으로 몇 번이나 반복해보고 섬뜩함을 느꼈네. 절벽 끝까지 달려가 갑자기 아득한 골짜기를 내려다보는 사람처럼 말이야. 나는 비겁했네.

그리고 다른 비겁한 사람들처럼 나도 고민했던 거지. 유감스럽네만 당시 내 머릿속에는 자네의 존재가 거의 없었다고 해도 과언이 아니네. 좀더 심하게 말하면 자네의 일자리, 자네의 먹고살 일 따위는 내게 아무런 의미가 없었어. 어찌되든 상관없었다는 얘기지.

나는 그런 일에 신경쓸 새가 없었던 거네. 나는 편지꽂이에 자네의 편지를 꽂아두고 가만히 팔짱을 끼고 앉아 생각했네. 집에 상당한 재산이 있는 사람이 졸업한 지 며칠 지나지도 않아서 일자리를 구하겠다고 어째 그리 안달을 하는지, 나는 오히려 그런 점이 안타까워서 멀리 있는 자네에게 좀 보자고 전보를 친 거였네. 자네는 받은 편지에 답장을 하지 않으면 찜찜해하는 사람이니까 내가 변명을 좀 하자는 뜻에서 이런 얘기를 하는 거네. 자네 기분을 상하게 하려고 굳이 이렇게 비하하는 말을 하는 것이 아니야. 내 진심은 나중에 자네가 충분히 이해해줄 거라고 믿네. 아무튼 나는 어떻게든 답변을 주었어야 하는 일을 그대로 지나쳤으니 그 게으름에 대해 자네 앞에 사죄하고 싶네.

그 후에 나는 자네에게 전보를 한 통 쳤지. 있는 그대로 말하자면 나는 그때 자네를 좀 만나고 싶었던 거야. 그리고 자넬 만나서 자네가 바라는 대로 내 과거사를 들려주고 싶었지. 자네는 답장에 도쿄로 나올 수 없다고 써 보냈는데 그때 사실 난 굉장히 실망해서 한동안 그 전보를 꼭 쥐고 앉아 있었네. 자네도 그렇게 간단히 전보를 친 것이 못내 아쉬워서 얼마 후에 긴 편지를 다시 써서 도쿄에 올라올 수 없는 사정을 자세히 알려준 것 아닌가? 나는 그때 내게 그렇게 전보를 친 자네를 무례하다고 탓할 생각은 추호도 없네. 자네한테 그렇게 소중한 아버님의 명이 경각에 달렸는데 무슨 대단한 일이라고 자네가 집을 비우고 도쿄로 달려오겠는가? 자네 아버님의 상태가 그렇게 위독하다는 사실을 잊고 있었던 내가 잘못이지…… 사실 난 자네에게 좀 보자고 전보를 쳤을 때 자네 아버님에 대해서 잊어버리고 있었네. 한데 자네, 기억하나? 자네가 도쿄에 있을 때 몇 번이나 힘든 병이니 늘 신경 써드리라고 이른 건 다름 아닌 바로 나 아닌가? 나는 이렇게 모순된 사람이네. 아니, 내 이성이 근본적으로 그렇다기보다 나의 과거가 날 압박한 결과 이런 모순된 사람으로 변한 것일지도 모르지. 나는 그런 점에서 그것이 나의 불찰이었음을 깨닫고 있네. 그리고 자네에게 이 글을 빌려 용서를 구하고자 하네.

자네의 편지—자네가 보낸 마지막 편지—를 읽었을 때 나는 내가 실수를 했다고 생각했네. 그래서 그런 뜻을 담아 답장을 보낼까 하고 펜을 잡았는데 한 줄도 끝맺지 못하고 그만두었지. 어차피 글을 적어 보내려면 지금 자네가 들고 있는 이 편지를 쓰고 싶었기 때문이야. 그리고 이런 편지를 쓰기엔 그때가 시기상조라고 생각했기 때문에 그만둔 거야. 내가 그저 간단히 오지 않아도 된다고 전보를 친 것도 그 때문이고.

2

그러고 나서 난 이 편지를 쓰기 시작했네. 평소에는 그다지 펜을 드는 일이 없던 내게는 내 생각이, 사실 그대로의 상황 설명이, 또 내 사상이 진실하게 옮겨지지 않는 것이 큰 고통이었지. 그래서 자네에 대한 나의 이 의무를 한동안 방기했네. 하지만 펜을 내려놓았다고 다른 일을 할 수 있었던 건 아니야. 나는 한 시간도 되지 않아서 다시 펜을 들었네. 자네 입장에서 보면 내가 의무에 충실한 사람이라 그런 것이라고 생각할 수도 있겠지. 나도 그 점을 부정하진 않겠네. 나는 자네가 알고 있는 것처럼 이 세상과는 거의 아무런 교류도 없이 지내는 고독한 인간이니까, 의무라고 할 정도의 일은 내 주위 어디를 둘러봐도 새어 나올 구멍이 없다네. 내가 일부러 피한 건지, 이렇게 살다 보니 자연스레 그리된 건지, 나는 그런 일을 가능한 한 차단하면서 생활해왔던 거야. 하지만 의무 자체에 냉담해서 그랬던 건 아닐세.

오히려 지나치게 예민해서, 자극을 견딜 수 있을 만큼 내 자신이 강하지 못했기 때문에 자네가 알다시피 소극적인 나날을 보냈던 거야. 그러니 한번 약속한 이상 그걸 지키지 않는 건 스스로 견디기 어려운 일인 거지. 나는 자네에게 이런 죄책감이 드는 걸 피하기 위해서라도 놓았던 펜을 다시 쥘 수밖에 없었네.

그리고 글로써 밝히고 싶었네. 자네에 대한 의무감은 차치하고라도 그저 내 과거사를 쓰고 싶었던 거야. 나의 과거는 나만의 경험이니 숨기든 밝히든 그건 내 소관이라고 해도 별 지장이 없지 않겠나. 그걸 다른 사람에게 알리지 않고 그대로 죽는 것이 아깝다는 생각도 들었고. 그래, 내게 그런 생각이 든 것도 사실이지. 단지 받아들이지 못할 사람에게 밝히는 거라면 내 경험을 내 생명과 함께 묻어버리는 쪽이 낫다고 생각하네. 사실 자네의 존재가 여기 없었다면 나의 과거는 간접적으로나마 누군가에게 유용한 것이 되지 못하고 그저 어둠 속에 묻혀 있다가 그대로 사라졌겠지. 나는 몇천만 명이나 되는 우리나라 사람들 가운데 유일하게 자네한테만 내 과거를 이야기하고 싶네. 자넨 진실한 사람이니까. 자넨 진정 인생 그 자체에서 생겨난 교훈을 얻고 싶다고 말한 사람이니까.

나는 어두운 인간 세상이 낳은 그림자를 숨김없이 자네

의 머리 위로 쏟아내겠네. 그러니 두려워하지 말고 어둠을 정면으로 바라보면서 그 안에서 자네에게 도움이 될 만한 것을 붙잡게. 내가 어둠이라 한 것은 윤리적인 면에서의 어둠을 말하는 것이네. 나는 윤리적으로 태어난 사람이지. 또한 윤리적으로 성장한 사람이고. 나의 윤리 의식은 요즘 젊은이들하고는 많이 다를지도 모르겠네. 하지만 어떤 차이가 있든지 간에 내가 이해하고 있는 범위에서 난 나 자신을 그런 사람이라고 말하고자 하네. 어느 기간 동안만 입는 대여복이 아니란 말일세. 그러니 이제부터 많은 변화를 거치며 성장해 나갈 자네에게는 이런 내 얘기도 얼마간 참고가 되지 않을까 하고 생각했네.

자네는 현대의 사상 문제에 대해 자주 내 의견을 물었던 걸 기억하겠지. 대화에 임했던 나의 태도도 잘 알고 있을 거야. 내가 자네의 의견을 경멸했다고까지는 할 수 없지만, 결코 존경의 뜻을 나타내거나 감동하지는 않았다는 걸 잘 알 걸세. 자네의 주장에는 그것을 뒷받침할 만한 것이 없었고 자네는 자신만의 과거를 갖기에는 너무 어렸기 때문이야. 나는 때때로 웃기도 했지. 자네도 가끔 내 설명에 성이 안 찬다는 표정을 지어 보이곤 했어. 그러던 끝에 어느 날 자네는 나의 과거를 병풍처럼 자네 앞에 펼쳐 보여달라고 졸랐던 거야. 이제야 고백하네만, 나는 그제야 비로소 자네를 인정하게 됐다네. 자네가 진정 순수하게 나의 내면으로부터 어떤 살아 있는 것을 붙잡아보려는 의지를 보였기 때문이야. 내 심장을 둘로 갈라 뜨겁게 쏟아지는 피를 받아 마시려 했기 때문이라네. 그때 난 아직 살아 있었어. 죽음을 원치 않았어. 그래서 날짜를 뒤로 미루고 그 자리에선 자네의 요구를 물렸던 거야. 나는 지금 내 스스로 나의 심장을 도려내어 그 피를 자네의 얼굴에 쏟아부으려 하네. 나의 심장이 고동을 멈추고 그 대신 자네 가슴에 새로운 혼을 불어넣을 수 있다면 그것으로 만족하네.

3

내가 부모님을 여읜 것은 스무 살도 되기 전이었지. 언젠가 내 처가 자네에게 말한 적이 있던 걸로 기억하네만 두 분은 같은 병으로 돌아가셨어. 더구나 자네가 안사람의 말을 듣고 궁금하게 생각했던 것처럼 거의 같은 날 잇달아 돌아가셨다네. 아버지가 장티푸스에 걸렸는데, 아버지를 곁에서 간호하시던 어머니가 그것에 감염됐던 거지.

나는 두 분 사이에 태어난 유일한 자식이었네. 집에는 상당한 재산이 있었기 때문에 유복하게 자랄 수 있었고. 내 과거를 돌이켜봤을 때 부모님이 그렇게 일찍 돌아가시지 않았다면, 적어도 두 분 가운데 한 분이라도 살아 계셨다면 나는 유복하고 또 행복하게 지금까지 지낼 수 있었을 거라 생각하네.

두 분이 돌아가시고 난 뒤 홀로 남겨졌지. 난 아는 것도 별로 없었고, 경험도 없었고 또 그렇기 때문에 어떤 분별력도 없었지. 아버지가 돌아가실 때 어머니는 곁을 지킬 수가 없었네. 그러기 전에 어머니도 쓰러지신 거야. 어머니가 사경을 헤맬 때 아버지가 돌아가셨다는 사실을 알려드리지 않았으니 어머니가 아버지의 죽음을 알고 계셨는지, 아니면 간호하던 사람이 둘러댄 대로 아버지가 회복기에 접어들었다고 믿고 계셨는지는 알 수 없네. 어머니는 작은아버지께 모든 일을 부탁하셨지. 마침 그 자리에 있던 나를 가리키시며 “이 아이를 아무쪼록……” 이렇게 말씀하셨네. 나는 두 분에게 일이 생기기 전 이미 승낙을 받고 도쿄로 가기로 되어 있었기 때문에 어머니는 거기에 대해서도 덧붙이실 요량이셨던 게야. 그래서 “도쿄에”라고 힘들게 말씀을 이었을 때 작은아버지가 곧 그 뒤를 받아서 “무슨 말씀을 하실지 다 압니다. 걱정하지 마세요” 하고 대답했어. 어머니가 고열을 감내할 수 있을 만큼 체력이 강한 분이라 보셨는지, 작은아버지는 “참 대단한 분이시다” 하고 감탄한 듯이 말하면서 나를 바라보셨어. 그런데 그것이 어머니의 마지막 유언이었는지, 아니면 뒤에 무슨 다른 할말이 있으셨는지는 다시 생각해봐도 확실하지 않네. 어머니는 물론 아버지가 걸리신 병이 위험한 병이라는 걸 알고 계셨지. 그리고 당신이 같은 병에 감염됐다는 것도 분명히 알고 계셨거든. 하지만 그 병으로 목숨까지 잃게 될 거라는 것은 예감하셨는지 모르겠네. 그리고 열이 치솟을 때 나오는 어머니의 말은 아무리 그것이 이치에 맞고 분명한 것이라 해도 잠시 지나면 어머니의 머릿속에 그림자조차 남아 있지 않았지. 그러니, 아니, 그건 문제가 아니지. 이런 식으로 상황을 따져보거나 하나하나 짚어가며 생각하는 버릇은 그때부터 내 몸에 밴 것이네. 이 점은 자네에게 미리 밝혀둬야 한다고 생각하는데, 그 구체적인 사례로 본론에 큰 상관도 없는 이런 일을 적는 것이 어쩌면 도움이 되지 않을까 생각해서 한 얘기네. 자네도 그런 의미로 읽어주면 좋겠어. 이런 내 성격이 윤리적인 면에서 나 자신의 행위나 동작에 영향을 미쳐 나는 그 이후 점점 더 타인의 인격을 의심하게 됐다고 생각하네. 또 바로 이러한 점이 내가 번민하고 고뇌하는 바에 큰 영향을 미친 게 확실하기 때문에 자네도 기억해둘 필요가 있다고 보네.

여기서 이야기가 너무 본론을 벗어나면 파악하기 어려울 테니 이쯤에서 접고 나중에 다시 언급하지. 그래도 난 이런 편지를 쓰는 데에 있어서 나와 같은 처지에 있던 다른 사람들과 비교하면 침착한 편이 아닌가 생각하네. 이 세상이 잠드는 시간이면 들리기 시작하는 전차 소리도 이제 끊어지고 들리지 않네. 비가 그친 바깥에는 언제부턴가 가련한 벌레들의 울음소리가 희미하게 들리면서 이슬에 젖은 촉촉한 가을을 떠올리게 하네. 아무것도 모르는 아내는 옆방에서 곤히 잠을 자고 있어. 펜을 들었더니 한 획 한 획 그을 때마다 펜 끝에서 슥삭슥삭 소리가 나는군. 나는 지금 아주 침착하게 흰 종이와 마주하고 있네. 익숙지 않아 잉크가 칸을 벗어날지도 모르지만 그건 내 머릿속이 혼란스러워 글씨가 흐트러지는 것은 아니야.

4

어쨌든 홀로 남겨진 나는 어머니 말씀대로 작은아버지를 의지하는 수밖에는 달리 어찌할 수가 없었네. 작은아버지는 뒷일을 도맡아 처리하시고 나에 관한 모든 일을 돌보아주셨지. 그리고 내가 바라는 대로 도쿄에 나가 공부할 수 있도록 당신이 모두 알아서 진행해주셨네.

나는 도쿄로 올라와 고등학교에 입학했네. 그 당시 고등학교 학생들은 지금보다 훨씬 거칠고 난폭했다네. 한 가지만 얘기하자면 내가 아는 동급생 가운데는 한밤중에 길 가던 공무원과 싸움이 붙어 게다가 상대방의 머리에 상처를 입힌 녀석이 있었지. 그게 말이야, 술에 취해 주정하다 일어난 일이라 상대방과 정신없이 치고 박던 중에 학교 모자를 상대방에게 빼앗겼어. 그 모자에는 본인의 이름이 하얀 챙 위에 붙어 있었기 때문에 그 학생은 경찰로부터 취조를 당할 뻔했지. 학교로선 크게 곤란했지. 결국엔 친구가 갖은 수를 다 동원하고 애를 써서 일을 더 크게 벌이지 않고 끝내게 됐지만 말이네. 세련된 요즘의 학교 분위기 속에서 성장한 자네에게 이런 난폭한 사건을 이야기해주면 틀림없이 그게 무슨 어리석은 짓이냐고 생각하겠지. 나도 사실 그렇게 생각하네. 하지만 그 당시 그런 친구들에게는 요즘 젊은이들에게는 없는 순수한 패기가 있었던 거야. 잘은 몰라도 요즘 젊은이들과는 차이가 있을 거야.

당시 내가 매달 작은아버지로부터 받던 생활비는 자네가 요즘 아버지께 받는 학비에 비하면 훨씬 적은 돈이었네(물론 물가가 달라졌겠지만). 하지만 난 조금도 부족함을 느끼지 않았지. 경제적인 면에 있어서는 남을 부러워할 필요가 없었네. 지금 돌이켜보면 오히려 남들이 날 부러워할 만한 상황이 아니었나 싶네. 왜냐하면 나는 매월 일정하게 보내오는 생활비 외에도 서적 구입비(나는 그 당시 책 사는 걸 아주 좋아했네), 특별한 경우에 쓸 용돈을 따로 작은아버지께 말씀드려 어렵지 않게 내가 쓰고 싶은 대로 돈을 쓸 수 있었기 때문이지.

아무것도 몰랐던 나는 작은아버지를 철석같이 믿고 있

었을 뿐만 아니라 늘 감사한 마음을 갖고 작은아버지를 존경했네. 작은아버지는 사업가였지. 현縣 의원이기도 하셨고 말이야. 그 위치를 생각해봐도 짐작하겠지만 정당에도 연고가 있으셨던 걸로 기억하네. 아버지와 친형제 간이었지만 사회적인 활동 면에서 보면 아버지와는 전혀 다른 방면에 소질을 키우셨던 것 같아. 우리 아버지는 조상 대대로 물려받은 유산을 아주 소중히 지켜오신 착실한 분이셨지. 아버지께 낙이 있다면 다도茶道를 즐기시는 일이나 화초를 재배하고 그 모습을 감상하시는 일이었네. 그리고 시집 따위의 글을 읽으시는 걸 좋아하셨지. 옛 서화나 골동품에도 취미가 있으셨고. 우리 집은 시골에 있었지만 20리 밖에 떨어져 있는 시내—작은아버지는 그 시내에 살고 계셨네—에서 골동품 장사들이 족자나 향초 등을 들고 일부러 우리 집을 찾아오곤 했으니까. 한마디로 말해서 우리 아버지는 마을 유지였다고 할 수 있지. 비교적 고상한 취미를 갖고 계셨던 시골 양반이었어.

그러니 그 성품으로 말하면 활동적인 작은아버지와는 많이 달랐지. 그래도 두 사람은 이상하게도 사이가 좋았어. 아버지는 자주 작은아버지를 칭찬하시면서 당신보다 훨씬 영향력 있는 듬직한 사람이라고 말씀하셨지. 당신처럼 조상으로부터 재산을 물려받은 사람은 아무려면 세상 밖으로 나가 사람들과 경쟁하며 살 필요가 없으니까 타고난 재능을 널리 개발하지 못하고 조용히 뒤에 묻혀 살게 된다고 말씀하셨네. 그런 말씀은 어머니께도 하셨고, 내게도 들려주셨지. 아버지는 내게 뭔가 깨우쳐주시려고 그리 말씀하신 것 같아. “너도 잘 알아두어라”고 하시며 내 얼굴을 가까이 쳐다보면서 말씀하셨으니까 말이야. 그래서 난 아직도 그걸 잊지 않고 있지. 어쨌든 그 정도로 우리 아버지가 신뢰하고 칭찬하셨던 작은아버지를 내가 의심할 여지는 없었지. 나에게는 작은아버지가 자랑할 만한 분이셨어. 부모님이 돌아가시고 작은아버지께 모든 일을 신세져야 했던 나에게는 그분이 단순한 자랑거리 이상이었지. 내가 살아가는 데 없어서는 안 될 사람이었으니까.

5

내가 여름방학이 되어 처음 고향에 내려갔을 때 부모님이 안 계신 우리 집에는 새로운 주인으로 작은아버지 내외분이 들어와 살고 계셨네. 그건 내가 도쿄에 가기 전부터 그러기로 얘기가 되어 있던 거야. 형제도 없이 혼자 남겨진 내가 도쿄로 가게 된 이상 그렇게라도 해야지 별다른 수가 없잖나. 작은아버지는 그 시기에 시내에 위치한 여러 회사 일에 손을 대고 계셨던 모양이네. 여러 사업을 돌보기에도 그렇고 원래 지내시던 집에 계시는 쪽이 20리나 떨어진 우리 집으로 들어오시는 것보다 훨씬 편하다고 말씀하시면서 웃으셨지. 이건 부모님이 돌아가신 뒤 이 집을 어떻게 처리할까 하는 문제를 놓고 이야기를 하던 중에 작은아버지의 입에서 나온 말이네. 우리 집은 예부터 조상 대대로 물려받은 것이기 때문에 그 지역 사람들에게는 꽤 잘 알려져 있었지. 자네 고향도 마찬가지일 거라고 생각하네만, 시골에서는 양반집에 후계자가 있는데 그 유서 깊은 집을 외지 사람에게 판다거나 하면 마을 전체에 아주 큰 사건이 되잖나. 지금 나한테 그런 일이 생긴다면 그다지 크게 신경쓰지 않겠지만, 그 당시는 내가 아직 어렸기 때문에 도쿄에 나가 공부는 해야지, 집을 아무도 없이 그대로 방치할 수는 없는 노릇이지, 그렇다고 팔 수도 없지 그래서 꽤나 고민했네.

그때 작은아버지가 내 부탁을 받고 하는 수 없이 우리 집으로 들어오시기로 한 거야. 하지만 작은아버지가 들어오시더라도 시내에 있는 집은 그대로 두고 양쪽 집을 왕래하시겠다는 조건을 달았지. 내가 그 일에 반대할 이유는 없잖나. 나는 작은아버지가 어떤 조건을 붙이더라도 그때 도쿄로 나가서 공부를 해야 한다고 마음먹고 있었으니까.

당시 아직 어렸던 나는 고향을 떠나와 생활하면서도 마음은 늘 옛집을 그리워하며 머릿속에 떠올리곤 했지. 지금은 내가 여기 있지만 마음만 먹으면 당장이라도 돌아갈 내

집이 있다고 스스로를 위로하는 나그네의 심정이었다고나 할까. 방학만 하면 반드시 고향 집으로 돌아가야 한다는 생각은 도쿄를 사랑하고 이곳 생활을 즐겼던 나에게도 뿌리 깊은 것이었네. 나는 날이 밝으면 열심히 공부하고 친구들과 뛰어놀다가 밤이 되면 방학 때 돌아갈 고향 집 꿈을 자주 꾸곤 했네.

내가 집을 비운 동안 작은아버지가 어떤 식으로 양쪽 집을 왕래하셨는지는 모르겠네. 내가 도착했을 때는 작은집 식구가 모두 우리 집에 모여 있었어. 학교에 다녀야 하는 아이들은 학기 중엔 시내에 있는 집에 있다가 방학을 하면 시골에 있는 내 집에 놀러 와 머물렀던 모양이었네. 모두 날 반겨주었지. 나는 우리 부모님이 계실 때보다 오히려 왁자지껄하게 들뜬 그때의 분위기가 더 좋았네. 작은아버지는 내가 내려오기 전에 내 방을 차지하고 있던 큰애를 다른 방으로 가라 이르고 내게 그 방을 내주셨네. 내 집엔 방이 적지 않았기 때문에 나는 다른 방을 써도 상관없다고 했지만 작은아버지는 "이 집의 주인은 너잖니" 하시면서 굳이 내 방을 찾아주셨네.

나는 가끔씩 떠오르는 우리 부모님에 대한 그리움만 빼면, 그 여름방학을 작은집 식구들과 별다른 불편 없이 보내고 도쿄로 돌아왔지. 단 하나 그 여름에 생긴 일 가운데 한동안 내가 찜찜하게 생각했던 일은 작은아버지 내외분이

하신 말씀인데, 그때 막 고등학교에 입학한 내게 두 분은 빨리 결혼을 하라고 강요하셨네. 그 얘긴 이후에도 서너 차례 거듭됐는데 처음 얘길 들었을 때는 그저 얼떨떨하기만 했지 별다른 생각이 없었네. 그런데 두 번째 또 같은 말씀을 하시길래 그땐 분명히 말했지. 난 지금 그럴 생각이 없다고. 세 번째에는 내 쪽에서 도대체 그렇게 강요하시는 이유를 반문하지 않을 수 없었네. 왜 안 그렇겠나. 한데 작은아버지의 대답은 아주 간단했지. 내가 빨리 결혼을 해서 아내와 이 집에 들어와 돌아가신 아버지의 뒤를 이어야 한다는 것이야. 그 당시 내게 집은 방학 때 돌아와서 쉴 곳이라는 의미밖에 없었네. 아버지의 뒤를 이어야 한다느니, 그러기 위해선 결혼을 해야 한다느니, 들어보면 말이 안 되는 말씀은 아니지. 특히 그 고장 사정을 잘 알고 있던 나는 충분히 이해할 수 있었다네. 나도 절대 그런 일은 할 수 없다는 입장은 아니었어. 다만 그때 막 도쿄에 나가 공부를 시작한 나로서는 아직 먼 나라 이야기였고 당장의 관심사는 아니었단 얘기지. 나는 작은아버지의 권유를 듣지 않고 그대로 도쿄로 올라왔네.

6

도쿄에 올라온 후 나는 금세 결혼 얘기를 잊어버렸지. 내 주위에 있는 사람들 중에는 세태에 얽매인 사람이 한 명도 없었거든. 모두 자유로웠지. 그리고 개성이 강했고 말이야. 그 젊은이들 가운데도 자세히 알고 보면 집안 사정으로 부득이하게 결혼을 한 사람이 있을지도 모르는 것이지만 철없던 나는 그런 데엔 도무지 신경을 쓰지 않았다네. 그리고 그런 특별한 상황에 처한 사람이 있다고 해도 주위 분위기를 생각해서 가능한 한 학생 신분에 어울리지 않는 소소한 집안 얘기는 삼갔겠지. 이제 와 생각하면 내 스스로가 이미 그런 부류였지만, 나는 그런 의식조차 없이 그저 학업의 길을 걸었던 거야.

학년말에 나는 다시 짐을 꾸려 부모님을 모신 고향으로 돌아갔네. 그러고는 다시 우리 부모님과 함께 살았던 그 집에서 작은아버지 내외와 사촌들을 마주했지. 나는 그곳에서 옛 고향의 정취를 들이마셨던 거야. 나의 옛집이 풍기는 그 냄새는 언제나 나의 그리움이었네. 학기 동안 내내 지속되는 단조로운 생활에 양념이 되는 고마운 소금 역할을 해주었지.

하지만 나를 키워준 그 정취 속에서 작은아버지로부터는 결혼을 강요당해야 했어. 그 이전에 말을 들었을 때는 특별한 상대가 있어서 한 말씀이 아니었지만 이번에는 작은아버지가 정해놓은 배우자가 있었기 때문에 나는 더 당황할 수밖에 없었지. 그 배우자는 다름 아닌 나의 사촌 여동생이었네(일본은 우리나라와는 달리 사촌끼리의 결혼을 금기시하지 않았다. 오히려 권세 있는 집안에서는 정략적으로 결혼을 도모했다). 작은아버지는 당신 딸과 내가 결혼하면 서로에게 좋은 일이며, 아버지도 생전에 그런 말씀을 하신 적이 있다고 말씀하셨네. 그래, 그렇게 되면 두 집안에 이익이 될 거라는 건 나도 알고 있었지. 어쩌면 내 아버지가 살아 계실 때 작은아버지에게 그런 말씀을 하셨을 수도 있다고 생각했네. 그러나 그건 단지 작은아버지의 입을 통해 들은 이야기일 뿐, 아버지 살아생전엔 한 번도 들어본 적이 없는 말이었네. 그래서 난 더 놀랐던 거야. 상대가 상대이니만큼 놀라긴 했지만 작은아버지가 말도 안 되는 이야기를 하신다고 생각하진 않았네. 이해할 수는 있었단 말이네. 나는 어렸을 때 시내에 있는 작은아버지 댁에 자주 놀러 가곤 했네. 그냥 놀다가 돌아온 것이 아니라 며칠씩 머물기도 했지. 그리고 그 사촌 여동생과는 아주 사이가 좋았지. 자네도 알겠지만 아무리 사이가 좋기로 오빠와 여동생 사이에 무슨 사랑의 감정이 생기겠나. 누구나 아는 명백한 사실을 다시 반복하는 것인지도 모르지만, 자주 만나고 막역해진 남녀 사이에는 사랑으로 발전하는 데 빠져서는 안 될 호기심이란 게 이미 존재하지 않는다고 생각하네.

향기에 반하는 것은 향기를 피워 올린 그 순간뿐이고, 술맛에 감동하는 것은 술을 마시기 시작한 찰나인 것과 마찬가지로 사랑의 충동에도 그와 같은 순간이 존재한다고 믿네. 별다른 감정 없이 그 단계를 지나 상대에게 익숙해지면 익숙해질수록 친밀함은 느껴지지만 이성을 향한 촉각은 점점 마비되는 것 아니겠나. 나는 아무리 생각을 고쳐먹으려 해도 그 사촌 여동생을 내 아내로 맞을 마음은 생기지 않았던 걸세.

작은아버지는 만약 내가 꼭 그래야만 하겠다고 하면 졸업 때까지 결혼을 미루어도 좋다고 말씀하셨지. 하지만 좋은 일은 서두르라는 옛말도 있으니 가능하면 지금 당장 축배를 들고 이야기를 마무리짓고 싶다는 말씀도 덧붙이셨네. 어차피 작은아버지가 말한 상대를 내 배우자로 전혀 마음에 두고 있지 않았던 나로서는 결혼식이 지금이 됐든, 졸업 후가 됐든 그 시기가 중요한 게 아니었지. 그래서 난 다시 작은아버지의 권유를 고사했네. 작은아버지는 곧 안 좋은 얼굴을 하셨어. 사촌 여동생은 울며불며 난리였고. 나와 결혼하지 못해 그런 것이 아니라 결혼 신청을 거절당했다는 사실 자체가 여동생을 괴롭혔던 게지. 내가 사촌 여동생에게 이성의 감정을 전혀 느끼지 않는 것과 마찬가지로 여동생도 나를 사랑하지 않는다는 걸 나는 잘 알고 있었다네.

나는 다시 도쿄로 올라왔지.

7

내가 세 번째로 고향에 내려간 것은 그로부터 1년이 지난 초여름이었네. 나는 언제나 기말시험이 끝나기만을 기다렸다가 도쿄를 벗어나 고향으로 내달았지. 내겐 그토록 고향이 그리웠기 때문이야. 자네도 느낀 적이 있을 걸세. 자신이 태어난 고향의 공기는 그 색깔이 다르다는 걸 말이야. 땅 내음도 각별하지. 부모님의 냄새가 깊이 배어 있거든.

1년에 두 달여씩 땅 밑에 구멍을 파고 보금자리 삼아 그 안에 꼼짝 않고 들어 있는 뱀처럼, 방학 동안 고향 집에 내려와 흙냄새를 들이마시는 일은 내게 있어 무엇보다 맘이 푸근해지고 편안한 일이었네.

순진했던 나는 사촌 여동생과의 혼담 일로 그다지 골치를 썩일 필요는 없다고 생각했네. 마음이 영 내키지 않으면 거절하면 되고, 거절했으면 그것으로 끝이라고 생각했지. 그래서 난 작은아버지의 말씀에 따르지 않았음에도 아무렇지 않았던 거야. 지난 1년 동안 학업을 계속하면서도 지난 방학 때 있었던 일에 대해선 전혀 개의치 않았기 때문에 평소와 다름없이 기분 좋게 내려갔지.

그런데 돌아와 보니 작은아버지의 태도가 그전과는 전혀 달랐어. 전처럼 반가운 얼굴로 나를 맞아주시지 않았네. 그래도 워낙 구김살 없이 자란 나는 집에 온 지 사오일이 지나도록 별다른 기미를 눈치채지 못했지. 하지만 어떤 특별한 계기로 난 뭔가 이상하다는 느낌을 받게 되었네. 그러고 보니 이상한 건 작은아버지뿐만이 아니었네. 작은어머니도 이전과 달랐고, 사촌 여동생도 태도가 변했지. 심지어는 중학교를 졸업하고 도쿄에 있는 상업고등학교에 입학할 예정이라고 편지에 소상히 적어 보낸 사촌 남동생까지 이상했단 말일세.

나는 내가 받은 느낌을 그냥 흘려버릴 수는 없었지. 짚고 넘어가야 했어. 왜 내 기분이 이렇게 이상한 것일까, 아니 어째서 작은집 식구들의 태도가 저리 변한 것일까. 나는 갑자기 돌아가신 부모님이 무딘 나의 두 눈을 밝혀 당신들이 가고 없는 이 세상을 확실히 볼 수 있도록 해주신 것은 아닐까 생각했네. 나는 부모님이 돌아가신 다음에도 살아 계실 때와 똑같이 나를 지켜주신다고 늘 믿고 있었다네. 이제라도 내가 저들의 행동을 눈치챌 수 있었던 건 부모님이 내려주신 계시라고 믿었지. 난 그 당시 나이는 어렸지만 현실감이 없는 사람은 아니었지. 하지만 옛사람처럼 영혼에 대한 믿음이 내 혈관 속을 흐르고 있던 것도 사실이네. 지금도 그 점은 변함이 없어.

나는 홀로 산에 올라가 부모님의 묘 앞에 무릎 꿇고 앉았네. 반은 애도하는 마음으로, 나머지 반은 감사의 마음을 담아 고개 숙였네. 그리고 내 미래의 행복은 차가운 돌 밑에 누워 있는 두 분의 손에 달렸으니 날 좀 지켜달라고 기도했지. 이 말을 듣고 자넨 웃을지도 모르겠네. 자네가 비웃더라도 할 수 없어. 사실이니까. 난 그런 사람이었네.

내 세계는 그때부터 손바닥을 뒤집듯이 바뀌었지. 그러나 이건 내가 처음으로 겪는 일은 아니었어. 내가 열여섯, 열일곱 살 때로 기억하네. 처음으로 이 세상에 아름다움이란 것이 정말로 존재한다는 걸 발견한 때가 말이야. 정말 소스라치게 놀랐어. 몇 번이나 내 눈을 의심하고 몇 번이나 내 눈을 비비댔는지 모르네. 그리고 속으로 '아아, 아름다워'라고 나도 모르게 외쳤지. 열여섯, 열일곱 살이면 남자나 여자나 이성에 눈을 뜨는 시기 아닌가.

이성에 눈을 뜨기 시작한 나는 아름다움의 상징으로 비로소 여자를 볼 수 있게 된 거야. 그때까지 나와 전혀 다르다는 걸 깨닫지 못했던 이성에 대해 갑자기 눈이 뜨였단 말일세.

그날 이후로 나의 세계는 전혀 새로운 모습으로 탈바꿈했네.

내가 작은아버지의 태도를 의식하게 된 것도 그와 똑같은 식이지. 갑자기 깨닫게 된 거야.

거기엔 어떤 예감도 없었고, 그에 대한 마음의 준비도 없었는데 어느 날 갑자기 내 의식 속에 잡힌 거야. 갑자기 작은아버지와 작은집 식구가 지금까지와는 전혀 다른 남남처럼 내 눈에 비친 걸세. 나는 섬뜩했네. 그리고 이대로 가다가는 내 앞길이 어찌될까 하는 생각이 들었네.

8

나는 작은아버지가 지금까지 관리해오신 우리 집 재산에 대해 내가 자세히 알고 있지 않으면 돌아가신 부모님에 대한 도리가 아니라고 생각했네. 작은아버지는 바쁘다는 말을 입에 달고 사는 사람이어서 매일 밤 잠자리도 일정치 않았네. 사흘간 집에서 밤을 보내시면 나흘째 되는 날은 시내에 있는 집에서 지내든가 하면서 사흘에 한 번꼴로 양쪽 집을 왕래하셨지. 잠깐 뵐 때마다 얼굴에 바빠 죽겠다고 쓰여 있는 듯했다네. 그러니 아무 일도 없었으면 나는 작은아버지는 늘 바쁘시기만 한 분이라고 여겼을 거네. 그리고 마음 속으론 저렇게 바쁘지 않으면 바깥세상에 나가 큰소리치기 어렵겠지 하고 냉소를 보냈겠지. 하지만 재산 문제에 대해서 꼭 알아야겠다는 목적이 뚜렷해지고 보니 그렇게 바쁘게 돌아다니는 게 다 나를 피하기 위한 구실이 아닐까 의심스러워지는 거야. 나는 좀처럼 작은아버지를 붙잡고 이야기를 들을 기회를 잡지 못했네.

그러던 어느 날 나는 중학교 동창으로부터 작은아버지가 시내 어딘가에 첩을 두고 있다는 소문을 들었네. 경제적으로 보나, 기질로 보나 작은아버지가 못 할 일은 아니었지. 하지만 우리 아버지 생전에 그런 이야기를 들은 적이 없던 나로서는 놀랄 일이었네. 내 친구는 그 밖에도 작은아버지에 관한 소문을 여러 가지 들려줬지. 주위 사람들은 모두 작은아버지가 한때 사업이 기울어 형편이 꽤 어렵다고 알고 있었는데 근 이삼 년 사이에 갑자기 번성하게 돼서 어찌 된 일인지 궁금하게 생각하고 있다는 얘기도 그중 한 가지였지. 그 말을 듣고 난 더욱 작은아버지를 의심하게 된 거야.

나는 마침내 작은아버지와 마주 앉아 담판을 지었네. 담판이라는 말이 듣기에 좀 뭣하겠지만, 이야기가 진행되던 과정을 떠올리면 그 외에 달리 형용할 단어가 없네.

작은아버지는 끝까지 날 어린아이로 취급하려고 하셨지. 내가 의심의 눈초리로 작은아버지를 대했음은 물론이네. 부드럽고 원만하게 해결될 리 없었지.

유감스럽지만 말이야, 나는 이것 이상으로 자네에게 해주고 싶은 말이 있어서 지금 그 담판이 어찌 끝났는지를 여기 자세히 적을 수가 없네. 사실 그 결과보다 더 중요한 이야기가 남아 있거든. 정작 그 중요한 이야기를 하고 싶어서 펜을 들었던 것인데 앞뒤 상황을 설명하다 보니 본론은 꺼내지도 못하고 여기까지 왔네. 자네와 마주 앉아 담담하게 털어놓을 기회를 영원히 잃어버렸으니 글쓰기에 익숙하지 않다는 점은 내버려두고라도, 이렇게 늘어지는 시간을 좀 줄여보자는 뜻에서 하고픈 말도 좀 줄여야겠네. 그게 자네한테도 편하겠지?

자네, 아직도 기억하는가? 내가 언젠가 자네에게 이 세상엔 나쁜 사람이라고 정해진 인간은 없다고 한 말을. 대부분 선량한 사람들이지만 한순간에 나쁜 사람이 돼버리니 방심하면 안 된다고 한 말을 말이네. 그때 자넨 내가 흥분하고 있다고 지적했지. 그리고 어떤 경우에 선량한 사람이 나쁜 사람으로 변하냐고도 물었지. 내가 한마디로 '돈'이라고 대답하자 자넨 영 석연찮다는 표정을 지었잖나. 나는 그때의 자네 얼굴을 잘 기억하고 있네. 지금에서야 털어놓네만, 그 말을 하면서 난 작은아버지와의 일을 떠올렸던 거야. 내 대답은 사상 문제를 깊숙이 탐구해나가려는 자네가 듣기엔 시시했을지도 모르지. 너무 진부한 대답이었을지도 몰라. 하지만 난 냉철한 두뇌로 새로운 발견을 입에 담기보다 뜨거운 혀로 평범한 원리를 이야기하는 편이 살아 있는 것이라고 믿네. 피가 돌아야 몸이 살아 움직이게 되는 것이니까 말이야. 진실을 담은 말은 의미를 전달할 뿐만 아니라 더욱 강한 힘을 갖고 사람의 마음을 움직이기 때문이지.

9

결론부터 말하자면 작은아버지는 내 재산을 빼돌렸던 거네. 그 일은 내가 도쿄에 올라와 있던 3년 사이에 발빠르게 진행됐지. 모든 것을 작은아버지께 맡기고 마음 놓고 지냈던 나는 세상 사람들이 말하는 바보였던 거야. 약간 돌려서 표현한다면 곱게 자란 순진한 도련님이었다고나 할까. 작은아버지께 그런 식으로 배신당한 나는 왜 좀더 악한 사람으로 태어나지 않았을까 후회스러웠고, 너무 순진했던 내 자신이 원망스러워서 견딜 수 없었네. 하지만 한참 지나고 나선 다시 태어나도 순수하고 물욕 없는 내 모습으로 이 세상에 왔으면 좋겠다는 생각이 들었네. 생각해보게. 자네가 보았던 나는 이미 홍진에 더럽혀진 이후의 내 모습이었네. 그렇지. 세상에 더럽혀진 연수가 오래된 이를 선배라 부른다면 나는 확실히 자네의 선배일세.

만약 내가 작은아버지의 바람대로 작은아버지의 딸과 결혼을 했다면 두말할 것도 없이 두 집안이 물질적으로 아주 풍요롭게 지낼 수 있었겠지. 작은아버지는 그런 속셈으로 딸을 내게 보내려 했던 거야. 좋은 뜻에서 두 집안이 잘되기를 바랐다기보다 경제적인 실리를 따져 자신에게 득이 될 테니 내게 결혼을 강요했던 거지. 나는 단순히 사촌여동생을 사랑하지 않았기 때문에 결혼을 거절했던 건 아니었네. 나중에 생각해보니 작은아버지의 말씀을 거절하는 것이 내게 일종의 쾌감을 느끼게 했지. 이래 속으나 저래 속으나 작은아버지 계략에 속는 것은 마찬가지이지만 작은아버지가 내 앞에서 한 부탁을 거절했다는 것만으로도 한 가지는 내 의지를 관철한 셈이니까.

하지만 내가 이렇게 속으로 느낀 것은 거의 눈에 띄지도 않는 미미한 일이었지. 그 일에 전혀 관계가 없는 자네가 보기엔 어리석은 자존심 정도로 생각될 게야.

그런 와중에 나와 작은아버지 사이에 다른 친척이 끼어들게 됐지. 나는 그 친척도 전혀 신용하지 않았네. 신용하지 않을 뿐만 아니라 오히려 적대감마저 들었어. 나는 그렇게 믿었던 작은아버지가 날 속였다는 사실을 안 순간, 다른 사람들은 생각할 필요도 없다고 단정지었지. 우리 아버지가 그렇게도 믿고 칭찬하셨던 작은아버지가 그럴 정도니 그 외 다른 사람은 더 이상 볼 것도 없다는 게 내 논리였네.

그런데 그 친척은 나를 위해 내가 소유할 수 있는 남은 재산들을 챙겨주었네. 금액으로 따지면 내가 예상했던 수준에 훨씬 못 미치는 적은 액수였네. 내 입장에선 그나마 잠자코 받아둘 것인지 아니면 작은아버지를 상대로 소송을 걸지, 양자택일을 해야 했네. 나는 정말이지 화가 치밀어 견딜 수 없었네. 그리고 두 가지 방법 가운데 하나를 선뜻 선택할 수 없었네. 만약 내가 소송을 건다면 판결이 날 때까지 상당한 기간이 소요된다는 점도 고민하지 않을 수 없었지. 학기 중에 학생으로서 소중한 시간을 빼앗긴다는 점도 내겐 심히 고통이었네. 나는 한참을 고민한 후 시내에 사는 내 중학교 동창에게 부탁해서 내 몫으로 챙겨 받은 재산을 모두 현금으로 바꾸어달라고 했네. 친구는 당장 현금화하지 말고 갖고 있는 것이 낫다고 충고했네만 나는 그 말을 듣지 않았네. 친구를 만나기 전에 이미 난 영원히 그 마을을 떠날 결심을 굳혔으니까. 내가 살아 있는 동안에 다시는 작은아버지의 얼굴을 보지 않겠다고 맹세했으니까.

나는 고향을 떠나기 전에 마지막으로 부모님 묘에 찾아갔네. 그 뒤론 부모님을 찾지 않았지. 이젠 영원히 다시 볼 기회가 없을 거야.

내 친구는 부탁대로 재산을 모두 돈으로 바꾸어주었네. 하지만 그건 내가 도쿄로 올라오고 나서도 한참 지난 후의 일이지. 전답 따위가 하루아침에 팔리는 것도 아니고 잘못 서두르다가는 제값도 못 받고 손해만 볼 경우가 있었으니 내가 손에 쥔 금액은 시가에 꽤 못 미치는 것이었지. 이제야 말이네만, 내 재산은 내가 집을 나오면서 품 안에 챙겨 넣은 약간의 채권과 나중에 그 친구에게서 전해 받은 돈이 전부였네. 내가 우리 부모님으로부터 받았어야 할 유산을 생각하면 터무니없이 적은 액수였지. 더구나 그것이 내 잘못으로 줄어든 것이 아니라서 더욱 분노할 수밖에 없었네.

하지만 그것만으로도 학생이 생활하기에는 충분하고도 남는 수준이었네. 사실 나는 거기서 나오는 이자의 절반도 다 쓰지 못했으니까. 이렇게 풍족했던 나의 학창 생활이 나를 예상치도 못한 상황에 빠지게 한 걸세.

10

돈에 꽤 여유가 있었던 나는 번잡한 하숙에서 나와 집을 한 채 지어볼까 생각했지. 하지만 그러자면 모든 살림살이들을 다 사야 하는 번거로움이 있었고, 살림을 돌봐줄 아주머니도 필요했는데 생각해보니 집안 살림을 봐줄 아주머니가 정직한 사람이 아니면 또 골치 아픈 일이 생길 것이고, 집을 비우고 내 볼일을 볼 수 있을 정도로 믿을 만한 사람이 아니면 안 되니 선불리 일을 벌일 수 없었지.

어느 날 난 동네에 괜찮은 집이 있나 둘러볼 겸 혼고다이本鄕臺 서쪽을 걸어 내려갔다가 다시 고이시카와小石川 언덕길을 올라가 덴즈인傳通院(정토종 사원)이 있는 방향으로 계속 걸어 올라갔네. 전차로가 생긴 뒤 그쪽 부근은 모습이 많이 달라졌지만 그 당시에는 왼편이 병기 공장의 담이었고, 오른편엔 밭이라고 하기에도 그렇고, 언덕이라고 하기에도 뭐한 공터가 있었는데 거기엔 풀들이 빽빽이 자라 있었지. 나는 그 풀 속에 서서 아무 생각 없이 건너편을 바라보았네. 지금도 그다지 나쁜 풍경은 아니지만 그 당시엔 훨씬 운치 있고 좋았네. 너른 공터에 온통 초록 풀들이 뒤덮여 있었으니 긴장을 풀고 눈을 쉬게 하는 데는 괜찮았지. 나는 문득 이 근방엔 괜찮은 집이 없을까 생각했네. 풋풋한 정경이 마음에 들었던 게지. 그래서 곧장 들판을 가로질러서 좁은 길을 따라 북쪽으로 걸어 올라갔네. 지금도 완전히 정비되지 않고 집들이 다닥다닥 붙어 있지만 그 당시엔 더 무질서하고 지저분해 보였지.

나는 골목을 지나고 모퉁이를 돌고 돌아 일대를 둘러보고 다녔네. 그러던 차에 어느 과자 가게에 주인아주머니가 나와 앉아 있길래 이 근방에 조그마한 전셋집이 혹시 없냐고 물어보았네. 그 아주머니는 좀 생각해보더니 "전셋집은 글쎄……" 하면서 얼른 떠오르는 집이 없다는 듯이 혼잣말로 웅얼거렸네. 내가 포기하고 돌아서려고 하자 그 아주머니는 가정집인데 방 한 칸을 내주고 하숙생을 들이겠다는 집이 있는데 거긴 어떻겠냐고 묻는 거야. 그래서 나도 잠시 생각했지. 조용한 가정집에 혼자 방을 얻어 하숙을 하면 살림 걱정을 할 필요가 없으니 괜찮겠다는 판단이 섰던 거야. 그래서 말이 난 김에 과자 가게에 걸터앉아 아주머니에게 그 집에 대해 자세한 상황을 전해 들었네.

그 집은 어느 군인 집안, 아니 군인이라고 하기보단 귀

족이 살던 집이라고 하는 편이 낫겠네. 집주인은 군인이었는데 청일전쟁 때 전사했다고 하더라고. 1년 전까지는 이치가야市ヶ谷에 있는 사관학교 근처에서 살았는데 마구간까지 있는 그 집 부지가 너무 넓어서 팔고 이곳으로 이사를 왔다고 했네. 그런데 그 집 부인이 워낙 식구가 적어 적적하니 괜찮은 사람이 있으면 하숙이라도 받고 싶다며 소개해달라고 했다지. 식구로는 미망인과 외동딸 그리고 하녀 한 명이 다라는 말을 들었네. 나는 전에 있던 하숙집과는 달리 이 정도면 아주 조용하고 또 부딪칠 사람도 없으니 딱 좋다고 생각했지. 그런데 한편으론 학생이라는 신분만 가지고 나 같은 이방인이 불쑥 들어갔다가 거절당하면 어쩌나 하는 걱정도 들긴 했네. 하지만 난 학생으로서 그렇게 지저분한 몰골은 아니었네. 게다가 대학 제모도 쓰고 있었지. 자넨 이 말을 듣고 웃을지도 모르겠네. 그까짓 대학모가 뭐 그리 대단하냐고 하면서 말이야. 하지만 그 당시 대학생은 지금과는 달라서 사회적으로 꽤 신용할 수 있는 신분이었네. 나 자신도 사각모에 상당히 긍지를 느끼고 있었으니까. 그래서 난 과자 가게 아주머니가 가르쳐준 대로 그 귀족 집을 찾아 나섰지.

난 부인을 만나 내가 그 집에 찾아온 경위를 설명했네. 부인은 나의 신분, 학교, 전공 등에 대해서 여러 가지 물어보았네. 그리고 내가 대답한 내용을 듣고 이 정도면 괜찮겠다고 판단했는지 그 자리에서 언제라도 편한 시간에 이사하라고 승낙했네. 그 부인은 상당히 곧은 사람이었네. 또 아주 확실한 사람이었고. 군인의 부인은 모두 이런가 하고 속으로 감탄할 정도였지. 그 집을 걸어 나오면서 감탄도 감탄이지만, 그런 화통한 사람이 어디 적적함을 느낄 구석이 있나 의아하기도 했네.

11

나는 서둘러 그 집으로 이사했네. 내가 처음 그 집에 찾아가 부인과 이야기하던 그 방을 쓰게 됐지. 그곳은 그 집에서 가장 좋은 방이었네. 그 집 근방에 고급스런 하숙집들이 더러 있었기 때문에 난 학생 신분으로 얻을 수 있는 괜찮은 수준의 방들이 어느 정도 있다는 걸 알고 있었지. 내가 새 주인이 된 방은 생각했던 것보다 훨씬 좋았네. 짐을 옮기고 나서 얼마 동안은 학생 신분에 너무 과분한 곳이 아닌가 생각하기도 했을 정도였으니까.

방은 다다미 여덟 장 정도의 넓이였네. 도코노마(일본식 방의 윗목에 바닥을 약간 높게 만든 곳. 주로 꽃꽂이 등으로 장식함) 옆에는 따로 선반이 붙어 있었고, 툇마루 반대편에는 한 칸짜리 서랍장이 놓여 있었지. 창문은 따로 없었지만 그 대신 남향으로 난 마루를 통해 볕이 잘 들었어. 이사한 그날, 그 방 도코노마에 장식된 꽃과 그 옆에 서 있던 고토(거문고와 유사한 모양의 일본 현악기)를 봤네. 둘 다 마음에 들지 않았지. 나는 시나 서화 그리고 다도를 즐기셨던 아버지를 보고 자랐기 때문에 운치 있는 취미 생활이 눈에 익숙했지. 그 때문에 이런 인위적이고 여성스런 장식은 언제부턴가 경멸하는 버릇이 있었거든.

우리 아버지가 생전에 수집하셨던 물건들은 작은아버지 때문에 대부분 엉망으로 흐트러졌지만 그래도 약간은 남아 있었네. 나는 고향을 떠날 때 그것들을 중학교 친구에게 맡아달라고 부탁했어. 그리고 그 가운데 네다섯 점은 보따리 밑에 넣어가지고 올라왔네. 나는 이사 오자마자 그것들을 꺼내서 도코노마에 장식할 생각이었는데 그 고토와 꽃꽂이를 무작정 치워버리고 내 짐 속에 있는 것을 장식할 수 없었지. 그것은 도리가 아니라고 생각했네. 나중에 그 꽃꽂이가 날 환영한다는 뜻에서 장식해둔 것이라는 말을 들었을 때 속으로 씁쓸하게 웃을 수밖에 없었지. 또 그 고토는 예전부터 그 자리에 있었기 때문에 마땅히 치울 자리가 없어서 그대로 그 자리에 둔 것이었다네.

지금까지 이야기를 죽 들으면서 자네 머릿속에 젊은 여자의 모습이 아른거리지 않았나? 나는 이사하기 전부터 젊은 여자에 대해 호기심을 느끼고 있었네. 이런 사심이 들기 시작하면서 나의 자연이 망가져간 건지, 아니면 내가 아직 사람들과의 접촉에 익숙지 않아서 그랬는지 처음 그 집에서 그 집 딸을 만났을 때 나는 우물쭈물 쑥스러워하면서 인사도 제대로 못 했네. 우습지만 그때 그 집 딸도 얼굴이 발그스레 물들었고 말이야.

나는 그 딸과 직접 인사를 나누기 전까지는 주인집 부인의 풍채나 태도를 보고 이 딸의 모습을 상상했거든. 내 상상은 그 딸의 입장에서는 그리 기분 좋을 만한 것은 못 되었지. 군인의 부인이니까 저리 화통하겠지, 그 딸이라면 아마 이렇겠지, 하고 나름대로 추측해보았던 거네. 그런데 내 상상은 딸의 얼굴을 본 순간 와르르 무너지고 말았네. 그러고는 곧 내 머릿속에 지금까지 상상도 할 수 없었던 이성의 냄새가 스며들게 된 걸세. 나는 그 이후 도코노마 위를 장식한 꽃이 더 이상 싫지 않았네. 옆에 서 있던 고토도 내 눈에 거슬리지 않게 되었고 말이야.

그 꽃은 시들 만하면 다른 꽃으로 바뀌어 꽂혀 있었지. 고토도 가끔씩 내 방문 오른편 대각선 모퉁이 방으로 옮겨져 갔고 말이야. 나는 내 방 책상 위에 턱을 괴고 앉아서 그 고토 소리를 들었네. 나는 그 고토를 켜는 솜씨가 훌륭한 건지, 서툰 건지 알 수 없었는데, 연주가 가다가다 끊어지는 걸로 봐서 그다지 능숙한 솜씨는 아니었던 것 같았지. 그저 꽃꽂이한 솜씨와 비슷한 수준이겠거니 생각했네. 꽃 감상이라면 나도 일가견이 있네만 그 집 딸은 결코 뛰어난 편이 아니었거든.

보는 사람은 어찌 생각하든지 별 부끄러워하는 기색 없이 여러 꽃들이 늘 내 방 도코노마를 장식했네. 더구나 그 꽃꽂이 기법은 언제 봐도 변함이 없었어. 꽃병도 한 번도 다른 것으로 바뀌지 않았고 말이야. 고토 연주는 꽃꽂이에 비하면 훨씬 더 서툴렀지. 핑핑 줄을 튀기기는 하지만 어떤 가락으로 연결되지는 않았으니까 말이야. 곡조가 아예 없는 건 아니었지만, 그게 꼭 무슨 비밀 얘기라도 하는 듯이 들릴 듯 말 듯 작은 소리밖에 들리지 않았거든. 그러다가 밖에서 으흠 하는 소리라도 나면 금세 그마저도 그쳤다네. 나는 다정한 눈으로 그 꽃꽂이를 보다가 한편으론 자꾸 끊어지는 이상한 고토 소리에 귀를 기울였다네.

12

나는 고향을 떠나올 때 이미 염세적인 인간으로 변해 있었지. 인간이란 믿을 게 못 된다는 관념이 그때 이미 뼛속 깊이 사무쳤던 게야. 나는 내가 증오하는 작은아버지나 작은어머니, 그 외 다른 친척들을 모든 인류의 대리인쯤으로 생각하게 됐네. 기차에 타서도 옆에 앉은 사람을 경계했지.

가끔씩 상대편에서 먼저 이야기를 걸어오면 더욱 경계하고 신경을 곤두세웠으니까. 아주 암울했던 시기였네. 그 이후로도 난 바닷속 깊이 가라앉아버릴 만큼 우울한 경우가 자주 있었네. 그러면서 내 신경은 이미 말한 대로 칼날처럼 날카롭게 곤두서 있었던 거야.

내가 도쿄에 올라와서 이전에 묵었던 하숙집을 나오려고 한 것도 그런 내 정신상태가 큰 원인이었다고 생각하네. 돈이 그렇게 넉넉했으면 혼자 살 집을 한 채 장만하지 그랬냐고 말한다면 그것도 일리 있는 말이네. 하지만 원래 내 성격으로는 아무리 수중에 여유가 있어도 앞서 말한 그런 수고를 자청하진 않았을 것일세.

나는 고이시카와로 이사한 다음에도 얼마 동안은 긴장을 풀고 편안하게 지내지 못했네. 나는 스스로가 부끄러울 정도로 주위를 두리번거리며 경계했네. 그게 이상한 건지, 자연스러운 건지 모르겠는데, 내 머리와 눈은 잠시도 쉬지 않고 주위를 살펴보며 긴장을 늦추지 않고 제 역할을 다했지만 내 입은 점점 말하는 기능을 하지 않게 됐네. 나는 고양이처럼 책상 앞에 웅크리고 앉아서 집안사람들의 행동을 관찰했지. 생각해보면 그 사람들에게 미안할 정도로 그들의 일거수일투족을 꼼꼼히 살폈단 말일세. 가벼운 대화도 좀처럼 나누지 않고 말이야. 생각해보게. 그 꼴이 어땠겠나. 마치 두둑한 지갑을 노리는 소매치기 같았겠지. 나 스스로도 그런 생각이 드니 그런 내 자신이 싫어졌지.

자넨 아마 신기하게 생각할 거야. 그랬던 내게 어떻게 그 집 딸을 좋아하는 감정이 생겼는지 말이야. 어떻게 그 집 딸의 서툰 꽃꽂이 솜씨를 다정한 눈으로 바라볼 여유가 생겼는지, 가다가 끊어지는 고토 연주를 어떻게 잠자코 앉아 즐길 수 있었는지 이상할 걸세.

그런 질문을 받더라도 그녀의 솜씨가 별로였다는 점도, 내가 그녀를 좋아한 것도 모두 사실이니 자네에게 있는 그대로를 말해줄 수밖에. 어찌 해석하든지 그건 머리 좋은 자네의 몫이고, 나는 단지 이 말 한마디만 덧붙이겠네. 그 당시 나는 돈 문제에 있어서 인간을 못 믿었던 것이지, 사랑을 느끼는 대상으로서는 아직 인간을 적대시하거나 경계하지 않았네. 그러니까 다른 사람이 보기에, 또 내 스스로 생각해봐도 인간이란 존재를 두고 그렇게 양극으로 생각하는 것이 모순일지 모르지만 어쨌든 내 마음속에 두 극단이 양립했던 게 사실이네.

나는 주인아주머니를 늘 사모님이라고 불렀기 때문에 여기서도 사모님이라 칭하겠네.

사모님은 평소에 나를 조용한 사람, 얌전한 남자로 보았네. 그리고 가끔씩 성실히 공부하는 학자라고 칭찬했지. 내 불안한 눈빛이나 항상 주위를 경계하는 태도에 대해서는 입에 담지 않았네. 눈치를 못 챈 건지, 말하기 민망해서 그랬는지, 확실히는 모르겠지만 아무튼 나에 대해서 거기까진 신경 쓰지 않은 것 같네. 그래도 어느 날 나를 보고 대범한 사람이라고 아주 감탄했다는 듯이 말한 적이 있었지. 순진했던 나는 그 말을 듣고 얼굴을 붉히면서 아니라고 부정했는데 그랬더니 사모님은 "아직 스스로를 잘 몰라서 그렇게 말씀하시지요" 하며 자신이 본 나의 모습을 설명해주었네. 사모님은 처음부터 나 같은 학생을 집에 들일 생각은 아니었던 것 같네. 구청이나 시청 등지에서 근무하는 사람한테 방을 빌려줄 요량으로 이웃에게 부탁했던 모양인데, 그도 그럴 것이 사모님은 공무원이라면 월급이 충분치 않아 자기 집을 마련할 형편이 안 될 거라고 생각했던 게지. 사모님은 자기가 생각하던 하숙생과 나를 비교해서 내 쪽이 생활하는 데 여유가 있다고 판단해서 한 말일 거야. 하긴 공무원 월급 받고 생활하는 사람과 비교하면 나는 돈을 쓰는 데 대범하게 보였을 법도 하지. 하지만 그건 사람 됨됨이에 관한 말이 아니니까 나의 내면세계와는 거의 상관이 없네. 겉으로 드러난 일반적인 모습을 두고 한 말 아니겠나. 사모님은 자기가 본 모습만 가지고 나라는 사람을 짐작하면서 대범하단 말을 갖다 붙이려고 애썼다네.

13

사모님의 이런 태도가 자연히 내 심경에 영향을 미쳤네. 그 집에서 한동안 생활하자 내 눈은 그전만큼 의심으로 번득이지 않게 됐네. 다시 말해서 사모님을 비롯한 그 집 식구들은 내가 왜곡된 눈과 의심으로 가득한 마음으로 대할 수 없는 사람들이었어. 날카롭게 곤두서 있던 내 신경은 상대방으로부터 그에 준한 반응이 전혀 없자 점차 잦아들기 시작했네. 사모님은 연륜이 있는 분이니까 진작부터 날 그런 식으로 대우해준 것 같기도 하고 어쩌면 본인의 입으로 말했듯이 실제로 날 대범한 사람으로 보았을 수도 있지. 내가 꼬치꼬치 따지는 것은 주로 머릿속에서만 하는 일이라 그다지 겉으로 드러나지 않으니 사모님의 입장에서 보면 선비 같은 모습만 보인 내게 속은 것일 수도 있지.

긴장을 풀기 시작하면서 나는 점점 그 집 식구들과 이야기도 나누며 가까워졌네. 사모님이나 그 집 딸하고 농담까지 주고받는 사이가 됐지. 맛있는 차를 달였다고 같이 마시자면서 건넌방으로 불러내는 경우도 종종 있었거든. 어떤 때는 내가 과자를 사 들고 들어와서 두 사람을 내 방으로 부르는 경우도 있었지. 나는 갑자기 사람과의 소통의 여지가 생겼다는 느낌을 받았네. 그런 일들로 내 소중한 공부 시간을 빼앗기는 경우도 꽤 있었지만 신기하게도 난 그것을 전혀 불만스럽게 느끼지 않았네. 사모님은 원래 별달리 할 일이 없는 한가한 분이었지. 그 딸은 학교에 가는 일 말고도 꽃꽂이를 배운다거나 고토를 배우러 다니거나 해서 당연히 바쁠 거라고 생각했는데 가만 보면 꼭 그렇지도 않았거든. 그래서 우리 세 사람은 얼굴을 마주치면 함께 모여 앉아 이런저런 세상 돌아가는 얘기를 하면서 시간을 보냈지.

날 불러내는 건 주로 그 집 딸이었네. 그 집 딸은 마루를 돌아 내 방 앞에 서 있을 때도 있었고, 다실을 가로질러 옆방 문지방에 그림자를 드리우는 경우도 있었지. 그녀는 방문 앞에 와서 잠깐 서 있다가 내 이름을 부르곤 "공부하세요?" 하고 물었네. 나는 주로 두꺼운 책들을 책상 앞에 펼쳐 두고 내려다보고 있었으니 문밖에서 그림자만 보면 굉장히 열심히 책에 몰두하고 있는 것처럼 보이지 않았겠나. 그렇지만 사실 그다지 열심히 공부하고 있진 않았네. 그저 책을 펴놓고 그녀가 부르러 오길 기다리던 때가 많았으니까. 기다리는데도 오지 않으면 별수 없이 내가 먼저 일어나 나갔지. 그리고 건넌방 앞에 가서 "공부하세요?" 하고 물었네. 그 집 딸의 방은 다실과 연결된 약간 좁은 방이었네. 사모님은 다실에 있을 때도 있고 딸 방에 있을 때도 있었지. 결국 그 두 방은 칸막이는 있지만 어머니와 딸이 시도 때도 없이 드나들어서 한 방이나 마찬가지였네. 내가 밖에 서서 말을 걸면 들어오라고 대답하는 건 꼭 사모님이었네. 딸은 그 방에 함께 있어도 대답하는 일은 좀체 없었거든.

그러던 어느 날 그 집 딸이 혼자서 내 방에 들어와 앉아 서로 이야기를 나눌 기회가 있었네. 그때 내 가슴은 평소와는 다르게 두근두근 뛰었지. 젊은 여자와 단둘이 마주 앉았다고 해서 그랬던 것은 아니었지. 내가 나를 속이는 부자연스런 태도가 내 양심을 괴롭혔던 거네(공부하는 것처럼 보이지만 실제론 그게 아니었고, 무관심한 것처럼 보이지만 실제론 그녀가 내 이름을 불러주길 기다렸으니까. 그런 나의 이중적인 모습은 내 양심만이 알고 있지 않겠나). 하지만 상대방은 아주 태연했어. 이 사람이 고토를 튀기면서 목소리조차 맘놓고 내지 못했던 그 여자였나 싶을 정도로 전혀 부끄러워하는 기색이 없었네. 앉아 있는 시간이 길어지자 다실에서 어머니가 불러도 "네" 하고 대답만 할 뿐 금방 자리에서 일어나지 않았단 말이야. 그 집 딸은 결코 어린아이는 아니었네. 난 그걸 잘 느낄 수 있었지. 내가 눈치챌 수 있도록 여성스런 몸짓을 하는 게 역력했단 말일세.

14

나는 그 집 딸이 자리에서 일어나 나갔을 때, 휴우 하고 숨을 돌렸지. 그와 동시에 뭔가 모자라는 듯한 허전한 기분이 들기도 했네. 어쩌면 내가 너무 여자 같았을지도 모르지. 요즘 젊은이인 자네가 보면 더욱 그런 생각이 들 거야. 하지만 그 당시 우리는 대개 그렇게 행동했거든. 사모님은 좀처럼 외출하는 일이 없었네. 어쩌다 집을 비우는 경우에도 딸과 나 두 사람만 남겨두고 나가는 경우는 없었네. 그게 우연인지, 아니면 사모님이 고의로 그랬는지는 모르겠네. 이런 말을 내 입으로 하긴 좀 그렇네만 사모님의 행동을 잘 관찰해보면 당신의 딸과 내가 맺어지길 바랐던 것 같거든. 경우에 따라선 그런 면에서 날 경계하는 듯한 느낌을 받을 때도 있어서 예전에 그런 경험이 없던 나는 기분이 안 좋아지기도 했지.

사실 난 사모님의 태도를 확실히 알고 싶었네. 이성적으로 생각해보면 그 행동이 확실히 모순된 것이었으니까 말이야. 작은아버지에게 배신당한 기억이 생생했던 나는 사모님의 불투명한 태도를 한층 더 의심할 수밖에 없었네. 나는 사모님의 그런 태도에 대해 어디까지가 진정한 것이고, 어디까지가 가식인지 생각해보았네. 하지만 확실히 어느 쪽으로도 판단을 내릴 수 없었어. 그뿐만 아니라 도대체 왜 그런 모순된 행동을 하는지 그 이유를 알 수 없었네. 아무리 생각해도 해답을 찾지 못한 나는 결국 여자이기 때문에 그런 것이라고 결론내리고 말았지. 분명 여자이기 때문에 저런 모순된 행동을 하는 거야, 여자라는 존재는 어차피 어리석은 존재니까. 나는 고민에 고민을 거듭해도 더 이상 파악할 길이 없을 때는 내가 모르는 '여자'라는 존재이기 때문이라고 매듭지었네.

그렇게 여자를 업신여겼던 나였는데 말이야, 어쩐 일인지 그 집 딸만큼은 그런 식으로 생각할 수 없었네. 나의 어떠한 사고思考도 그 사람 앞에만 가면 무용지물이 되고 말았거든. 나는 그녀에 대해서 신앙에 가까운 애정을 느끼고 있었던 거야. 내가 종교적인 차원의 표현을 젊은 여자에게 사용하는 걸 자넨 어쩌면 부자연스럽게 들을지 모르지만 그것이 당시 내 진심을 표현한 말이고 지금도 변함없네. 나는 그녀를 볼 때마다 내 자신이 아름다워지는 기분이 들었어. 그녀를 생각하면 숭고한 기운이 내게 전달되는 느낌이 들었던 거야. 만약 사랑이란 불가사의한 세계에 두 개의 극점이 존재해서 높은 지점은 신성함이라 명명되고, 낮은 지점은 욕정이라 불린다면, 그녀를 향한 나의 애정은 분명히 높은 극점에 머물렀던 것이네. 나는 나 자신이기 전에 한 인간으로서 육체를 떠나서는 존재할 수 없는 몸이지 않나. 하지만 그녀를 보는 나의 눈과 그녀를 생각하는 나의 마음은 육체의 냄새를 전혀 띠지 않는 신성한 그것이었네.

나는 그 어미에 대해 의심의 눈초리를 보냄과 동시에 여식에게는 애정을 키워가고 있었으니 세 사람의 관계는 내가 이사한 초기와는 달리 점점 복잡해져갔지. 하지만 그런 변화는 거의 내적으로만 진행됐을 뿐 겉으로 드러나진 않았네. 그런 나날이 계속되는 동안 어떤 계기를 통해 내가 지금까지 사모님을 오해한 것은 아닐까 하고 생각하게 됐네. 나에 대한 사모님의 모순된 태도가 거짓된 것만은 아니라고 생각을 바꾸게 되었단 말일세. 그리고 어느 때는 날 사위로 삼고 싶다가도, 어느 때는 딸을 위해 경계하려는 생각이 번갈아가며 사모님의 마음을 지배한 것이 아니라, 늘 이 두 가지 생각이 동시에 사모님의 가슴속에 존재하고 있었던 것이라고 이해하게 됐네. 결국 사모님이 가능한 한 자기 딸을 내게 접근시키면서도 그와 동시에 내게 경계를 늦추지 않은 것은 언뜻 보면 모순된 행동으로 보이지만, 경계를 할 때에 한쪽 태도를 완전히 잊어버리거나 손바닥 뒤집듯이 태도를 바꾸는 것이 아니라 마음은 여전히 두 사람이 맺어지길 바라고 있음을 계속된 관찰 속에 깨닫게 됐네. 다만 자신이 괜찮다고 인정하는 수준 이상으로 두 사람이 밀착하는 것을 꺼렸던 것이라고 받아들이게 된 거야. 여기까지 생각이 미친 나는 그 딸에게 육체적으로 접근할 생각이 전혀 없었던 내 자신을 잘 알고 있었기 때문에 사모님의 쓸데없는 걱정이라고 치부해버렸지. 그리고 그다음부턴 사모님을 의심하거나 나쁘게 생각하지 않게 됐네.

15

나는 사모님의 태도를 여러 각도에서 따져보고 내가 이 집에서 충분히 신뢰받고 있다고 확신했네. 더구나 사모님은 나를 처음 만났을 때부터 그런 믿음을 가졌다는 증거까지 포착했지. 인간에 대해 곱지 않은 시선을 가져왔던 나는 내가 다른 사람으로부터 신뢰받고 있다는 걸 느낀 순간 기이한 감동을 경험했네. 나는 남자보다 여자가 직감이 뛰어나다고 생각했네. 동시에 여자가 남자 때문에 속는 것도 이런 속성 때문이 아닐까 생각했지. 사모님을 그렇게 관찰한 내가 그 집 딸에 대해 똑같은 직감을 발휘했으니 지금 생각하면 참 이상하기도 하네. 나는 다른 사람은 믿지 않겠다고 맹세했으면서도 그 집 딸에 대해선 신앙과도 같은 믿음을 가졌잖나. 그런 한편, 나를 믿고 있던 사모님을 모순된 사람이라고 생각했으니 이런 나를 어찌 해석하면 좋겠나.

나는 내 고향에 관한 이야기를 그다지 많이 하지 않았네. 특히 작은아버지와의 사건에 대해서는 아무 이야기도 하지 않았어. 그 일을 떠올리기만 해도 아주 불쾌했으니까. 가능한 한 사모님의 이야기를 듣는 입장이고 싶었지. 그런데 대화란 게 그리 일방적일 순 없잖나. 사모님은 이야기를 나눌수록 내 집안 사정에 대해 알고 싶어 했지. 나는 마침내 하나둘씩 이야기를 꺼내게 됐네. 결국 내가 두 번 다시 고향에는 돌아가지 않을 것이다, 돌아가도 아무도 날 반길 사람이 없다, 부모님 묘소 외에 내가 찾을 곳은 없다는 등의 이야기까지 했을 때 사모님은 굉장히 심각한 표정을 했지. 그 딸은 눈물까지 흘렸고 말이야. 나는 이야기하길 잘했다고 생각했네. 속이 후련했어.

나의 모든 과거를 들은 사모님은 과연 자신의 직감이 제대로 맞았다는 표정을 역력하게 나타냈네. 입 밖으로 내지 않았을 뿐이지. 그 뒤부턴 나를 자신의 나이 어린 친척쯤으로 대우해주었네. 나는 거북하지 않았어. 아니, 오히려 기분 좋을 정도였지. 그런데 그러는 동안에 나의 의심이 다시 발동하게 된 거야.

내가 사모님을 의심하기 시작한 것은 아주 작은 일 때문이었네. 하지만 그 대수롭지 않은 일이 반복되면서 의혹은 점점 깊이 뿌리를 내려갔네. 무엇 때문이었는지 잘 기억은 안 나지만 갑자기 사모님이 작은아버지와 같은 속셈으로 자기 딸을 나와 맺으려고 노력하는 것은 아닌가 의심하게 된 거야. 그런 생각이 들기 시작하면서 그때까지 친절하게만 보였던 사람이 갑자기 교활한 기회주의자로 내 눈에 비치게 된 거지. 나는 되살아난 증오로 입술을 깨물었네.

사모님은 처음부터 집 안이 적적하니 하숙생이라도 받아 일을 봐주면서 지내고 싶다고 말했네. 나도 그걸 진심으로 받아들였지. 서로 마음이 맞아 흉금을 터놓고 이런저런 이야기를 한 뒤에도 그 말에 거짓은 없다고 생각했네. 하지만 한동안 지내면서 그 집의 경제 사정을 봤을 때 그다지 풍족하다고 할 만한 수준은 아니었거든. 실익으로 따지자면 나와 어떤 관계를 맺는 것이 그쪽 집에 결코 손해나는 일이 아니었단 말이네.

나는 다시 경계하기 시작했지. 하지만 딸에게 깊은 애정을 느끼고 있던 내가 그녀의 어머니를 아무리 경계한다 한들 무슨 일이 어찌되겠나. 나는 이런 생각을 하게 된 나의 처지와 사람에 대한 불신을 뼛속 깊이 느낄 수밖에 없었던 나의 운명을 생각하며 조소를 금할 수 없었네. 어리석다고 나 자신을 책망한 적도 있지. 하지만 사모님에 대한 모순 정도라면 그렇게 큰 고통을 느끼지 않고 지나칠 수 있었네. 나의 번민은 그녀도 사모님과 마찬가지로 계획적으로 나에게 접근하는 것이 아닌가 하는 생각이 들었을 때 시작된 거야. 모녀가 내 뒤에서 서로 입을 맞춰 지금까지 모든 일을 진행해왔다고 생각하니 나는 갑자기 숨이 막혀 견딜 수 없는 지경이 됐지. 불쾌한 정도가 아니라 이젠 더 이상 발을 내딛을 곳이 없는 벼랑 끝에 몰린 기분이었네. 하지만 나는 마음 한구석에선 그녀를 굳게 믿었네. 그렇기 때문에 믿음과 의혹 중간에서 올바르게 행동할 수가 없었지. 나에겐 어느 쪽이나 진실이고, 또 양쪽 모두 허상이었던 거야.

16

변함없이 학교에는 출석했지. 하지만 교단에 선 사람의 강의는 멀리서 울리는 기적 소리 같았네. 공부도 마찬가지였지. 눈에 들어오는 활자는 머릿속에 들어와 자리를 잡기도 전에 연기처럼 사라져버렸으니까. 나는 더욱더 말이 없어졌네. 그런 나를 보고 두세 명의 친구가 오해를 해서 내가 무슨 명상가라도 된 것 같다고 다른 사람들에게 퍼뜨렸네. 나는 오해를 풀려고도 하지 않았지. 좋은 구실 아닌가. 오히려 잘됐다고 생각했지. 하지만 때로는 그것만 갖고는 영 성이 차지 않았네. 그래서 발작적으로 큰 소리를 지르고 떠들어서 그들을 놀래주기도 했네. 우습지. 그것도 나의 단면이네.

내가 새로 이사한 하숙집은 사람들의 출입이 별로 없는 집이었네. 친척들도 많지 않았던 모양이야. 딸의 학교 친구가 가끔 놀러 오는 경우는 있었지만 잠깐 동안 아주 조그만 소리로 자기들끼리 소곤거리다 돌아가곤 했네. 그것이 다 나를 배려해서 그런 것인 줄은 꽤 섬세한 편이라고 생각했던 나도 미처 몰랐다네. 어쩌다 집에 누가 찾아오더라도 그다지 시끄럽게 떠들지 않았지만 딱히 문안을 오는 사람은 한 명도 없었네. 그러다 보니 하숙생인 내가 주인 같았고 그 집의 외동딸이 마치 남의 집에 얹혀사는 식객처럼 행동했지. 하지만 이건 그냥 생각난 김에 한 얘기고 사실 중요한 건 아니네.

단지 약간 마음에 걸리는 일이 하나 있긴 했지. 다실에선가 아니면 그 집 딸 방에선가 갑자기 남자의 음성이 들린 거야. 그 목소리가 여자의 목소리와는 달리 아주 낮게 울렸지. 그러니 무슨 얘길 하는지는 통 알 수 없었네. 그런데 그때 난 무슨 이야기가 오가는지 궁금해서 머리카락이 쭈뼛쭈뼛 설 정도였네. 나는 내 방에 앉아서 안절부절못하고 있었어. 그자가 친척인지, 아니면 그저 아는 사람인지 우선 생각해보았네. 그리고 젊은 남자인지, 나이가 든 사람인지도 가만히 생각해보았네. 그런데 가만히 앉아서 그걸 무슨 수로 알아내나. 그렇다고 해서 뛰어나가 방문을 열고 들여다볼 수도 없는 노릇이고 말이야. 나는 신경이 곤두섰다기보다 둔기로 한 대 얻어맞은 것 같았네. 나는 그 사람이 돌아가길 기다렸다가 그 사람이 누구냐고 물어보았지. 사모님과 딸의 대답은 아주 간단했네. 나는 그렇게 간단한 대답만으로는 도저히 성이 안 찼지만 그렇다고 끝까지 그에 대해 추궁할 용기 또한 나지 않았네. 그럴 권리도 내겐 없었고 말이야. 나는 품위를 지켜야 한다고 배워오면서 길러진 자존심과 한편으론 당장에 자존심을 버리고 궁금증을 풀어보자는 표정을 동시에 모녀 앞에 드러냈다네.

그들은 웃고 있었지. 나는 그 웃음이 자상하게 신경 써준다는 호의에서 나온 웃음인지 아니면 속으로는 날 조롱하고 있으면서 겉으로만 호의적으로 보이려는 웃음인지 그 자리에서 분간하지 못할 정도로 이미 마음의 평정을 잃었네. 그리고 시간이 지난 후에도 내가 바보 취급당한 거야, 내가 바보 취급당한 건 아닐까, 하는 생각을 몇 번이고 마음속으로 곱씹어보았지.

나는 어디에도, 누구에게도 얽매인 데가 없는 자유로운 사람이었네. 내가 지금 학교를 중퇴하고 어디에 가서 어떻게 살든, 어디서 누구와 결혼하든 누구에게 허락을 받을 필요도, 알릴 필요도 없는 상황이었지. 나는 그때까지 큰맘 먹고 사모님에게 딸을 달라고 부탁할 결심을 몇 번이나 했네. 하지만 그럴 때마다 나는 주저하며 입 밖으로는 말을 꺼내지 못하고 말았지. 거절당하는 것이 두려워서가 아니었네. 만약 거절당하면 내 운명은 어찌 변할지 알 수 없는 거지만 그 대신 그때까지와는 다른 곳으로 옮겨 새로운 세계를 경험할 여지가 생길 것이니 그 정도의 용기라면 못 낼 것도 없었지. 내 입을 가로막았던 더 큰 이유는 다른 사람의 꼬임에 빠지는 것이 싫었던 것일세. 다른 사람의 손에 놀아나는 것은 무엇보다 견디기 힘든 일이란 말이지. 작은아버지에게 배신당한 나는 이제부터 무슨 일이 있어도 남에게 기만당하지 않겠다고 결심했던 것이네.

17

내가 책만 사들이는 것을 보고 사모님은 옷이라도 좀 사지 그러냐고 말한 적이 있네. 나는 사실 시골에서 면실로 짜 만든 옷밖에 없었거든. 그 당시 학생들은 비단이 섞인 기모노를 걸치고 다니지 않았네. 같은 과 친구 중에 요코하마에서 장사를 해 꽤 부자로 살던 사람이 있었는데 어느 날 집에서 학교로 하부타에〔얇고 부드러우며 윤이 나는 순백색 비단〕로 만든 도우기〔방한용 속옷〕가 배달된 적이 있네. 그걸 본 급우들이 모두 낄낄대고 웃었지. 그 친구는 쑥스러워하면서 궁색한 변명을 둘러댔지만 결국엔 도우기를 짐보따리에 쑤셔 넣고 한 번도 입지 못했네. 그러던 걸 다시 친구 여러 명이 몰려가 장난삼아 보따리를 풀어헤치고 억지로 꺼내 입혔지. 그랬더니 그게 또 재수가 없게도 옷 군데군데를 이가 쏠아 먹었지 뭔가. 그 친구는 차라리 잘됐다고 생각했는지 놀림거리가 됐던 그 도우기를 둘둘 말아서 산책 나가던 길에 네즈根津에 있는 큰 시궁창에 던져버렸지. 그때 그 친구와 함께 산책을 나갔던 나는 다리 위에 서서 친구의 행동을 보며 웃고만 있었는데 내 머릿속에도 그 옷을 버리는 게 아깝다는 생각이 전혀 들지 않았네.

도우기 소동이 났을 때와 비교하면 사모님과 마주하고 있던 때는 그래도 어른이었지. 하지만 그때까지도 내가 직접 외출복을 새로 살 생각은 못 했던 모양이야. 난 옷차림에 신경 쓰는 건 학교를 졸업하고 수염이라도 기르고 난 다음에나 할 일이라는 별 가당치도 않은 생각을 갖고 있었거든. 그래서 사모님에게 책은 필요해서 사야 하지만 옷은 필요 없다고 대답했지. 사모님은 내가 사들이는 책들의 양을 대충 알고 있었기 때문에 언젠가 내게 그 책들을 전부 읽냐고 물어봤지. 내가 산 책들 중에는 물론 사전들도 있었지만 당연히 정독을 해야 할 책인데 첫 장도 들추지 않은 것들도 더러 있었던 게 사실이니 그 질문엔 대답이 궁색해질밖에. 나는 그제야 어차피 필요 없는 것을 사는 거라면 그게 책이 됐든, 옷이 됐든 마찬가지라고 깨닫게 됐네. 그리고 마음속 한구석에는 그동안에 신세진 것도 있고 하니 그 집 딸이 좋아할 만한 오비라든가 옷감을 좀 사주고 싶은 생각도 있었네. 그래서 사모님께 부탁을 좀 했지.

사모님은 혼자 다녀오겠다고 할 사람이 아니었거든. 내게도 함께 가자고 했네. 그리고 딸도 같이 가야 한다고 하고 말이야. 그런데 자네 그거 아나? 지금과는 다른 분위기 속에서 자란 우리 세대는 학생 신분으로 젊은 여자들이랑 같이 길거리를 배회하는 게 영 어색했네. 그 당시의 나는 지금보다 더 관습에 젖어 살았기 때문에 같이 가잔 말에 약간 주저하긴 했지만 큰맘 먹고 따라나섰네. 그 집 딸은 나들이 가잔 말에 신이 났는지 옷차림에 무척이나 신경을 쓰고 나왔네. 워낙 피부가 하얀 데다가 흰 분가루를 뽀얗게 덧발랐으니 얼마나 눈에 잘 띄었겠나. 길거리를 오가는 사람들이 모두 힐끔힐끔 쳐다보면서 지나갔지. 그리고 그녀를 쳐다본 이들은 그다음 시선을 내게로 쏟아부었으니 참 우습지.

세 사람은 니혼바시日本橋에 가서 물건들을 샀네. 물건을 고르는 동안에도 이걸 골랐다, 저걸 골랐다 하면서 어찌나 변덕을 부리는지 생각했던 시간보다 훨씬 더 오래 걸렸네. 사모님은 물건을 집어 들 때마다 내 이름을 부르면서 어떠냐고 물어보는 거야. 때때로 옷감을 딸의 어깨와 가슴께에 대보고 내게 두세 발자국 뒤로 물러서서 봐달라고 하기도 하고 말이네. 나는 그럴 때마다 그건 영 아니라는 둥, 이번 건 잘 어울린다는 둥 하면서 본 대로, 느낀 대로 한마디씩 거들었지.

그러면서 시간을 훌쩍 흘려보내고 돌아오는 길엔 벌써 저녁 식사 때가 다 됐지. 사모님은 내게 고맙다고 뭔가 대접을 하고 싶다면서 기하라다나木原店라는 극장식 식당이 있는 좁은 골목으로 나를 데리고 갔지. 골목도 좁았지만 식당도 꽤 좁았네. 이 근처 지리를 전혀 몰랐던 나는 사모님이 이런 골목 구석구석까지 잘 알고 있는 사실에 은근히 놀랐지.

세 사람은 밤이 으슥해서야 집으로 돌아왔네. 그다음 날은 일요일이었기 때문에 난 하루 종일 방 안에 틀어박혀 있었지. 월요일이 돼서 학교에 가니 같은 과 친구 한 명이 아침부터 사람을 놀려대는 게 아닌가. 언제 마누라를 얻었냐고 눈을 둥그렇게 뜨고 추궁하면서 말이네. 그리고 내 부인이 굉장히 미인이라고 한마디 곁들이더라고. 내가 주인집 모녀와 함께 니혼바시를 걷는 걸 본 모양이었네.

18

나는 그날 학교를 마치고 집으로 돌아와서 사모님과 그 딸에게 학교에서 있었던 일을 말했네. 사모님은 웃으면서 내게 곤란하지 않았냐고 물었네. 나는 그때 속으로 남자는 이런 식으로 여자들에게 속마음을 들키는 걸까 하고 생각했네. 사모님의 떠보는 듯한 눈빛은 충분히 그런 생각이 들도록 만들었거든. 내가 그 순간 솔직한 내 심정을 털어놓았으면 좋았을지도 모르지. 하지만 내 가슴속엔 아직도 상대를 의심하는 구석이 남아 있었지. 나는 대답을 하려고 잠시 뜸을 들였네. 그리고 화제를 다른 데로 돌렸지. 이야기 속에서 나 자신은 쏙 빼내버렸네. 그리고 그 딸의 결혼에 대해 어찌 생각하냐고 말을 꺼내면서 사모님의 의중을 살폈네. 사모님은 과거에 두세 번 정도 혼담이 있었다고 솔직히 대답하셨네. 하지만 아직 학교에 다니는 나이니까 사모님 쪽에선 그다지 서두르지 않는다고 설명했지. 사모님은 직접적으로 표현하진 않았지만 자기 딸의 외모에 상당히 자신이 있는 것 같았네. 배우자를 고를라치면 언제라도 고를 수 있기 때문에 이쪽에서 먼저 안달할 필요는 없다는 말을 했거든. 그리고 이 딸 외엔 다른 자식이 없다는 것도 쉽게 떠나보내지 못하는 이유였지. 나는 사모님의 이야기를 듣다가 사모님이 딸을 시집보낼지 아니면 데릴사위를 들일지를 망설이고 있는 게 아닌가 하는 생각이 들었네. 대화를 나누는 동안에 나는 그전에는 몰랐던 여러 가지 이야기를 들을 수 있었지. 그래서 듣기에 열중하다 내가 말할 기회는 아예 놓치고 말았네. 나는 내 생각을 결국 한마디도 말하지 못했네. 적당한 선에서 이야기를 일단락 짓고 내 방으로 돌아가려고 했지.

조금 전까지 옆에서 한두 마디씩 거들던 딸은 언제부터인지 윗목으로 멀찌감치 떨어져서 등을 돌리고 앉아 있었네. 내가 자리를 뜨려고 일어나다가 돌아봤을 때 그녀의 뒷모습이 보였네. 뒷모습만 가지고선 인간의 심중을 읽을 수 없지 않나. 정작 본인은 자신의 결혼에 대해 어찌 생각하고 있는지 나는 궁금했는데 말이야. 딸은 찬장을 마주보고 앉아 있었네. 그 찬장 문이 약간 열려 있는 틈에서 딸은 뭔가를 꺼내 무릎 위에 올려두고 바라보는 것 같았지. 나는 그녀의 팔꿈치 사이로 그것이 그저께 산 옷감이라는 걸 보게 됐네. 내 옷과 자신의 옷을 같은 찬장 안에 겹쳐놓았던 거야.

내가 잠자코 자리에서 일어서자 사모님은 갑자기 목소리를 높이며 나는 어찌 생각하냐고 물었네. 딸의 모습을 바라보다가 갑자기 당한 질문이라 나는 잠시 뭘 어찌 생각하냐는 건지 생각해야 했네. 잠시 생각한 뒤 그 질문이 자기 딸을 빨리 혼인시키는 것이 잘하는 것이겠냐는 의미임을 알았을 때 나는 가능하면 서두르지 않는 것이 좋겠다고 대답했네. 사모님은 자기도 그리 생각한다고 고개를 끄덕였지.

사모님과 그 딸과 내가 이런 상태로 관계를 유지하고 있는 데 또 한 사람의 남자가 들어오게 됐네. 그 남자가 이 집에 들어온 결과 내 운명에 상당한 변화가 일어났지. 만약 그가 그때 내 앞길을 가로막지 않았다면 아마도 내가 이렇게 자네에게 긴 편지를 남길 일도 없었을 걸세. 그때에 나는 무방비 상태로 악마가 춤을 추는 무대에 서 있었네. 어두운 그림자가 내 일생을 뒤덮는 순간이라는 것도 깨닫지 못하고 말이지. 고백하건대 그 남자를 집에 끌어들인 사람은 바로 나였네. 물론 그러기에는 사모님의 허락이 필요했지만 나는 처음부터 그 남자에 대해 충분히 이야기를 하며 마다하는 사모님을 설득했네. 그래, 처음에 사모님은 안 된다고 했어. 하지만 당시 내겐 그를 꼭 데리고 들어와야 할 충분한 이유가 있었는 데 반해 사모님에게는 그를 거절할

뚜렷한 이유가 없었기 때문에 나는 내가 생각한 바를 끝까지 주장했던 거였네.

19

나는 그 친구의 이름을 이 자리에서 K라고 칭하겠네. 나는 K와 어릴 때부터 사이가 좋았지. 어릴 때라고 하면 따로 설명하지 않아도 알겠지. 우리 둘은 같은 고향 친구였네. K는 정토종계 스님의 아들이었지. 하지만 장남은 아니었네. 둘째 아들이었어. 그래서 어느 의사 집에 양자로 갔지. 내가 태어난 고장은 혼간지本願寺의 세력이 강한 곳이었기 때문에 정토종계 절은 다른 곳에 비해 물질적으로 풍요로웠지. 한 가지 예를 들면 만약 스님에게 여식이 있어 그 여식이 나이가 차면 시주하는 사람과 얘기해서 적당한 혼처와 혼인을 시키거든. 물론 비용은 스님 주머니에서 나오는 게 아니었네. 이는 정토종 사원이 물질적으로 풍족했던 여러 이유 중 하나였지.

K가 태어난 곳도 상당한 재력이 있던 절이었네. 차남을 도쿄까지 유학 보낼 정도의 여력이 있었는지는 모르겠지만 말이야. 또 유학을 보내준다는 얘기가 있었기 때문에 양자로 보낸 건지도 모르지. 아무튼 K는 의사 집에서 자랐네.

그건 우리가 중학교에 다닐 때의 일이었지. 선생님이 K의 출석을 부를 때 바뀐 성으로 호명하는 걸 듣고 깜짝 놀랐던 기억이 아직도 어제 일 같네.

K를 양자로 맞은 집도 꽤 부유한 집이었지. K는 그 집에서 학비를 받아 도쿄로 유학을 온 거야. 도쿄에 올라온 시기는 나와 다르지만 상경한 지 얼마 되지 않아 같은 하숙에 묵게 됐지. 그 당시에는 한 방에 두세 명씩 책상을 나란히 놓고 같이 지냈지. K와 나는 같은 방을 썼네. 그때 나와 K의 모습은 산과 들에서 뛰어놀다 사냥꾼에게 사로잡힌 동물이 철창 안에서 서로만 의지하며 밖을 경계하는 모습을 상상하면 얼추 맞을 것이네. 두 사람은 도쿄라는 대도시와 도쿄 사람들을 두려워했지. 그러면서도 좁은 방 안에서 우린 큰 뜻을 품고 너른 세상으로 나가 뜻을 펼치겠다는 결의를 주고받았네.

그리고 우리는 성실하게 생활했네. 우린 큰사람이 되고자 했어. 특히 K는 결심이 굳었지. 절에서 태어난 그는 늘 정진精進이라는 단어를 사용했네. 그리고 그의 일거수일투족은 이 정진이라는 단어에 합당한 듯 보였지. 나는 마음속으로 늘 K를 동경하고 있었네.

K는 중학교 때부터 종교라든가 철학 같은 어려운 화제를 꺼내 날 당황하게 만들곤 했네. 자신의 아버지로부터 감화받은 것인지 아니면 자신이 태어난 집, 그러니까 절이라는

특별한 건물에서 풍기는 분위기 탓인지는 모르겠네. 아무튼 그는 보통 스님들보다 훨씬 스님다운 성품을 갖고 있었다고 생각하네. 원래 K의 양부모는 그가 의사가 되어주길 바라서 도쿄로 유학을 보낸 것이네. 하지만 고집이 센 그는 의사는 되지 않겠다는 결심을 하고 도쿄로 나온 거야. 나는 K에게 그러면 양부모를 속이는 일이 되지 않냐고 말한 적이 있지. 대담한 그는 그렇다고 한마디로 일축해버렸네. 그리고 가야 할 길을 위해서라면 그 정도 뜻은 거슬러도 상관없다고 했네. 그때 그가 사용한 '길'이라는 말의 의미를 그가 알고 사용한 것 같진 않네. 나도 물론 그 의미를 파악하지 못했지. 하지만 당시 어렸던 우리에게는 이 간단하고도 막연한 말이 의미심장하게 와 닿았네. 그 말뜻을 완전히 파악하진 못했지만, 우린 그 말이 주는 숭고한 분위기에 매료되어 우리가 뜻한 방향으로 나아가는 데에 더욱 박차를 가했지. 조금도 움츠리는 기색은 보이지 않았네.

나는 K의 말에 찬성했네. 나의 동의가 K에게 얼마나 도움이 됐는지는 모르겠네. 만약 내가 반대했더라도 그는 자신의 소신을 굽히지 않고 밀고 나갔을 사내였지. 그러나 만에 하나, 일이 잘못되는 경우에는 그에게 동조한 나한테도 얼마간 책임이 있다는 것 정도는 잘 알고 있었네. 설사 그 당시에는 그만큼의 각오가 서 있지 않았다 하더라도 성숙한 인간으로서 과거를 뒤돌아볼 필요가 생겼을 경우에는 내가 져야 할 만큼의 책임은 감수하는 것이 당연하다는 심정으로 그의 말에 찬성했던 거네.

20

K와 나는 같은 과에 입학했네. K는 아주 태연스레 양부모가 보내준 학비로 자신이 원한 길을 걷기 시작한 것이지. 부모님이 알 리가 없다는 자신감과 부모님이 알아도 상관없다는 배짱이 K의 마음속에 공존했다고 볼 수밖에 없네. 자신의 문제에 K는 나보다 더 태평했네. 첫 여름방학 때 K는 고향에 내려가지 않았네. 고마고메駒込駅에 있는 어느 절에 방 한 칸을 빌려 거기서 공부를 하겠다고 했지. 내가 돌아온 것은 9월 초였는데 그때까지 그는 정말로 대관음상을 모신 절간에 틀어박혀 있었네. 그가 묵었던 방은 본당 바로 옆에 붙은 좁은 방이었는데 그는 그 방에서 계획대로 공부를 할 수 있었다며 흐뭇해했네. 나는 그때 내 친구의 생활이 점점 스님의 그것과 닮아가는 것을 보았네. 그는 손목에 염주를 감고 있었어.

내가 뭣 때문에 그런 걸 걸고 있냐고 했더니 그는 엄지손가락으로 하나둘 알을 굴렸지. 그는 그렇게 하루에도 몇 번씩 염주를 돌리고 있었던 것 같아. 하지만 그 의미가 무엇인지 난 알 수 없었네. 둥글게 꿰인 염주알을 하나씩 세어 간들 끝이 없는 것 아닌가. K는 어느 경지에서 무엇을 터득하고 한 알 한 알 굴리던 손을 멈추었을까. 아무리 생각해도 혼자서는 답을 낼 수 없는 것이었지만 나는 궁금했네.

또 나는 그의 방에서 《성서》를 발견했네. 그때까지 K가 불경에 대해 말하는 걸 들은 적은 몇 차례 있지만 기독교에 대해서는 물어본 적도, 대답한 적도 없었기 때문에 순간 놀랐지. 나는 《성서》를 갖고 있는 이유를 묻지 않을 수 없었네. K는 별다른 이유는 없다고 말했어. 그리고 좀 있다가 그렇게 많은 사람들이 읽고 따르는 책이라면 한 번쯤 읽어보는 게 당연하지 않겠냐고 했네. 마지막으로 그는 기회가 있으면 《코란》도 읽어볼 생각이라고 덧붙였네. 그는 특히 마호메트와 검(알라신의 뜻을 설교할 때, 《코란》 아니면 죽음을 택하라는 의미에서 《코란》과 칼을 쥐고 설교했다)이라는 말에 큰 관심을 갖고 있는 듯했네.

두 번째 여름을 맞았을 때 그는 고향 집으로부터 빨리 내려오라는 전갈을 받고서야 겨우 내려갔지. 그래도 자기가 공부하고 있는 것에 대해선 아무 말도 하지 않은 것 같았네. 양부모님도 눈치채지 못한 것 같고 말이네. 자넨 학교 교육을 받은 사람이니 상황을 잘 이해할 줄로 믿네. 생각해보게, 일반 사람들은 학생들의 생활이나 학교 규칙에 관해서 우리가 놀랄 정도로 무지하지 않나. 우리에겐 아무렇지도 않은 일이 밖에서는 통용되지 않기도 하고 말이네. 그런가 하면 우리는 상아탑 안의 공기만 들이마시다 보니 그 안에서 일어나는 일들은 큰일이든, 작은 일이든 당연히 밖으로 퍼져 나갈 거라고 믿는 경향이 있잖나.

K는 그런 점에 있어서 나보다 세상 돌아가는 이치를 잘 알고 있었던 것 같네.

태연한 얼굴로 돌아왔지. 고향을 뜰 때는 나도 동행했기 때문에 기차에 오르자마자 곧 어찌됐냐고 그에게 물었지. K는 그저 아무 일도 없었다고 일축했네.

세 번째 맞는 여름은 내가 영원히 부모님이 묻힌 땅을 떠나겠다고 결심한 바로 그 시기지. 나는 고향에 내려가기 전에 K에게 같이 가자고 권했지만 K는 따르지 않았네. 그렇게 매년 집에 내려가서 뭐하냐면서 말이야. 그는 잠시 보류했던 공부를 할 생각이었던 것 같았네. 그래서 난 하는 수 없이 혼자서 출발하기로 했네. 내가 그때 고향 집에서 보낸 2개월이 내 운명을 어떻게 바꾸어놓았는지는 이미 말했으니 반복하지 않겠네.

홀로 된 나는 극도의 외로움과 인간을 향한 증오로 가슴을 채우고 그해 9월 K를 만났지.

다시 만난 K는 내 운명과 마찬가지로 변해 있었네. 이미 예전의 그가 아니었지. 그는 내가 모르는 사이에 양부모에게 편지를 써서 그동안 자신이 부모의 뜻과는 다른 전공을 선택해 공부해왔다는 걸 자백했던 것이네. 그는 처음부터 그럴 각오였다고 했어. 3년이 훌쩍 지난 다음 고백하면 양부모로부터 이제 와서 어쩔 수 없으니 하고 싶은 공부를 마저 하라는 말이 나올 것이라 기대했던 것일까. 아무튼 대학에 진학하고 나서까지 계속해서 양부모를 속일 생각은 아니었던 것 같네. 어쩌면 속이려고 해도 그리 오래가지 못할 거라 짐작했을 수도 있고 말이네.

21

K의 편지를 읽은 양부모는 크게 노했지. 부모를 속이는 괘씸한 놈에게 학비를 대줄 생각은 전혀 없다고 강경한 답장을 곧 보내온 거야. K는 그걸 내게 보여줬네. 그는 또 친아버지에게서 받은 편지도 함께 건넸지. 그 편지에도 양부모가 쓴 편지 못지않게 엄히 질책하는 내용이 담겨 있었네. 양부모 댁에 대해 죄스러운 마음에서도 그렇고, 친아버지 입장에서도 그런 행동을 한 놈에겐 도움을 줄 생각이 전혀 없다고 쓰여 있었네. K가 이번 사건으로 양부모 집에서 파양이 될지, 아니면 다른 타협의 길을 모색해 그대로 양부모 슬하에 있을지 그건 나중 문제였고 당장 손을 써야 할 일은 매달 지불해야 할 학비였네.

나는 그 점에 대해 K에게 무슨 계획이라도 있는지 물었네. 그는 야학 교사라도 할 생각이라고 대답했지. 그 당시는 요즘과 비교해서 세상살이에 여유가 좀 있었기 때문에 부업을 해서 받는 돈도 자네가 생각하는 것처럼 낮은 수준은 아니었네. 먹고살 만했단 말일세.

나는 K가 그 일을 해서 충분히 해나갈 거라 생각했네. 하지만 내게도 얼마간의 책임은 있는 것 아닌가. K가 양부모의 뜻을 저버리고 자신이 원하는 길을 가고자 했을 때 그 말에 동조한 것이 바로 나였지 않나. 부업이라도 할 테면 해보라고 옆에서 나 몰라라 할 수만은 없었지. 나는 그 자리에서 얼마간 물질적으로 도움을 주고 싶다고 제안했네. K는 두말할 것도 없이 거절했지. 그의 성격으로 봐도 친구의 도움을 받느니 힘은 들겠지만 자기 힘으로 꾸려나가는 편이 다리 뻗고 잘 일이었지. 그는 대학까지 들어온 이상, 자기 한 몸 추스르지 못하면 남자가 아니라는 식으로 말했네. 나는 내가 동조한 말에 대한 책임을 지겠다는 생각만으로 K의 감정을 상하게 하는 일은 옳지 않다고 생각했네. 그래서 그가 뜻한 대로 하도록 놔두고 난 손을 뗐지.

K는 자신이 생각해둔 일자리를 기어코 찾아냈네. 하지만 시간을 금같이 생각하는 그에게 단지 돈을 마련하기 위해 하는 그 일이 얼마나 스스로를 힘들게 했는지는 불 보듯 뻔한 것 아니겠나. 하지만 그는 전에 없던 짐을 지고 나서도

지금까지 해온 것 이상으로 공부에 매진했네. 나는 친구의 건강이 염려됐어. 하지만 심지 굳은 그는 그저 웃어 보이기만 할 뿐 내가 타이르는 말을 귀담아듣지 않았네.

그러는 동안에 그와 양부모의 관계는 점점 더 꼬여만 갔지. 시간에 여유가 없어진 그는 그전처럼 나와 이야기할 짬을 낼 수 없었기 때문에 자세한 상황을 전해 들을 기회가 없었지만 사태가 점점 악화되어가고 있다는 것은 능히 짐작하고도 남았지. 다른 사람이 중간에서 실마리를 풀어보려 했다는 것도 알고 있었네. 그 사람은 편지로 K에게 빨리 귀향할 것을 종용했는데 K는 어차피 글렀다며 내려가지 않았네. 그의 고집이—K는 학기 중이라며 고향에 내려갈 여건이 안 된다고 했지만 상대편에서 보면 그의 고집이라고밖에 받아들일 수 없었겠지—사태를 더 악화시키는 것처럼 보였네. 그의 그런 태도는 양부모의 감정을 더 상하게 했을 뿐만 아니라 친아버지의 화를 부르게 됐던 거야. 내가 두고볼 수만은 없어서 어떻게든 화해를 시켜보려고 편지를 썼을 때는 이미 아무 소용이 없게 된 상황이었네. 내 편지는 한마디의 답변도 받지 못하고 그대로 사장되어버렸지. 그렇게 된 이상 나도 화가 났네. 지금까지는 상황을 살펴가며 K에게 동정을 나타내던 나는 그 이후부터 잘잘못이 어찌됐건 K의 편에 서겠다고 결심하게 됐지.

결국 K는 양부모 집에서 파양되고 본가의 호적에 다시

올라가게 됐지. 양부모가 보내준 학비는 본가에서 변상하기로 하고 말이야. 그 대신 본가에서도 이제부턴 아무 상관하지 않을 테니 하고픈 대로 하고 살라는 식으로 나왔네. 옛날 식으로 표현하면 부모 자식 간의 연을 끊자는 말이지. 어쩌면 그 정도로 극단적인 뜻은 아니었을지도 모르는데 어쨌든 내 친구는 그렇게 받아들였네. K는 어머니가 없는 아이였네. 그의 성격의 한 단면은 확실히 계모 밑에서 자란 결과라고도 볼 수 있겠지. 만약 그의 친어머니가 살아 있었다면, 그와 본가 사이에 그렇게까지 감정의 골이 깊어지기 전에 해결이 됐을지도 모른다고 생각하네. 그의 아버지는 앞서도 밝혔듯이 승려였네. 하지만 인간 사이의 의리를 중시하는 걸 보면 성품이 오히려 사무라이에 가까운 게 아닌가 하는 생각도 들어.

22

K의 사건이 그렇게 마무리된 후에 나는 그의 매형으로부터 장문의 편지를 받았네. K가 양자로 들어간 집은 매형의 친척집이었기 때문에 K의 입양을 주선했을 때도, 그가 본가로 다시 들어갈 때도 그 매형이 다리 역할을 했다고 K의 입을 통해 들었네. 편지에는 그 후에 K가 어찌 지내고 있는

지 알려달라고 써 있었네. 누나가 많이 걱정하고 있으니 가능한 한 빨리 답장을 보내달라고 부탁했어. K는 친아버지의 대를 잇는 형보다 다른 집으로 출가한 누나를 더 좋아했네. 그들은 모두 한 어머니 밑에서 태어난 남매였지만 누나와 K는 나이 터울이 많이 졌지. 그래서 K는 어릴 때 계모보다 오히려 누나를 친어머니처럼 여기며 컸지.

나는 K에게 편지를 보여줬네. 그는 그 편지에 대해선 아무 말도 하지 않았지만 자기가 있는 곳으로 누나가 안부를 묻는 편지를 두세 통 보낸 적이 있다는 말을 그제서야 털어놓았지. K는 그때마다 걱정할 것까진 없다고 답해주었다고 했네. 안됐지만 이 누나는 그다지 살림이 넉넉하지 못한 집으로 출가를 했기 때문에 아무리 K가 걱정이 돼도 물질적으로 동생을 도와줄 형편이 되지 않았던 게야. 나는 K가 누나에게 보낸 편지와 비슷한 내용을 담아 매형 앞으로 보냈네. 편지 끝에는 만일 무슨 일이 생기면 내가 어떻게든 도울 테니 안심하라는 뜻을 분명히 밝혔지. 그건 내가 늘 염두에 두고 있던 말이었네. K의 처지를 걱정하는 누나를 안심시키려는 호의도 물론 있었지만, 내 편지를 아무것도 아닌 양 취급해버린 그의 본가와 양부모에게 뭔가 보여주고 싶은 의도도 있었지.

K가 본가 호적에 다시 오른 것은 1학년 때의 일이네. 그 뒤 2학년이 될 때까지 약 1년 반 동안 그는 모든 지출을 자

기 손으로 감당했지. 학업과 돈벌이를 위해 너무 무리했기 때문에 그는 점차로 건강에 정신까지 손상된 듯 보였네. 그렇게 되기까지는 물론 양부모와의 갈등 그리고 본가로 다시 들어가야 하는 상황에서 받은 정신적인 방황도 톡톡히 한몫했을 걸세. 그는 점차 감상적으로 변해갔네. 어떤 때는 혼자서 이 세상의 모든 불행을 짊어진 것처럼 말하곤 했어. 그러다가 끝내는 거기서 벗어나기 위해 몸부림치며 감정을 폭발시키는 경우도 있었지. 그러면 자신의 앞날에 비칠 빛이 점차 시야에서 멀어져간다는 생각이 드는지 더욱 괴로워했네. 학문을 처음 시작할 때에는 누구나 원대한 포부를 안고 새로운 여정에 발을 디디기 마련이지만 1년이 지나고 또 1년이 가서 졸업이 가까워졌을 때 별다른 진척 없이 제자리에 머물러 있는 자신을 깨닫고 그 자리에서 절망하는 경우가 많았는데, K의 경우 그 절망감은 다른 이들에 비해 훨씬 컸네.

나는 우선 그의 마음을 안정시키는 것이 급선무라고 생각했네.

나는 그에게 학문 외에 다른 일은 하지 말라고 말했지. 그리고 당분간 몸을 좀 추스르고 쉬는 것이 먼 장래를 위해 이롭다고 충고했네. 이야기를 꺼내기 전부터 그는 워낙 고집이 센 사람이니 이런 내 말을 쉽게 따르진 않을 거라 예상했지만 실제로 말을 꺼내고 보니 생각했던 것보다 설득하는 데 훨씬 더 힘이 들어 진이 다 빠졌지. K는 학문만이 자신의 목적은 아니라고 주장했네. 자신의 의지력을 키워 강한 자가 되는 것이 자신의 최종 목적이라고 나를 오히려 설득했네. 또 그러기 위해선 밑바닥까지 떨어져보아야 한다고 우겼지. 다른 사람이 들으면 무슨 잠꼬대 같은 소리냐고 할 만하지 않나. 그도 그럴 것이 내가 보기에 아주 열악한 처지에 놓인 그의 의지는 본인의 의도와는 달리 전혀 강해지지 않았으니까 말이네. 그는 거의 신경쇠약에 걸릴 지경이었어. 나는 더 이상 그를 자극하고 싶지 않아 K의 말에 적극 동감하는 척했네. 나 자신도 그런 경험을 바탕으로 인생을 개척해나갈 생각이라고까지 말했지(내게 있어서 그 말이 아주 허무맹랑한 말은 아니었네. K는 아주 확고해서 그의 주장을 듣다 보면 점점 그의 말에 동화되어갈 정도였으니까). 얘기 끝에 나는 K와 지내면서 함께 발전해나가고 싶다고까지 했지. 나는 그의 아집을 꺾기 위해 그 앞에 무릎을 꿇는 일도 감수했네. 그리고 마침내 그를 내가 지내던 하숙집으로 데리고 들어오게 된 거야.

23

내 방에는 다다미 넉 장 정도 되는 여유 공간이 있었네.

현관에서 올라와 내 방으로 들어가려면 꼭 이 공간을 거쳐 가야 하기 때문에 실용적인 측면에서 보면 쓸모없는 공간이었지. 나는 그곳을 K에게 내주었네. 원래는 내가 쓰던 방에 책상 두 개를 들여놓고 같이 지내려고 했는데 K는 비좁은 방이라도 혼자 쓰는 게 낫다며 스스로 그 좁은 공간을 선택했네. 앞서도 말했듯이 사모님은 내가 다른 사람을 한 명 더 들이겠다는 말에 찬성하지 않았네. 하숙을 쳐서 먹고 사는 집 같았으면 한 사람보다는 둘이 낫고, 둘보다는 셋이 이득일 테지만 워낙 돈을 벌자고 사람을 들인 집이 아니었으니 그냥 혼자 쓰라고 했던 거지. 내가 들이고자 하는 사람은 결코 남에게 폐를 끼치는 사람이 아니니 걱정할 것 없다고 했더니 폐를 끼치지 않더라도 사람 속은 알 수 없으니 생판 모르는 사람을 들이기는 싫다고 하더라고. 그런 이유라면 지금 방을 얻어 쓰고 있는 나도 마찬가지 아니냐고 물었더니 내 됨됨이는 처음부터 알아봤다고 하면서 좀체 물러서지 않았네. 그 말을 듣고 난 씁쓸하게 웃었네. 그러자 사모님은 또 다른 말을 둘러대는 거야. 그런 사람을 데리고 들어오는 건 내게 좋을 것이 없으니 관두라고 말이네. 어째서 내게 좋을 게 없냐고 하니까 이번엔 그쪽에서 엷은 미소로만 답을 대신했지. 사실 나도 굳이 K와 함께 지낼 필요는 없었네. 하지만 매달 드는 비용을 돈으로 직접 그 친구 앞에 들이밀면 그는 틀림없이 당황해하며 선뜻 받지 않을 거라고 생각했거든. K는 독립심이 아주 강한 사람이었네. 그래서 난 그를 내 방에서 지내게 하고, 두 사람분의 식비를 K 모르게 사모님에게 건네줄 생각이었네. 하지만 난 K의 경제 사정에 대해 일언반구 사모님에게 밝힐 생각은 없었어. 단지 친구로서 K의 건강이 염려된다는 얘길 했지. 혼자 두면 사람을 영 버리게 될 것 같다고 말이야. 그러다가 이야기 끝에 K가 양부모와 사이가 틀어졌다는 점과 본가와도 결별하게 됐다는 점들을 말하게 됐지. 나는 물속에 빠진 사람을 건져내 내 몸의 열로 살려내겠다는 심정으로 친구 K를 끌어안는 것이라고 고백했네. 그러니 아무쪼록 따뜻하게 보살펴달라고 사모님과 그 딸에게 부탁했지. 그렇게 간곡하게 말을 한 끝에 나는 마침내 사모님을 설득했던 거였어.

하지만 내게 아무 말도 듣지 않은 K는 그 자초지종을 전혀 모르는 얼굴이었네. 나는 오히려 그걸 다행이라 생각하고 군말 없이 따라 들어온 K를 시치미 뚝 떼고 맞아주었지.

내가 K에게 새로운 집으로 이사한 기분이 어떠냐고 물었을 때 그는 그저 나쁘지 않다고 한마디했을 뿐이네. 내가 보기엔 나쁘지 않은 정도가 아니었지. 그가 이사하기 전에 지내던 곳은 볕도 안 들고, 습할뿐더러 퀴퀴한 냄새까지 풍기던 방이었으니까. 게다가 제공되는 음식도 방 수준에 걸맞게 아주 형편없었단 말일세. 내가 묵는 집으로 이사한 것은 그에게 깊은 계곡에 갇혀 있던 새가 우뚝 솟은 나무 위로 옮겨간 것만큼의 변화였단 말이지〔《시경詩經》의 〈소아小雅〉 편에 나오는 "유곡에서 빠져나와 나무 위로 옮기다"라는 시구에서 따온 표현. 열악한 환경에서 좋은 환경으로 옮긴다는 의미〕. 그럼에도 그가 별다른 기색을 보이지 않는 것은 첫째는 그의 아집 때문이고, 둘째는 그의 인생관에서 기인한 것이기도 했네. 불교의 가르침 속에서 성장한 그는 의식주에서 자칫 여유로움을 구하는 일을 매우 부도덕하게 생각했으니까. 옛 고승이나 성인의 전기를 읽은 그에게는 정신과 육체를 따로 분리해 생각하는 버릇이 있었네. 육체를 단련하면 영혼이 더욱 맑아진다고 믿었는지도 몰라. 나는 가능한 한 그의 의견이나 행동에 거스르지 않기로 마음먹었지.

왜냐하면 바람의 힘이 아닌, 따뜻한 빛의 힘으로 그의 두터운 껍질을 벗겨내고자 했기 때문이지. 이제라도 빛의 기운으로 몸의 구석구석까지 온기가 전달되면 자기 스스로 깨달을 날이 꼭 오리라 믿었네.

24

사모님을 비롯한 집안사람들이 온정으로 대해준 결과 나는 점점 성격이 밝아졌지. 나는 내가 그리 변화된 걸 스스로 느끼고 있었기 때문에 K에게 내가 받은 것을 응용해보고자 했네. 오랜 기간 가까운 친구로 지내왔던 나는 K와 내 성격이 다르다는 점은 잘 알고 있었지만 나의 날카로웠던 신경이 이 집에 들어온 뒤 점차 누그러진 것처럼 K의 마음도 이 집에서 생활하다 보면 언젠가 안정을 찾을 수 있을 거라 생각했네.

K는 나보다 결의가 대단한 사람이었네. 공부도 내가 하는 것에 곱절은 더 했을 거야. 그리고 워낙 타고난 두뇌가 나보다 훨씬 명석한 친구였지. 나중엔 전공 분야가 달라져서 뭐라 할 수 없네만 같은 반에 있을 때는, 그러니까 중학교 때나 고등학교 때 말이네. 늘 성적이 나보다 앞섰지. 나는 평상시에도 무엇을 하든 K의 실력엔 못 미친다고 생각했을 정도였으니까. 하지만 내가 K에게 내 방에 들어와 살라고 강권했을 때는 내 행동이 훨씬 어른스러웠다고 믿었네.

내가 보기에 그는 자제와 인내를 확실히 구별하지 못했던 것 같아. 이건 특별히 자넬 위해서 덧붙여두고 싶은 얘기니 잘 들어두게.

육체적이든 정신적이든 모든 우리의 능력은 외부의 자극으로 발달되기도 하고, 파괴되기도 하지만 사람이 성장하는 데는 어느 쪽으로든 점점 더 강한 자극을 만나게 되는 건 사실이잖나. 잘못 판단하면 어떤 큰 자극으로 아주 바람직하지 못한 방향으로 흘러가게 되는데 그러면서도 자기 자신은 물론 그 주변 사람들도 눈치채지 못하게 될 가능성이 있지.

의사의 말에 따르면 인간의 위장만큼 뻔뻔스러운 것도 없다고 하네. 매일 죽만 먹으면 그보다 딱딱한 음식을 소화하는 능력이 점차 소실돼버리니 무엇이든 먹는 연습을 해두라고 하더라고. 하지만 이건 단순히 익숙해진다는 의미일 거라 생각하네. 점차 자극의 강도를 높임에 따라 몸의 저항력도 강해진다는 의미밖엔 안 되지. 만약 그와 반대로 강한 자극으로 위장의 운동 능력이 점차 약해졌다고 하면 그 결과는 어찌되겠나? 잘 생각해보면 처음의 비유는 너무 단편적이라는 걸 쉽게 알 수 있지.

K는 나보다 우수한 사람이었지만 여기까지 깨닫지는 못했던 걸세. 단순히 어려운 상황에 익숙해지기만 하면 나중엔 그것조차 자신에겐 아무런 문제도 되지 않을 거라 믿었던 거지. 역경이 거듭되면 될수록 그것을 극복해낸 만큼의 공덕으로 더 이상 고난에 흔들리지 않는 경지에 도달할 것이라 굳게 믿었던 게야. 그동안 피폐해지는 속은 헤아리지 못하고 말이야.

나는 K를 설득할 때 그가 고집하는 것은 맹신에 불과하다는 걸 반드시 깨우쳐주고 싶었네. 하지만 내가 지적하는 말을 듣고 틀림없이 그는 반발했을 걸세. 또 옛사람들 이야기를 끄집어낼 것이 뻔했지. 그러면 내 쪽에선 성인들과 그가 다른 점들을 하나하나 짚어나가겠지. 그 정도에 수긍하는 K라면 좋으련만 그의 성격상 언쟁이 여기까지 발전하면 앞서 했던 자신의 말을 번복하는 일은 절대 없었지. 더욱 강하게 주장을 펴려 할 것이었네. 그리고 자기가 뱉은 말을 그대로 실천에 옮기려 했을 거야. 어때, 이 정도면 굉장한 사람 아닌가. 그래, 그는 자기 믿음에 무서우리만치 철저한 사람이었지. 자기 스스로를 파괴해갔어. 결론적으로 보면 그는 단지 일신의 안녕을 저버리고 자신이 추구하는 길을 갔다는 의미에서만 대단한 사람이지만 그래도 결코 평범한 인간은 아니었네.

그의 성품을 잘 알고 있던 나는 끝내 아무 말도 할 수 없었네. 더구나 그는 앞에서도 말했듯이 신경쇠약 증세를 보였거든. 만약에 내가 그를 설득하려고 끝까지 말씨름을 해나갔더라면 그는 틀림없이 폭발해버리고 말았을 걸세. 나는 그와 다투는 것이 두려웠던 게 아니라네. 극한 고독을 이미 맛본 내가 나의 가장 소중한 친구를 같은 상황에 몰아넣고 싶지 않았던 것이네. 나 또한 더 이상 고독한 상황에 맞닥뜨리고 싶지 않았고.

그래서 난 그가 이사한 다음에도 당분간은 비판처럼 들리는 말을 삼갔네.

온화한 주위 환경이 그에게 미치는 결과를 두고 보기로 한 거야.

25

나는 K가 없을 때 사모님과 그 딸에게 가능하면 자주 K에게 말을 걸어달라고 부탁했네. 지금까지 최대한 말을 아끼며 지내온 그였으니 그대로 계속 가다간 아예 입이 굳어버릴 것 같았기 때문이지. 사용하지 않는 철에 녹이 스는 것처럼 굳게 빗장을 걸어 잠근 그의 마음속은 이미 녹슬어버렸을 거라 생각했네.

내 부탁을 듣고 사모님은 K가 말 붙일 틈이 안 보이는 사람이라며 웃었네. 딸은 일전에 사모님이 K에게 말을 걸어보려고 시도했던 이야기를 들려주었지.

화로에 불씨가 있냐고 물었더니 K는 "없어요" 하고 세 음절로 말했다네. 그럼 불씨를 좀 지필지 물으니 "필요 없어요" 하고 딱 두 마디 덧붙였다지. 그래서 춥지 않냐고 물었더니 이번엔 "춥지만 필요 없어요" 하고는 더 이상 대꾸하지 않더라네. 그것이 가장 긴 대답이었다고 웃으면서 말하는 딸과 사모님을 앞에 두고 나는 껄껄 웃고 있을 수만은 없었네. 나는 괜히 미안해서 무슨 말이라도 해 그들의 기분을 좀 살려줘야겠다고 생각했네. 그도 그럴 것이 말이야, 봄철이라 굳이 불씨 얘길 꺼낼 필요가 없었는데 사모님이 이야기를 좀 나눠보려고 기껏 붙인 말인 걸 몰라주고 K가 그리 뚝뚝하게 몇 마디로 잘라버렸으니 민망한 사모님 입에서 말 붙일 틈이 없다는 소리가 나올 법도 하지 않겠나.

그래서 나는 중간에서 두 여자와 K 사이에 다리를 놓아 주려 애썼다네. K와 내가 이야기를 하는 자리에 두 식구를 부른다든가 혹은 모녀와 내가 한 방에서 마주하고 있을 때 K를 불러낸다든가, 어떻게든 상황에 맞도록 함께 어울리는 자리를 만들어 그들 사이를 좁혀주려 했지. 물론 K는 그런 일을 별로 달가워하지 않았네. 어떤 때는 다른 사람이 얘기하는 도중에 벌떡 일어나 방에서 나가버리기도 했네. 그런가 하면 아무리 불러도 방 안에서 나오지 않을 때도 있었고. K는 내게 별 용건도 없이 서로 얼굴이나 쳐다보고 있는 게 뭐가 재밌냐고 했네. 난 그저 웃기만 했지. 하지만 맘속으로는 K가 그런 일로 나를 가볍게 생각한다는 걸 잘 알고 있었네. 어떤 의미에서 보면 그런 내 행동은 K의 눈에 당연히 그렇게 보였겠지. 그가 지향하는 곳은 나의 그곳보다 훨씬 높았으니까. 그걸 부정하는 건 아니야. 하지만 높은 곳만 바라보고 주위와 어울리지 못하는 것은 '어긋남'이지. 스스로 조화를 이루지 못하고 있다는 말일세. 나는 그때 무엇보다 K의 인간성을 회복시키는 일이 최우선이라고 생각했어. 아무리 그의 머릿속이 위대한 사람들의 이미지로 가득 차 있어도 그 자신 스스로가 인간미를 겸비한 사람이 되지 않는 이상, 그런 건 아무 도움이 되지 않는다는 걸 난 이미 깨닫고 있었네. 나는 그를 인간답게 만드는 첫 번째 방법으로 우선 이성異性의 옆자리에 그를 앉히기로 했네. 그리고 그런 어울림 속에서 흘러나오는 기운에 그를 노출시켜 녹슨 그의 혈관을 정화해보려고 했던 것이지.

나의 시도는 차차 그 효과를 나타내기 시작했네. 처음엔 영 부자연스러워 보였는데 점차 한덩어리가 되어갔어.

그는 자기 이외에 또 다른 세상이 있다는 것에 눈뜨기 시작한 것 같았네. 어느 날 그는 내게 여자는 무시해도 되는 존재가 아니라는 식으로 말한 적이 있네. K는 처음에 여자들도 자기가 생각하는 방식대로 생각하고 우리가 알고 있는 지식을 그들도 갖고 있을 거라 기대했던 것 같아. 그런데 상대에게서 적합한 대답을 듣지 못하자 곧 경멸해왔던 게지. 지금까지 그는 성의 차이를 깨닫지 못하고 남녀를 한데 묶어 똑같은 시선으로 관찰했던 거야. 나는 그에게 만약 우리 두 사람끼리만 언제까지나 의견을 주고받으면 우린 그저 한쪽 방향으로만 뻗어나갈 거라는 말을 했네. 그는 내 말에 동의했지. 나는 그 당시 그 집 딸에 대해 연정을 품고 있었기 때문에 자연스레 그런 말이 입에서 나왔던 거라고 생각하네. 그렇지만 그녀에 대한 속마음은 조금도 털어놓지 않았네.

지금까지 수많은 서적들로 성벽을 쌓고 그 안에 틀어박혀 있던 K의 마음이 점차 열리는 모습을 지켜보는 것은 내게 있어 무엇보다 기쁜 일이었네. 난 처음부터 그 목적으로 일을 진행했으니까 말이야. 목적한 바를 이룬 데에 따르는 희열을 맛보았던 거지. 나는 K에게는 티를 내지 않았지만 사모님과 딸에게는 내가 느낀 것을 모두 얘기했네. 두 사람 모두 만족스러워했고 말이야.

26

K와 나는 같은 과였지만 전공하는 학문이 달랐기 때문에 등교 시간이나 집에 돌아오는 시간에는 차이가 있었지. 보통 내가 일찍 귀가하면 그의 빈방을 그대로 지나쳤지만 내가 늦을 경우에는 K와 간단한 인사말을 주고받고 내 방으로 들어왔네. 내가 방문을 열고 들어서면 K는 언제나 읽던 책에서 눈을 떼고 나를 올려다봤지. 그러고는 이제 왔냐고 말을 걸었네. 나는 아무 대꾸도 하지 않고 고개만 끄덕여 보일 때도 있었고, 때론 '그래' 하고 지나치는 경우도 있었네. 그러던 어느 날 나는 간다神田에 볼일이 있어서 평소보다 늦게 집에 돌아왔네. 나는 발걸음을 재촉해서 문 앞까지 온 다음 대문을 드르륵 열었지. 그리고 그 순간 딸의 목소리를 들었네. 목소리는 확실히 K의 방에서 났다네. 현관에서 곧장 들어가면 다실과 거기서 이어지는 딸의 방이 나오고, 그 방을 왼편으로 돌면 K의 방 그리고 내 방으로 이

어지는 구조였기 때문에 어디서 무슨 소리가 나는지 오랫동안 그 집에 머물렀던 나는 금세 알 수 있었지. 나는 곧 문을 닫았네. 그러자 딸의 목소리도 순간 잠잠해졌지. 내가 신발을 벗는 동안—나는 그때부터 끈 푸는 데 시간이 걸리는 신식 구두를 신고 다녔다네—내가 허리를 굽히고 구두끈을 풀고 있는 동안에는 K의 방에서 아무 소리도 나지 않았네. 나는 이상한 기분이 들었어. 잘못 들었나 싶기도 했고 말이야. 하지만 내가 늘 하던 대로 K의 방을 지나치려고 방문을 열었을 때 그곳에는 두 사람이 함께 앉아 있었네. K는 평소처럼 이제 왔냐고 인사를 했지. 그 집 딸도 "이제 오세요?" 하고 앉은 채로 알은체를 했고 말이야. 그때 내 기분 탓인지는 모르겠지만 그 인사말이 어쩐지 좀 부자연스럽게 들렸네. 졸졸졸 흐르던 시냇물이 갑자기 바윗돌에 가로막혀 옆으로 새는 듯, 내 귀엔 그렇게 들렸단 말일세.

나는 딸에게 "어머니는요?" 하고 물었네. 내 질문에 별 뜻은 없었지. 그저 집 안이 평소보다 더 조용했기 때문에 물어본 것뿐이네. 사모님은 외출 중이었네. 하녀도 사모님과 함께 나갔고 말이야. 그러니까 집에 있던 건 K와 딸 단둘이었지. 순간 나는 이상한 기분이 들었네. 그때까지 오랫동안 한집에서 지냈어도 사모님이 딸과 나만 남겨두고 집을 비운 적은 한 번도 없었으니까 말이네. 나는 무슨 급한 일이라도 생겼냐고 다시 딸에게 물었지. 딸은 그냥 웃기만 했네.

나는 이런 때 배시시 웃는 여자는 질색이네. 젊은 여자들이 갖고 있는 공통점이라고 할 수 있겠네만 그 집 딸도 우습지 않은 일에 곧잘 웃음을 터뜨리는 경향이 있었지. 하지만 딸은 내 표정을 보더니 곧 웃음을 거뒀네. 급한 일은 아니지만 잠깐 볼일이 있어서 나갔다고 그제야 또박또박 대답했지. 하숙생인 내가 그 이상 무얼 더 물어볼 수 있었겠나. 그저 가만히 있었지. 내가 옷을 갈아입고 좀 쉬려던 참에 사모님과 하녀가 돌아왔네. 이윽고 저녁 식사 테이블을 앞에 두고 모두 둘러앉아 얼굴을 마주할 시간이 왔지. 처음 그 집에 들어왔을 때는 처음부터 끝까지 손님 대접을 하느라 식사 때마다 하녀가 밥상을 들고 내 방에 가져다주었는데, 그게 언제부턴가 식사 때가 되면 안채로 나가 먹게 됐단 말씀이야. K가 처음 들어왔을 때도 내가 사모님께 말해 K도 나와 똑같이 하기로 했네. 그 대신 나는 여러 명이 둘러앉을 수 있는 얄팍한 좌상을 사드렸지. 요즘은 어느 집에서나 사용할 테지만 그 당시엔 그런 식탁을 놓고 식구들이 둘러앉아 식사를 하는 집은 거의 없었거든. 그 상은 일부러 오차노미즈御茶の水에 있는 가구점에 가서 내가 생각해둔 모양으로 짜달라고 주문해서 들여온 거였네.

나는 그날 저녁 밥상에서 사모님으로부터 아무리 기다려도 반찬거리 파는 사람이 지나가질 않아 우리에게 대접할 먹을거리를 사러 읍내에 나갔었다는 얘길 들었지. 하긴 객을 집에 들인 이상 그것도 맞는 말이라고 생각하고 있을 때 딸은 내 얼굴을 쳐다보고 다시 배시시 웃었네. 그런데 이번에는 사모님으로부터 한소리를 듣고 웃음을 그쳤지.

27

그 일이 있은 후 일주일이 지나 나는 다시 K와 그 집 딸이 함께 이야기하고 있는 방을 지나게 됐네. 그때 딸은 내 얼굴을 보자마자 웃기 시작했어. 곧바로 뭐가 그리 우습냐고 물어보았으면 좋았겠지만 나는 잠자코 내 방으로 왔네. 그러니 K도 내게 이제 오냐고 말을 붙일 겨를이 없었지. 곧 문을 열고 딸이 다실 쪽으로 나가는 소리가 들렸네. 그날 저녁 딸은 나를 보고 이상한 사람이라고 말했네. 나는 그때도 왜 그런 말을 하느냐고 묻지 않고 아무 대꾸도 하지 않았지. 단지 사모님이 그녀에게 눈을 흘기는 모습을 흘긋 보았을 뿐이네. 나는 식사 후에 K에게 산책이나 좀 하자고 했지. 우리 두 사람은 덴즈인 안쪽에서 식물원(고이시카와에 있는 식물원) 주위를 빙 돌아 다시 도미자카富坂 아래쪽으로 걸어 내려갔네. 산책을 하기에 그리 짧은 거리가 아니었지만 그동안 우리가 주고받은 말은 몇 마디 되지 않았네. 성격상 K는 나보다 더 말수가 적은 사내였네. 나도 그리 말이 많은 편이 아니었고 말이야. 나는 천천히 걸으면서 그에게 말을 걸어보았네. 화제는 주로 우리가 묵고 있는 집의 가족에 관해서였고 말이네. 나는 사모님과 딸에 대해 그가 어떻게 생각하고 있는지 알고 싶었거든. 그런데 그는 좋다는 건지, 싫다는 건지 도무지 판단할 수 없는 대답만 떨렁 던지고 입을 다무는 거야. 그것도 몇 마디 안 되는 짧은 말만 하고 말이네. 그는 두 여자에 관해서보다 전공 공부에 골몰하고 있는 듯이 보였네. 하긴 그땐 2학년 기말시험이 코앞에 다가와 있던 시기였으니 다른 사람이 보더라도 그가 나보단 훨씬 학생다워 보였겠지. 게다가 K는 스베덴보리(스웨덴의 철학자로 신비주의자)의 사상이나 업적에 대해 줄줄 늘어놓아서 그 사람에 대해 아무것도 아는 게 없었던 나를 놀라게 했네.

우리가 동시에 시험을 끝마친 날 홀가분한 기분으로 사모님에게 이제 1년밖에 남지 않았다고 얘기하니 사모님도 기뻐했지. 그런 사모님의 유일한 자랑거리라고 할 수 있는 딸의 졸업도 얼마 남지 않았고 말이네. K는 내게 여자들이란 아무 생각 없이 학교를 다닌다고 말했지. 그는 그 집 딸이 학교 공부 이외에 바느질이나 고토 연주, 꽃꽂이를 배우러 다니는 것은 지식이나 배움으로 치지도 않는 듯했네. 나는 그의 무관심을 그저 웃어넘겼네. 그리고 여자의 가치는 학문을 연마하는 데 있지 않다는 구닥다리 가치관을 그 앞에서 반복했지. 그는 이에 대해 별다른 반발을 하지 않았네.

그렇다고 전적으로 찬성하는 눈치도 아니었고 말이야. 나는 그런 그의 태도를 보고 오히려 기분이 좋았네.

별로 신경 쓰지 않는 그의 태도가 어릴 때와 마찬가지로 여자를 무시하는 듯 보였기 때문이지. 모든 여자의 상징으로 내가 마음속에 두고 있는 그 집 딸이지만 K는 전혀 안중에도 없는 눈치였으니 말이네. 지금 돌이켜 생각하면 K에 대한 내 질투는 이미 그때부터 마음속에 싹터 있었던 모양이네.

나는 여름방학 때 어디로 피서를 갈지 K와 상의했네. K는 가고 싶지 않다는 듯이 말끝을 흐렸지. 물론 그는 자기가 가고 싶다고 어디든지 갈 수 있는 여건이 아니었지만 내가 가자고 부추기면 어딜 가든 거칠 것이 없는 자유로운 입장이기도 했네. 나는 왜 선뜻 나서지 않냐고 물었지. 그는 별다른 이유는 없다고 대답했네. 그냥 집에서 책이나 읽는 게 자기는 더 편하다면서 말이야. 내가 좀 시원한 데 가서 공부를 하는 것이 몸에 더 이롭다고 하니까 그렇게 가고 싶으면 나 혼자 가면 되지 않냐고 하는 거 아닌가. 하지만 K를 혼자 그 집에 두고 나만 갈 수는 없었네. 나는 그때도 이미 K와 그 집 식구들이 점점 더 친밀해져가는 것을 보는 게 썩 편치 않았단 말일세. 그들이 서로 사이좋게 지내는 게 처음에 목적한 바가 아니었냐고 묻는다면 달리 변명할 말이 없네. 그래, 내가 어리석었지.

K와 나 사이에 좀처럼 결론이 날 것 같지 않은 얘기를 옆에서 듣다못해 사모님이 중재에 나섰고 우리 둘은 마침내 함께 보슈房州에 가기로 결정했지.

28

K는 여행 따위를 즐기는 사람이 아니었네. 그리고 나도 보슈는 초행길이었고. 두 사람은 아무 사전 지식도 없이 그저 배가 가장 먼저 도착한 곳에 내렸지. 그곳은 호타保田라는 곳이었네. 요즘엔 어떻게 변했는지 모르지만 그 당시엔 아무것도 볼 것 없는 형편없는 어촌이었지. 도대체 어딜 가든지 생선 비린내가 났고 말이야. 그리고 바다에 들어가면 파도에 이리저리 떠밀려 손이고, 발이고 다 벗겨졌네. 주먹만 한 돌멩이들이 밀려오는 파도에 휩쓸려 이리저리 데굴데굴 굴러다녔지. 나는 금세 싫증이 났네. 하지만 K는 좋다고도, 싫다고도, 그 어떤 말도 하지 않았네. 하지만 적어도 얼굴만큼은 편안해 보였지. 그런데 한 가지 재밌는 건 말이야, 이 친구가 바다에 한번 들어가면 얼마나 헤엄을 치고 놀았는지 여기저기 긁히고 찢기고 상처투성이가 돼서 나왔단 말이지. 지루해진 나는 그를 설득해서 도미우라富浦로 옮겼다가 다시 나코那古로 향했지. 다른 곳들에 비하면 나

코의 바닷가는 그 당시에 주로 학생들이 몰려드는 장소였기 때문에 우리가 즐기기엔 적당한 해수욕장이었네. K와 나는 자주 바닷가 바위에 걸터앉아 먼 바다 색깔이나 발밑에 보이는 바닷속을 바라보았네. 바위에서 내려다본 물빛은 유난히 아름다웠지. 붉은 빛깔이 언뜻 보이는가 하면 짙푸른 빛깔이 휘감아 돌고, 평소에 장터에서는 찾아볼 수 없는 묘한 빛깔을 한 물고기들이 밑이 훤히 보이는 파도 속을 이리저리 헤엄쳐 다니는 것을 한참 동안 지켜보았네.

나는 바위에 앉아 자주 책을 들췄네. K는 아무것도 하지 않고 아무 말 없이 먼 곳만 응시하고 있는 때가 많았고. 나는 그 모습이 사색에 잠겨 있는 건지, 풍경에 취한 건지, 아니면 나름대로 재밌는 상상을 하고 있는 건지 전혀 알 수 없었네. 내가 고개를 쳐들고 K에게 뭘 하냐고 물었지. K는 그저 아무것도 안 한다고만 한마디했네. 나는 문득문득 옆에 조용히 있는 그 사람이 K가 아니라 그 집 딸이었으면 좋았을 거라는 생각을 했네. 한데 내 생각이 그 정도 바람에서만 그치면 괜찮았을 텐데 때론 K도 지금 이 자리에 앉아 나와 같은 생각을 하고 있는 건 아닐까 의심이 가기 시작한 거야. 생각이 거기에 미치자 난 침착하게 책을 펴놓고 있을 수가 없었네. 벌떡 일어났지. 그리고 성난 사자가 포효하듯 마구 소리를 질러댔네. 잘 짜인 시나 노래 가사를 한가하게 읊조릴 만큼 마음이 여유롭지 못했거든. 상상할 수 있겠나? 야만인처럼 날뛰는 내 모습을. 어떤 때 나는 갑자기 그의 셔츠 깃을 뒤에서 홱 잡아챘지. 그러곤 이렇게 바닷속으로 집어던져 버리면 어쩌겠냐고 K에게 물었네. 그는 꿈쩍도 하지 않았어. 그저 뒤를 한번 돌아다보고 "잘됐다, 어서 그래 줘" 하고 전혀 동요하는 기색 없이 말했어. 나는 그대로 손을 놓았지. K가 이전에 보였던 신경쇠약 증세는 이제 많이 좋아진 듯했네. 하지만 그와는 대조적으로 나는 점점 과민해져갔지. 나는 너무나 침착한 그를 보고 한편으론 부럽기도 했고, 또 한편으론 원망스럽기도 했네. 그는 연적이 되어 나와 맞설 기미를 전혀 보이지 않았기 때문이야. 내게는 그런 태도가 일종의 자신감처럼 보였지. 하지만 그런 상황에서 그의 자신감을 보고 내가 멋모르고 느꼈던 희열을 다시 느낄 수 있었겠나. 이젠 상황이 완전히 역전된 것이지. 내 의심은 한발 더 나아가 그 태도의 원천이 무엇인지 알아내고 싶었네.

그는 과연 학문에서나 미래의 역할에 있어서 자기 앞길에 펼쳐질 밝은 빛을 재발견한 것일까. 단순히 그의 여유로운 태도가 그 때문이라면 K와 나 사이에 어떠한 충돌도 빚어질 이유는 없었지. 그래, 단지 그뿐이라면 나는 오히려 내가 애쓴 보람이 있으니 기쁘게 생각할 일이었네. 하지만 그가 마음의 안정을 찾은 것이 그 딸에 대해 연정을 느꼈기 때문이라면 나는 결코 그를 용서할 수 없었네. 이상하게도 그는 내가 그 집 딸을 사랑하고 있다는 걸 전혀 눈치채지 못한 듯 보였지. 하긴 나도 K가 그 사실을 알아차리도록 행동한 일은 없었지만 말이네. K는 원래 그런 일에는 둔한 사람이었지. 내게는 처음부터 K라면 안심해도 된다는 생각이 있었기 때문에 그를 데리고 들어온 것이니까.

29

나는 큰 결심을 하고 K에게 내 속마음을 털어놓으려 했네. 사실 그러기로 마음먹은 것은 그때가 처음이 아니야. 여행을 떠나오기 전부터 밝혀야겠다고 생각은 했지만 고백할 기회를 잡는 일도, 그 기회를 살리는 일도 내 재주로는 제대로 되지 않았던 걸세. 지금 생각해보면 그 당시 내 주변에 있던 사람들은 모두 묘한 구석이 있었어. 여자에 관해서는 이러쿵저러쿵 떠들어대는 사람들이 한 명도 없었거든. 개중에는 아예 얘깃거리를 갖고 있지 않은 사람들도 꽤 있었고 설사 뭔가 있다 해도 입 밖으로 내지 않는 것이 보통이었지. 비교적 개방적인 분위기 속에서 생활하는 자네가 보면 분명히 이상하다고 생각할 걸세. 그것이 유학의 영향인지 아니면 일종의 수줍음인지 판단은 자네 몫이네.

K와 나는 무슨 얘기든지 서로 나누는 사이였지. 어쩌다

가 사랑이나 연애에 관한 화제도 입에 올렸지만 그 끝은 언제나 추상적인 이론으로 맺어졌지. 그나마 화제로 삼는 일도 아주 드물었고. 우리의 대화는 주로 책의 내용이나 공부, 미래의 계획, 포부, 자기 수양에 관한 이야기로 이어졌네. 아무리 사이가 좋아도 그날 바닷가에서처럼 분위기가 서먹해진 날에는 갑자기 말투를 바꾸기 힘들었지. 우리 두 사람은 그렇게 서먹하면 서먹한 대로 친했다네. 나는 딸에 대한 속마음을 K에게 고백해야겠다고 마음먹은 후부터 몇 번이나 목에 가시가 걸린 것 같은 답답함을 느꼈는지 모른다네.

나는 K의 머릿속에 구멍을 뚫어 그곳에 따뜻한 공기를 불어넣어 주고픈 충동을 느꼈네.

자네가 보기엔 실소를 금치 못할 일일지도 모르지만 그 당시 내겐 큰 고민거리였네. 나는 여행지에서도, 집에 있을 때에도 여전히 비겁했어. 호시탐탐 기회를 잡기 위해 K를 관찰하면서도 언제나 초연한 그의 태도 앞에서는 어찌할 바를 몰랐지. 내가 보기엔 그의 심장 주변에 검은 막이 쳐져 있는 것 같았네. 내가 쏟아부으려는 뜨거운 피는 한 방울도 그의 심장 속으로는 흘러들어 가지 않고 방울방울 튕겨나와 버렸지.

어떤 때는 그의 태도가 너무나 확고하고 근접할 수 없어서 오히려 안심이 되기도 했네. 그럴 때면 의심을 품었던 마음은 후회로 바뀌고 그에게 용서를 빌었네. 그러면서 내 스스로가 너무나 보잘것없이 생각돼 자신을 책망하기도 했지. 하지만 오래지 않아 또다시 의심이 고개를 쳐들어 난 흔들렸지. 모든 일이 의심에서 출발했으니 무엇 하나 내게 득이 될 게 없었네. 외모도 K 쪽이 더 여자들에게 인기 있을 것처럼 보였고, 성격도 대범하고 작은 일에 구애받지 않는 그가 이성에게 더 호감을 줄 것이라 생각됐네. 어떤 면엔 모자란 구석이 있지만, 그런가 하면 자기 일에는 철저한 남자다운 점이 나보다는 높을 점수를 받을 것이라 생각했지. 지식의 정도로 따지자면 전공은 달랐지만 나는 결코 K의 적수가 될 수 없다는 걸 잘 알고 있었네. 눈앞에 보이는 모든 면에서 상대가 우수하다고 판단되자 나는 다시 불안해졌지.

K는 혼자서 안절부절못하는 내 모습을 보고 불편하면 일정을 당겨서 도쿄로 돌아가자고 했지만 그 말을 들으니 나는 갑자기 돌아갈 마음이 사라졌네. 솔직히 말하면 내가 그 피서지에 더 있고 싶었던 게 아니라 K가 도쿄로 돌아가는 게 싫었던 건지도 몰라. 우리 둘은 보슈 근처까지 왔다가 반대편으로 방향을 틀었지. 한여름 뙤약볕 때문에 너무 힘이 들었지만 모퉁이만 돌면 바로 거기라는 주민들 말에 속아 걷고 또 걸었네. 나는 도대체 우리가 무엇 때문에 이렇게 정처없이 계속 걸어야 되는지 그 이유도 모를 지경이었

네. 그래서 농담반 진담반으로 K에게 그렇게 말했지. 그랬더니 그 친구는 "발이 있으니 걷지" 하고 되받았네. 그러고는 걷다가 도저히 못 참겠으면 바다에 뛰어들어가 열을 좀 식히자고 했네. 그래서 우린 걷다 지치면 어디든 상관없이 물 속으로 뛰어들어가 소금물을 뒤집어썼지. 그런 다음엔 또 땡볕을 머리에 이고 걸었으니 몸이 천근만근 늘어지지 않았겠나.

30

그런 식으로 한참을 돌아다녔으니 그 더위와 피로 때문에 몸 상태가 말이 아니었지. 하지만 무슨 병에 걸린 것과는 달랐네. 마치 타인의 몸속으로 내 영혼이 빨려 들어간 듯한 기분이 들었네(몸이 내 몸 같지가 않았단 말일세).

나는 늘 그랬던 것처럼 K와 얘길 하면서도 어느 지점에 가선 평소에 받던 느낌과는 다른 느낌이 들었단 말일세. 그에 대한 친밀감도, 원망도 집을 떠나온 동안에만 느끼는 특별한 감정일 거란 생각이 들었네. 마침내 우린 더위 때문에, 목마름 때문에, 끝없이 내딛는 발걸음 때문에 지금까지와는 다른 새로운 관계에 들어설 수 있었지. 그때 우리는 마치 외길에서 만난 나그네들 같았네. 한참을 이야기해도 예전에 그랬던 것처럼 머리를 짜내 대꾸해야 할 만큼 복잡한 문제들은 입에 올리지 않았거든.

우리는 그렇게 조시銚子까지 갔는데 가는 도중에 있었던 한 가지 일을 나는 지금껏 잊을 수 없네. 우리가 아직 보슈를 벗어나지 않았을 때 고미나토小湊라는 곳에서 다이노우라鯛の浦〔특별천연기념물로 지정된 도미 무리의 군락지〕를 구경한 적이 있지. 벌써 꽤 오래전 일이고 게다가 내겐 그다지 큰 볼거리도 아니었기 때문에 지금 확실히는 기억나지 않지만 아무튼 그 마을은 니치렌日蓮〔일본 불교 종파의 하나인 일련정종의 개조開祖로 시호는 릿쇼대사〕이 태어난 곳이라고 했네. 니치렌이 태어난 날 도미 두 마리가 뭍으로 뛰어올랐다는 전설이 전해 내려왔지. 그 이후 이 마을의 어부들은 도미는 잡지 않게 됐는데 그 풍습이 그때까지 이어지고 있었으니 근해에는 도미들이 그득했지. 우린 작은 배를 빌려 타고 도미 떼를 구경하러 나갔네. 도쿄에 적을 둔 사람들이 언제 또 그런 구경을 해보겠나. 그때 나는 갑판에 앉아 물결을 응시하고 있었지. 그리고 물속에서 언뜻언뜻 스치는 자줏빛 도미 색깔이 신기해 하염없이 바라보았네. 한데 K는 그런 모습에는 별 관심이 없는 듯 보였네. 그는 도미보다는 오히려 니치렌에 대해 생각하고 있는 것 같았네. 마침 그 근방에 단조지誕生寺〔지바현에 있는 법화종의 절로 1276년 창건되었다〕라는 절이 있었지. 니치렌이 태어난 마을이니 단조지〔'탄생'이라는 뜻〕라는 이름을 붙인 거겠지. 멋진 사찰이었네. K는 그 절에 가서 주지승을 만나보겠다고 했어. 그런데 말이야, 사실 그때 우리의 몰골은 아주 형편없었거든. 특히 K는 바람결에 모자를 날려버렸기 때문에 삿갓을 대신 쓰고 있었고, 입고 있던 옷은 두 사람 다 때에 찌든 데다 땀에 절어 냄새까지 났으니 말이네. 그래서 난 스님을 만나는 건 관두자고 했지. K가 누군가, 그는 내 말을 듣지 않았네. 싫으면 밖에서 혼자 기다리라고 했어. 나는 별수 없이 같이 현관 앞까지 갔는데 속으론 스님들에게 거절당할 거라 생각했지. 그런데 의외로 스님들은 아주 친절했네. 우릴 널찍하고 멋진 방으로 안내한 다음 주지스님과 만나게 해주었네. 그때 난 K와 생각하는 바가 달랐기 때문에 스님과 K가 나누는 대화에는 그다지 관심이 없었네. K는 한동안 니치렌에 관한 이야기를 듣고 있었지. 니치렌은 소니치렌草日蓮이라고 불릴 만큼 초서에 능했다고 주지승이 설명할 때 초서에는 서툴렀던 K가 지루하단 표정을 지었던 것을 나는 아직도 기억하네. K는 그런 것보다 좀더 깊은 의미에서의 니치렌을 알고자 했던 것 같네. 스님이 그 점에서 K를 만족시켰는지 어떤지는 모르겠네만 그는 경내를 걸어 나온 후에 계속해서 내게 니치렌에 대한 이야기를 했지. 나는 너무 덥고 지쳐서 거기에 쓸 정신이 없었기 때문에 그저 대충 고개만 끄덕이고 듣는 척했지. 나중엔 그나마도 귀찮아져서 뭐라 하든 잠자코 발걸음만 재촉했고 말이야.

확실히 그다음 날 저녁때 일이라고 기억되네. 우리 둘은 여관에 도착해 저녁을 먹고 잠자리에 들 준비를 하고 있었는데 말이야, 갑자기 심각한 이야기를 시작하게 됐지. K는 전날 내게 한 니치렌의 이야기에 대해 내가 별 반응을 보이지 않았던 것을 썩 기분 나쁘게 생각했던 모양이었네. 정신적으로 발전하고자 하는 의지가 없는 사람은 어리석은 자라고 입을 떼면서 나를 은연중에 그런 부류의 사람으로 몰고 가는 거야. 그런데 그때 나는 딸에 대한 일로 그에게 안 좋은 감정이 맺혀 있었기 때문에 그가 내게 하는 모욕적인 말을 그저 웃어넘길 수만은 없었지. 나는 나대로 반격할 준비를 했네.

31

그와의 언쟁 중에 나는 몇 차례나 '인간답다'라는 표현을 사용했네. K는 그 '인간답다'라는 말을 하면서 내가 내 약점들을 무마하고 있다고 했네. 나중에 생각해보니 과연 K의 말이 옳았다는 것을 깨달았지만 인간답지 않은 게 어떤 의미인지를 K에게 납득시키기 위해 그 말을 사용했던 나는 그 의도가 이미 순수하지 못했기 때문에 나의 결점을 반성할 만한 여지가 없었지. 나는 굽히지 않고 더 주장했네. 그러니까 K는 그의 어떤 점이 인간답지 않다는 거냐고 내게 따져 물었네. 나는 그에게 고백했네.

"자넨 인간다워. 어쩌면 지나치게 인간적인 사람일지도 몰라. 하지만 입 밖으로는 전혀 인간답지 않은 말들을 내뱉는단 말이야. 또 자네가 한 말에 따라 행동을 하려고 하니 그 행동도 인간답지 않은 것일 수밖에 없잖나."

내가 이렇게 말했을 때 그는 단지 자신의 수양이 덜됐기 때문에 다른 사람에게 그리 보이는 거라고만 대답했지 내 행동을 들추거나 지적하진 않았네. 나는 내 주장에 반발 없이 수그러드는 그의 태도를 보고 김이 샜다기보다 좀 미안한 생각이 들었지. 그래서 난 그쯤에서 논쟁을 그쳤네. 그는 단지 그가 알고 있는 것만큼 나도 옛날 사람들에 대해 알고 있다면 자기에게 그런 공격은 하지 않을 거라고 담담히 말하고 조용히 앉아 있었네. K가 말한 옛날 사람들이란 물론 영웅도 아니었고, 호걸도 아니었네. 영혼을 위해 육신을 불사르거나 수양의 길에 다다르기 위해 자신을 채찍질한 이른바 구도자를 가리키는 말이지. K는 자신이 얼마나 그 길을 가기 위해 고뇌하고 있는지를 내가 공감하지 못하는 것이 너무나 유감스럽다고 했네.

K와 나는 그렇게 대화를 마치고 잠자리에 들었네. 그리고 다음 날부터 다시 나그네의 태도로 돌아가 흘러내리는

땀을 연방 닦으며 헉헉대고 발걸음을 옮겼지. 하지만 나는 길을 걷다가도 문득문득 그날 저녁의 일을 떠올렸네. 그 이상 더 좋은 기회는 없었을 것을 어째서 그대로 지나쳐버렸는지 후회막급이었지. 나는 인간답다는 추상적인 표현을 사용하기보다 좀더 직접적이고 구체적인 말을 K에게 털어놓았더라면 좋았을 것이라 생각한 거야. 사실 내가 '인간답다'라는 표현을 생각해낸 것도 그 집 딸에 대한 내 감정이 토대가 된 것이니까 사실을 쏙 걸러내고 남은 결론만을 K의 귀에 불어넣은 셈인데, 그보다 원형 그대로를 K 앞에 드러내 보이는 편이 차라리 내겐 이로웠을 텐데 말이네. 내가 그리할 수 없었던 것은 학문적인 교류를 기초로 쌓아온 우리의 끈끈한 우정을 한 가지 사건으로 그 자리에서 깨부술 만한 용기가 없었기 때문이란 걸 이 자리에서 고백하겠네. 너무 체면을 차리려고 했다거나, 허영심에 사로잡혀 있었다고 해도 같은 말이 되겠지만, 내가 말하는 체면을 차리다라는 말이나 허영이라는 말의 의미는 보통 사용하는 뜻과는 좀 다르네. 그걸 자네가 좀 알아주면 좋겠어.

우린 둘 다 새카맣게 타서 도쿄로 돌아왔네. 도쿄에 도착하자 우린 기분이 좀 바뀌었지. 인간답다든가 인간답지 않다든가 하는 골치 아픈 말들은 거의 머릿속에 남아 있지 않았네. K도 종교에 심취한 사람 같은 모습은 전혀 찾아볼 수 없었지. 아마도 영혼이 어떻고, 육신이 어떻고 하는 문제는 조시에 그대로 두고 온 모양이었네. 우리 두 사람은 꼭 다른 인종 같은 모습을 하고 바쁘게 돌아가는 도쿄를 둘러보았지. 그리고 날은 더웠지만 료고쿠兩國에 있는 시야모軍鷄(구로타구 료고쿠 근처에는 예부터 식당들이 모여 있었는데 이곳에 시야모라는 유명한 닭 요릿집이 있었음)에 가서 식사를 했네. K는 배도 부른 김에 고이시카와까지 걸어가자고 했지. 체력으로 말하자면 K보다는 자신 있었으니 나는 곧 그러자고 했네.

집에 도착했을 때 사모님은 우리 두 사람을 보고 깜짝 놀랐네. 그도 그럴 것이 우리 둘은 검게 그을렸을 뿐만 아니라 이리저리 한참을 걸어다녔기 때문에 출발 전보다 훨씬 몸이 야위어 있었거든. 사모님은 그래도 아주 건강해 보인다고 칭찬해주었네. 그 집 딸은 사모님의 그런 행동이 우습다며 또 배시시 웃기 시작했어. 여행 가기 전엔 그런 웃음이 영 보기 싫던 나도 그때만큼은 함께 웃을 수 있었지. 오랜만에 상봉이니만큼 그 웃음도 반가웠나 보네.

32

그뿐만 아니라, 나는 딸의 태도가 이전과는 약간 달라졌다는 걸 눈치챘네. 한참 만에 여행길에서 돌아온 우리가 일상으로 돌아가려면 여러 가지 여자의 손길이 필요했는데 그 뒤치다꺼리를 해준 사모님은 그렇다 치고, 딸이 말이네, 모든 면에서 내 편의를 먼저 봐주고 K는 뒷전인 것 같았어. 그런 걸 너무 드러나게 행동하면 나 또한 민망해서 기분이 약간 언짢았겠지만 딸의 태도는 그런 점에서 아주 사려 깊었네. 그래서 난 은근히 기뻤지. 딸은 나만 알 수 있도록 특유의 친절함을 내게 좀더 베풀어준 거였네. 그래서 K도 별다른 눈치를 채지 못했고 말이야. 나는 그때 속으로 몰래 쾌재를 불렀지.

이러저러하는 동안에 여름이 지나가고 9월도 중순에 접어들어 우린 다시 학교에 나가야 했네. K와 나는 각자 시간표에 맞춰 등하교를 했기 때문에 집에 들고 나는 시간에도 차이가 있었지. 내가 K보다 늦게 돌아오는 날은 일주일에 세 번 정도 있었는데 언제 돌아와도 그 집 딸의 그림자가 K의 방에서 움직이는 걸 보는 경우는 없었지. K는 그전처럼 내게 "이제 돌아왔나" 하고 인사를 건넸고 말이네. 나도 그전과 마찬가지로 대꾸를 했고.

이 이야기는 확실히 10월 중순께 일어났던 일이네. 나는 아침에 늦잠을 자서 평상복 차림으로 서둘러 학교에 달려나간 적이 있었네. 바지도 잘 여밀 시간이 없어서 조리(일본식 짚신)도 아무렇게나 걸쳐 신고 튀어나갔지. 그날은 시간표상으로 보면 내가 K보다 일찍 귀가하게 되어 있는 날이었지. 나는 집에 돌아와서 현관문을 드르륵 열었어. 그랬더니 아직 학교에 있을 줄 알았던 K의 목소리가 살짝 들리는 거 아니겠나. 그리고 그와 동시에 그 집 딸의 웃음소리가 귓가에 울렸고 말이네. 나는 평소처럼 끈 푸는 데 시간이 걸리는 구두를 그날만큼은 신고 있지 않았기 때문에 곧장 현관을 올라가 방문을 열었지. 내 눈에는 책상 앞에 앉아 있는 K가 들어왔네. 그녀는 거기에 없었지. 하지만 K의 방에서 도망치듯 서둘러 나가는 그녀의 뒷모습을 놓치진 않았네. 나는 K에게 어떻게 이리 빨리 돌아왔냐고 물었네. K는 몸이 좀 좋지 않아 수업을 듣지 않고 일찍 돌아왔다고 했지. 내 방으로 돌아와 잠시 앉아 있는데 얼마 지나지 않아 딸이 차를 들고 들어왔네. 그때 딸은 "어서 오세요" 하고 나를 오늘 처음 보는 것처럼 인사를 했네. 나는 웃으면서 아까 K의 방에서 왜 그렇게 서둘러 도망쳤냐고 물어볼 수 있을 만큼 변죽이 좋은 남자는 아니네. 그러면서 속으로는 그 일이 맘에 걸려 꽁해 있었지. 난 그런 인간이었네. 딸은 상을 내려놓고 곧 자리에서 일어나 안채 일을 도우러 건너가버렸지. 하지만 K의 방 앞에 잠시 멈춰 서더니 그와 소곤소곤 얘길 주고받는 거야. 조금 전에 하던 얘길 마저 하는 모양이었네만 먼저 얘길 듣지 못한 나는 무슨 내용인지 도통 알 수 없었지.

날이 갈수록 그 집 딸이 K를 대하는 태도가 차츰 자연스러워졌네. K와 내가 함께 집에 있을 때에도 자주 K의 방 툇마루로 와서 그의 이름을 불렀지. 그리고 방에 들어가 한참 있다 나오고 말이야. 우편물을 가져다줄 때도 있고, 세탁물을 두고 가는 경우도 있었기 때문에 그 정도의 왕래는 한집에 살면서 충분히 있을 수 있는 일이라고 봐야겠지만 그녀를 독차지하고픈 열망에 휩싸여 있던 내겐 그런 행동 하나하나가 도를 넘어선 것처럼 보였네. 어떤 때는 그녀가 일부러 내 방을 그대로 지나쳐 K에게만 간다고 생각되는 경우도 있을 정도였으니까. 그 정도라면 K에게 집에서 나가달라고 하면 되지 않겠냐고 자넨 생각하겠지.

하지만 여보게, 그리하면 싫다는 걸 억지로 들여앉힌 내가 뭐가 되겠나. 그럴 순 없었네.

33

겨울비가 내리던 11월의 어느 날이었네. 나는 비를 그대로 맞고 늘 지나다니던 대로 곤냐쿠엔마(고이시카와 겐카쿠지源覺寺에 있는 염라대왕상)를 지나 좁은 언덕길을 올라 집에 도착했지. K의 방은 비어 있는 듯했는데 화로에는 타다 남은 불씨가 남아 방 안이 훈훈했지. 나도 어서 벌겋게 달아오른 화로에 시린 손을 녹여야겠다고 생각하고 서둘러 내 방으로 들어갔네. 그런데 내 방 화로에는 차갑게 식은 흰 재만

수북이 담겨 있을 뿐이지 뭔가. 나는 갑자기 기분이 상했네. 그때 내 발소리를 듣고 나온 건 사모님이었네. 사모님은 말없이 방 한가운데 서 있는 날 보고 안돼 보였는지 젖은 외투를 벗겨주고, 갈아입을 평상복을 꺼내주었네. 그리고 내가 춥다고 하자 곧 옆방으로 가서 K의 화로를 가져다주었지. 내가 K는 벌써 돌아왔냐고 물었더니 사모님은 왔다가 다시 나갔다고 했네. 그날도 K는 나보다 수업이 늦게 끝나는 날이었기 때문에 난 웬일인가 싶었지. 사모님은 무슨 볼일이라도 있었을 거라며 대수롭지 않게 대답했네. 나는 잠시 바닥에 앉아 책을 펴 들었네. 집 안이 텅 빈 듯 조용해서 아무 소리도 들리지 않는 가운데 초겨울의 쌀쌀함과 외로움이 온몸으로 스며드는 느낌이 들었지. 나는 책을 덮고 일어섰네. 갑자기 번화가에 나가고 싶었던 거야. 비는 그친 것 같았지만 하늘이 아직 차가운 납덩이처럼 무겁게 떠 있었기 때문에 나는 만일에 대비해서 우산을 어깨에 짊어지고 병기 공장의 돌담을 지나 동쪽 방향으로 발길을 돌려 언덕길을 걸어 내려왔네. 당시에는 아직 도로 보수가 되어 있지 않았던 시절이라 언덕길 경사가 지금보다 훨씬 심했지. 도로 폭도 좁고, 곧게 뻗어 있질 않았네. 게다가 그 아랫길로 내려왔더니 남쪽이 높은 건물로 막혀 있고, 배수가 잘되지 않아 거리는 온통 질퍽한 진흙길이 되어 있었네. 특히 좁은 돌다리를 건너 야나기초柳町 거리로 통하는 길목 사정이 가장 안 좋았네. 게다를 신으나 장화를 신으나 옷을 안 버리고는 통과할 수 없었지. 누구나 먼저 지나간 사람들의 발자국으로 생긴 좁고 기다란 길을 차례차례 한 줄로 걸을 수밖에 없었네. 그 폭이란 게 그저 5, 6센티미터 정도밖에 안 됐으니 오비를 길바닥에 죽 깔아놓고 밟고 지나가는 것이나 진배없었지. 나는 그날 저녁 이 좁은 띠 위에서 K와 딱 마주쳤던 걸세. 앞선 사람의 뒤꿈치만 쳐다보며 진흙탕으로 벗어나지 않게 신경을 쓰고 걷던 나는 그와 마주 설 때까지 그의 존재를 전혀 눈치채지 못했네. 나는 갑자기 눈앞이 가로막혀 고개를 쳐들고 나서야 비로소 앞을 가로막고 선 게 K라는 걸 알았네. 나는 K에게 어딜 다녀오는 길이냐고 물었지. 그는 그냥 저쪽까지라고만 대답했네. 그는 언제나 흘리듯이 한두 마디 대답하고는 끝이었지. K와 나는 좁은 띠 위에서 몸을 엇갈려 지나쳤네. 그때 난 K의 등 뒤에 젊은 여자 한 명이 서 있는 걸 보았네. 근시인 나는 그때까지 알아보지 못했는데 K를 지나친 다음에 그 여자의 얼굴을 보니 바로 그 집 딸이지 뭔가. 난 순간 적잖이 놀랐네. 그녀는 무안한 듯 얼굴을 붉히며 내게 인사를 했지. 그 당시 머리 모양은 요즘과는 달리 히사시(앞머리를 부풀려 빗은 여자 머리 모양)가 나와 있지 않았네. 그냥 정수리 부분에 뱀처럼 똬리를 틀어 얹은 모양이었지. 잠깐 동안 멍하니 그녀의 얼굴을 쳐다보고 있었는데 그다음 순간 어느 쪽으로든 길을 내주어야 한다는 생각이 퍼뜩 들었네. 그래서 나는 그때까지 조심스럽게 걸어왔던 좁은 띠 위를 벗어나 한쪽 발을 진흙 속으로 쑥 집어넣고 비켜섰지. 그리고 약간이라도 지나가기 쉽도록 틈을 만들어 그녀를 건너가게 해주었네. 그런 다음 야나기초로 나온 나는 어디로 가야 할지도 분간할 수 없는 상태가 됐지. 어딜 가더라도 기분이 풀릴 것 같지 않았네. 나는 흙탕물이 튀는 것도 상관 않고 질퍽거리는 물속을 될 대로 되라는 식으로 텀벙대며 걸어나갔네. 그러고는 바로 집으로 돌아왔지.

34

나는 K에게 그녀와 함께 나갔냐고 물었어. K는 그런 건 아니라고 대답했지. 마사고초眞砂町에서 우연히 만나 같이 집에 돌아오는 길이었다고 설명했네. K가 그리 대답한 이상 난 더 이상의 구체적인 질문을 자제해야만 했지. 하지만 식사 시간에 다시 그녀에게 같은 질문을 하고 말았네. 그러자 그녀는 내가 싫어하는 그 배시시한 웃음을 또 지어 보이는 거야. 그리고 내게 자기가 어디 갔었는지 알아맞혀 보라고 말하는 거 아니겠나. 그때까지만 해도 아직 나는 성을 잘 내는 성격이었기 때문에 그런 식으로 젊은 여자에게 놀림을 당하면 화가 났지. 그런데 내가 속으로 몹시 화가 나 있다는 걸 눈치챈 것은 식탁에 둘러앉아 있던 사람들 가운데 오직 사모님 한 분뿐이었네. K는 오히려 아무렇지도 않았어. 딸의 태도에 대해서는 알고도 모르는 척하는 것인지, 정말 아무것도 몰라서 태평스럽게 있는 것인지 난 판단이 서지 않았네. 젊은 여자치고 그녀는 꽤 사려 깊은 편이었지만 젊은 여자들이 갖고 있는 공통점이 있어, 내가 좋아하지 않는 구석이 전혀 없다고 할 순 없었지. 그리고 그 거슬리는 부분은 K가 그 집에 들어온 다음 비로소 내 눈에 띄게 된 것이네. 나는 그걸 K에 대한 내 질투심이라고 해석해야 할지, 아니면 나에 대한 그녀의 교태라고 보아 넘겨야 할지 섣불리 판단할 수 없었네. 나는 그때 품었던 나의 질투심을 부정할 생각은 전혀 없네. 이미 몇 차례 언급했다시피 사랑에는 이러한 감정의 움직임이 그림자처럼 붙어 다닌다는 걸 분명히 인식하고 있기 때문이지. 더구나 다른 사람이 보면 신경도 쓰지 않을 사소한 일에도 그 또 하나의 감정이 고개를 쳐들기 때문이지. 이건 여담이네만 이런 질투심은 사랑의 반쪽 부분이 아닐까 싶네. 나는 결혼을 하고 나서는 이런 감정이 점차 엷어져가는 걸 느꼈네. 그와 동시에 애정도 결코 예전처럼 뜨겁게 타오르지 않았고 말이네.

나는 그때까지 망설이고 있던 나의 마음을 상대에게 확실히 심어줄까 생각했네. 내가 상대라고 말한 건 딸이 아니라 사모님을 가리킨 것이네. 사모님에게 딸을 달라고 확실히 담판을 지어볼까 생각했단 말이네. 그리 결심은 했지만 실천에 옮기는 날은 하루 또 하루 미루었지. 이렇게 말하는 내가 우유부단하게 생각되지? 그리 생각해도 할 수 없네만 사실 내가 날짜를 자꾸 미룬 건 의지가 약했기 때문이 아니네. 자네 기억하는가. K가 들어오기 전까지 나는 다른 사람 손에 놀아나지 않겠다는 아집으로 똘똘 뭉쳐 있었기 때문에 한 발자국도 앞으로 나아가지 못했다고 한 말을. 그런 내가 K가 들어온 다음에는 그 집 딸이 K에게 마음을 둔 건 아닌가 하는 의심에 짓눌렸던 거야. 만약 그녀의 마음이 나 아닌 K에게 기울어져 있다고 한다면 내가 품은 연정은 새삼 입 밖에 낼 가치가 없는 것이라 생각했기 때문이네. 창피당할 것을 두려워했다고 하면 정확한 변명이 아니야. 아무리 내가 사랑한다고 해도, 내 사랑을 받는 사람이 마음속에 다른 이를 생각하고 있다면 난 그런 여자와 함께하고 싶진 않았지. 이 세상에는 아무런 걸림돌 없이 자신이 좋아하는 여자를 아내로 맞은 운 좋은 사내도 있겠지만, 그런 사람들은 나와는 다른 세상에 사는 남자든지, 그렇지 않으면 사랑의 심리를 제대로 파악하지 못한 아둔한 사람이라고 난 생각했네.

일단 색시로 맞으면 좋든 싫든 마음이 안정된다는 원론적인 이야기는 받아들이지 못할 정도로 난 순정파였네. 다시 말해서 난 지극히 고상한 사랑의 몽상가였던 걸세. 그리고 그와 동시에 지름길이 아닌 멀리 돌아가는 길을 택한 사랑의 실천가이기도 했네.

나란 사람에 대해 그녀에게 직접 털어놓을 기회가 그동안 몇 차례 있었지만 나는 일부러 기회를 저버렸지. 관례상, 그런 일은 해서는 안 된다는 고정관념이 나를 붙잡았던 거네. 하지만 그것만이 나를 만류한 이유는 아니야. 일본인, 그중에서도 특히 일본의 젊은 여자는 그런 경우 상대에게 자신의 마음을 있는 그대로 밝힐 만한 용기를 갖고 있지 않을 거라 나는 생각했네.

35

그런 이유들로 나는 누구에게도 내 마음을 털어놓지 못하고 제자리걸음만 하고 있었네. 자네 왜 이런 경험 있지 않나. 몸 상태가 좋지 않을 때 낮잠이라도 잘라치면, 눈은 말똥말똥해서 주위에 있는 모든 것들이 확실히 보이기는 하는데 아무리 애를 써도 손발이 말을 듣지 않는 경우 말이네. 나는 가끔 남몰래 그런 고통을 느꼈지.

그리고 해가 바뀌어 봄이 찾아왔네. 어느 날 사모님이 K에게 가루타(일본의 고전 시가 적힌 카드놀이)를 할 건데 같이 놀 친구 좀 데려오지 않겠냐고 말했지. 그랬더니 K는 곧바로 친구 같은 건 한 명도 없다고 잘라 말해서 사모님을 깜짝 놀라게 했네. 그래, 그게 사실이지. K에겐 친구라고 할 만한 사람이 아무도 없었지. 길거리를 지나다가 마주치면 간단히 인사 정도 나누는 사람들은 몇 있지만 그 정도 안면으로 가루타를 하자고 초대할 건 못 되지 않나. 사모님은 그러면 내가 아는 사람이라도 부르면 어떻겠냐고 다시 물었는데 나도 그런 놀이에 낄 생각이 없었기 때문에 대충 건성으로 대답하고 얼버무렸네. 그런데 그날 저녁이 돼서 결국 K와 나는 그 집 딸에게 불려나가게 됐지. 다른 손님들 없이 집안사람들 몇몇만 모여 치는 자리라 무척이나 조용했네. 게다가 이런 놀이는 좀체 하지 않는 K는 마치 심판이라도 보는 사람같이 무덤덤한 표정으로 우두커니 앉아 있었네. 나는 K에게 도대체 햐쿠닌잇슈(백 명의 가인이 부른 일본 노래 한 수씩을 뽑아 모은 것) 한 소절이라도 알기나 하냐고 물었네. K는 잘 모른다고 대답했지. 그런데 그 자리에서 내 말을 들은 딸은 내 말이 K를 경멸하는 것으로 들렸던 모양이네. 그때부터 눈에 띄게 K의 편을 드는 거 아니겠나. 결국 그 가루타에서 K와 그녀가 한 조가 되어 나를 공격하는 꼴이 되었지. 나는 그들의 하는 태도에 따라서 필요하면 싸움이라도 했을지 모르네. 다행히도 K의 태도에는 전혀 변화가 없었지. 그가 딸의 응원을 등에 업고 조금이라도 의기양양한 태도를 보였다면 나도 가만있지 않았겠지만 놀이에 무관심한 그의 태도는 시작 전과 달라진 게 없어서 아무 일 없이 놀이를 끝낼 수 있었지.

그리고 이삼일 지난 후의 일이네. 사모님과 딸은 아침부터 이치가야에 있는 친척집에 간다고 집을 나섰네. K와 나는 아직 개강하기 전이었기 때문에 뒤에 남아 집을 보게 됐지. 나는 그날 독서도 그다지 생각이 없고, 산책을 나가고 싶지도 않아서 그냥 멍하니 화로 가장자리에 팔꿈치를 얹고 턱을 괸 채 앉아 있었지. 옆방에 있는 K도 아무 소리를 내지 않았네. 두 방 모두 사람이 있는지 없는지 모를 정도로 조용했지. 하지만 그런 일은 우리 두 사람 사이에 별로 특별한 일도 아니니까 난 그다지 신경 쓰지 않았네. 오전 10시쯤 K는 칸막이 문을 열고 얼굴을 들이밀었네. 그는 방에 그대로 선 채로 내게 무슨 생각을 하고 있냐고 물었지. 나는 사실 그때 아무 생각도 하지 않고 있었네. 뭔가 생각하고 있었다면 딸에 대해서일 수도 있지만 말이야. 그 당시 난 그녀에 대해서는 물론이고 사모님에 대해서도 생각이 많았지만, 그즈음에는 K도 떼려야 뗄 수 없는 사람처럼 내 머릿속을 맴돌며 문제를 복잡하게 만드는 장본인이었네. K와 얼굴을 마주한 나는 그때까지 그를 어렴풋이 걸림돌로 의식하기는 했지만 확실히 그가 내 사랑을 방해하는 자라고는 못박을 수 없는 상태였네. 나는 평소처럼 K의 얼굴을 보고 말없이 있었지. 그러자 K가 내 방으로 성큼성큼 걸어 들어와서 내가 기대고 있던 화로 앞에 앉았네. 나는 곧 팔꿈치를 치우고 K 쪽으로 좀 밀어주었지. 봄이라곤 하지만 아직 싸늘한 기운은 남아 있었거든.

K는 그때 평소에는 전혀 입에 올리지 않던 이야기를 꺼냈네. 사모님과 딸은 이치가야에 왜 갔냐고 묻는 거야. 나는 대충 작은어머니 댁에 갔을 거라고 대답했지. 그는 그 작은어머니는 어떤 사람이냐고 다시 물었네. 나는 그분도 역시 남편이 군인이라고 내가 들은 대로 가르쳐주었지. 그러자 여자들의 신년인사는 대개 보름 이후인데 왜 이렇게 일찍 나간 거냐고 질문을 했네. 그 이유는 나도 모르겠다고 대답할 수밖에 없었지.

36

K는 사모님과 그 집 딸에 관한 이야기를 계속했네. 이것저것 묻다가는 결국 나도 모르는 것까지 묻게 됐지. 묻는 말에 대답은 하면서도 나는 귀찮다기보단 왠지 이상하단 느낌이 들었어. 예전엔 그가 먼저 내게 사모님과 딸에 대해 물어본 적이 없었던 점을 생각하면 그의 태도 변화를 인식하지 않을 수 없었지. 나는 그에게 왜 오늘은 그런 얘길 그

리 길게 하냐고 물었네. 그러자 그는 갑자기 입을 다물어버렸네. 하지만 나는 그의 입가의 근육이 실룩거리는 것을 놓치지 않고 보았지. 그는 원래 말이 없는 남자였는데 말이야, 평소에 뭔가 말을 하려고 하면 그 말을 꺼내기 전에 입 주위를 실룩거리는 버릇이 있었지. 그의 입술이 그의 의지에 반항하듯이 쉽게 벌어지지 않는 동안 그는 할말에 무게를 더하고 있던 게지. 한마디라도 입을 통해서 나오면 그 말 속에는 보통 사람들의 그것보다 곱절 강한 힘이 담겨 있었으니까.

그의 입 모양을 가만히 보고 있던 나는 뭔가 할말이 있다는 걸 감지했지만 과연 무슨 말을 준비하고 있는지까진 알 수 없었네. 그래서 난 더욱 놀랐던 거야. 그의 신중한 입에서 그 집 딸에 대한 절절한 사랑 고백이 나왔을 때 내가 어땠을지 자네 상상할 수 있겠나. 나는 그의 마법의 지팡이에 단번에 돌처럼 굳어버렸네. 손가락 하나 까딱할 수 없었지.

그때의 내 모습은 두려움으로 굳어버린 돌이라 해야 할까, 아니면 괴로움으로 굳어버린 돌이라 해야 할까, 어떻게 표현해야 할지 모르겠지만 아무튼 난 하나의 돌덩어리가 되어버렸지. 머리부터 발끝까지 굳어버린 거야. 숨쉬기 위한 탄성조차 잃어버릴 정도로 딱딱하게 굳어버리고 말았네. 다행히도 그런 상태는 오래가지 않았지. 나는 다시 인간으로 되돌아왔네. 그리고 그제야 잘못됐다는 생각이 들었네. 때를 놓쳤다는 생각이 들었어.

하지만 이제부터 어찌해야 되겠다는 생각은 하지 못했네. 아마 그럴 정신이 없었겠지. 나는 겨드랑이에서 흘러나온 끈적한 땀이 셔츠에 배어들어 가는 걸 그대로 참고 미동도 하지 않았네. K는 평소에도 어쩌다 입을 떼면 그다음엔 거기에 대한 자신의 생각을 또박또박 설명했지. 그날도 꼼짝 않는 나를 앉혀두고 하나둘 털어놓기 시작했네. 나는 너무 괴로워서 견디기 힘들었네. 내 눈으로 볼 수는 없었지만 아마도 내 괴로운 심정은 커다란 광고판처럼 내 얼굴 위에 그대로 드러났을 것이라고 생각하네. 아무리 K라 하더라도 그것을 눈치 못 챌 리는 없었을 텐데, 그 또한 자신의 심각한 이야기에 온 정신을 집중하고 있었으니 내 표정 따위에 신경쓸 여력은 없었을 걸세. 그의 고백은 처음부터 끝까지 똑같은 태도로 일관됐네. 진중하고 담담하게, 웬만한 일에는 절대 흔들리지 않을 거란 느낌을 주었지. 나는 귀로는 그의 말을 들으면서도 마음은 어찌하면 좋을지 절박감으로 소용돌이쳤기 때문에 아주 자세한 얘기까지는 거의 머릿속에 들어오지 않았지만 그의 강직한 분위기만큼은 아직도 잊을 수 없네. 그렇기 때문에 괴로움뿐만 아니라 일종의 두려움마저 느끼게 된 것이지.

맞서야 할 상대가 나보다 강하다는 걸 깨달았을 때 느끼는 공포감, 그것이 이미 그때 내 안에 움트기 시작한 거야.

K가 긴 이야기를 끝마쳤을 때 나는 뭐라고 한마디도 할 수 없었네. 나도 그와 같은 내용의 고백을 해야 할지, 아니면 밝히지 말고 있는 편이 나을지, 어떻게 하는 것이 내게 득이 될지를 따지느라 잠자코 있었던 건 아니네. 그저 입을 뗄 수가 없었지. 뭔가 말하고픈 심정도 아니었고.

점심때가 돼서 K와 나는 식탁에 마주 앉았네. 하녀가 차려준 밥을 나는 입으로 들어가는지, 코로 들어가는지 모르고 먹었네. 우리 둘은 식사 중에 거의 아무 말도 하지 않았어. 사모님과 딸은 언제나 돌아올지 감감무소식이었네.

37

두 사람은 각자의 방으로 돌아가서 꼼짝하지 않았네. K는 오전과 마찬가지로 조용했지. 나도 생각에 잠겼네. 나는 내 마음을 K에게 털어놓아야 한다고 생각했네. 하지만 그러기엔 이제 때가 너무 늦었다는 생각도 들었지. 왜 조금 전에 K의 말을 가로막고 내 마음을 밝히지 못했을까? 그것이 큰 실수였다는 생각이 든 거야. 억지로라도 그 자리에서 K의 고백이 끝나기가 무섭게 내 생각을 말해버렸더라면 그래도 이만큼 괴롭지는 않았을 거라 생각됐네. 하지만 K가 자신의 마음을 신중하게 고백한 이 마당에 나도 너와 같은 마음이라고 밝히는 건 아무리 생각해도 우습지 않겠나. 나는 이 일을 어찌하면 좋을지 판단할 수 없었네. 내 머리는 후회와 안타까움으로 뒤범벅이 되어버렸지.

나는 K가 다시 내 방문을 열고 들어와주길 바랐네. 내 입장에서는 조금 전 일이 불시에 당한 일격과도 같았거든. 내겐 K의 고백에 대응할 어떠한 준비도 없었으니까 말이야. 나는 조금 전에 당한 일을 이번엔 만회해야겠다는 심정으로 답안을 준비하고 있었지. 그래서 자꾸만 고개를 쳐들고 문지방을 바라보았네. 하지만 한참이 지나도 문은 닫힌 채 꼼짝하지 않았지. K는 끝내 아무 말이 없었네.

아무 말 없는 그를 기다리는 동안 그 침묵 속에서 내 머릿속은 점점 혼란스럽게 소용돌이쳤지. K는 지금 문지방 너머에서 무슨 생각을 하고 있을까 생각하니 그것이 신경 쓰여 조바심이 났네. 우리 두 사람이 이런 식으로 칸막이 한 장을 사이에 두고 서로 말없이 앉아 있는 건 늘상 있는 일로 평소에 나는 K가 조용하면 할수록 그의 존재를 잊어버리고 내 볼일을 보는 것이 보통이었기 때문에 그날은 내가 마음의 평정을 완전히 잃었다고 봐야 했지. 그렇게 그의 상태가 궁금했는데도 나는 먼저 문을 열고 확인할 수가 없었네. 일단 말할 기회를 놓친 나는 다시 상대가 날 찾아오기를 기다릴 수밖에 없었지.

결국 나는 더 이상 가만히 앉아 있을 수만은 없게 됐네.

억지로 참고 앉아 있자니 점점 더 K의 방으로 뛰어들어가고 싶은 충동을 느꼈네. 나는 참을 수 없어서 벌떡 일어나 툇마루로 나갔네. 거기서 다실로 가 괜히 뜨거운 물을 종지에 따라 벌컥벌컥 들이켰네. 그러고 나선 현관으로 나갔지. 나는 의식적으로 K의 방 앞을 거치지 않고 멀리 돌아 거리 한복판으로 나갔네. 내겐 당연히 어디로 갈 것인지 목적지도 없었지. 다만 방 안에 가만히 앉아 있을 수가 없었을 뿐이네. 그래서 발길 닿는 대로 정월의 거리를 헤매고 다닌 거야. 어딜 가든 누가 내 옆을 스치고 지나가든 내 머릿속엔 온통 K의 모습으로 가득했네. 처음부터 그에 대한 생각을 떨쳐버리려 집을 나섰던 건 아니었네. 오히려 내 스스로 그의 태도를 하나하나 되짚어보면서 한 발 한 발 옮겼던 거였지.

우선 그는 내게 속을 알 수 없는 사람으로 보였어. 어째서 그런 일을 갑자기 내게 고백한 것일까, 어떻게 다른 사람에게 털어놓지 않으면 못 견딜 정도로 그의 사랑이 커져버린 것일까. 그리고 평소에는 어디에다 그 격한 감정을 숨겨놓았던 것일까. 이 모든 것이 내겐 풀리지 않는 의문이었지. 나는 그가 강한 남자란 걸 알고 있었네. 또한 그가 진실한 사람이란 것도 알고 있었지. 하지만 나는 이제부터 내가 어떤 태도를 취해야 할지 결정하기 전에 그에 대해 좀더 많은 것을 알아야겠다고 생각했네. 그리고 그때부터 그를 상대해야 한다는 사실에 가슴이 아팠네. 나는 정처없이 마을을 쏘다니면서 조용히 방에 앉아 있을 그의 모습을 떠올려보았네. 어디선가 내가 아무리 걷고 또 걸어도 도저히 그의 마음을 움직일 수 없다는 목소리가 들려왔지. 그때 내겐 그의 존재가 마치 악의 화신과도 같이 생각됐기 때문에 환청까지 들린 게 아닐까. 나는 내 자신이 그때까지 모든 면에서 그를 동경해왔던 예전의 내가 아니라는 생각마저 들었네.

내가 지쳐서 집으로 돌아왔을 때 그의 방에선 좀 전과 마찬가지로 아무 기척도 나지 않았네.

38

내가 집 안으로 들어온 지 얼마 되지 않아 인력거 소리가 났네. 요즘 같은 고무 타이어가 없던 시절이었으니까 삐그덕삐그덕하는 거슬리는 소리가 멀리서도 들렸지. 그 인력거는 드디어 집 문 앞에 섰네. 내가 저녁 식사를 하러 나간 것은 인력거 소리가 난 지 반시간이 지난 다음인데 사모님과 딸은 이미 평상복으로 갈아입고 다실 주위를 이리저리 돌아다니면서 분주했네. 두 사람은 너무 늦으면 우리에게 미안한 일이라 저녁 식사 시간에 맞춰 오느라고 서둘렀다고 했네. 하지만 사모님의 친절은 K와 나에겐 거의 아무 의미가 없었지. 나는 식탁에 앉아서도 한마디라도 하면 큰 일 나는 사람처럼 뚝뚝하게 인사만 하고 가만히 있었네. K는 그나마 인사도 제대로 하지 않았고 말이야. 오랜만에 모녀끼리 외출하고 온 뒤라 그런지 사모님과 딸의 기분은 평소보다 훨씬 더 밝았기 때문에 K와 나의 태도는 더욱 눈에 띄었지. 사모님은 내게 어디 몸이라도 안 좋으냐고 물었네. 나는 약간 속이 안 좋다고 했지. 사실 내 속이 좋을 리가 있었겠나. 그러자 이번엔 딸이 K에게 같은 질문을 하는 거 아닌가. K는 나처럼 대답하지 않았네. 단지 말하고 싶지 않기 때문에 그런다고 했네. 딸은 계속해서 왜 말하고 싶지 않냐고 따졌지. 나는 순간 K의 얼굴을 쳐다보았네. K가 뭐라 답할지 궁금했던 걸세. K의 입술이 약간 실룩댔네. 그 버릇을 모르는 사람이 보면 무슨 말로 답해야 할지 망설이는 거라고 오해하기 쉽지. 딸은 웃으면서 뭔가 심각한 생각을 하고 있는 것 같다고 말했네. K의 얼굴이 민망한 듯 벌게졌지. 그날 밤 나는 평소보다 일찍 잠자리에 들었네. 내가 식사할 때 속이 안 좋다고 한 말이 신경 쓰였는지 사모님이 10시경 소바유(메밀가루를 더운물에 푼 메밀당수)를 가져다주었네. 하지만 내 방은 이미 컴컴했지. 사모님은 "저기요" 하고 작은 소릴 내면서 칸막이 문을 약간 열었네. 전등 불빛이 K의 책상에서 문틈으로 살짝 보였지. K는 아직 깨어 있던 모양이었네. 사모님은 베갯머리에 와서 아무래도 감기가 든 모양이라며 몸을 따뜻하게 하라고 소바유가 든 사발을 머리맡에 들이댔네. 나는 할 수 없이 자리에서 일어나 사모님이 보는 앞에서 질척한 소바유를 들이켤 수밖에 없었네.

나는 늦은 시간까지 깜깜한 방 안에서 생각을 했지. 아무 성과도 없이 그저 한 가지 문제만 내 머릿속에서 빙빙 돌았네. 나는 갑자기 K가 옆방에서 무엇을 하고 있는지 궁금해졌네. 나는 이봐 하고 불러봤어. 그러자 상대편에서 왜 하고 대답해왔지. 그도 아직 깨어 있었던 게야. 나는 아직 자지 않았냐고 물었네. 이제 잘 거라고 K가 대답했지. 그럼 지금 뭐하고 있었냐고 다시 물었네. 이번엔 K는 아무 대답도 하지 않았네. 그 대신 5, 6분 정도 후에 장문을 열고 이부자리를 까는 소리가 났네. 나는 지금 몇 시냐고 그에게 물었지. K는 1시 20분이라고 대답했네. 이윽고 불이 꺼지고 사방이 어둠에 휩싸이게 됐네.

하지만 내 눈은 그 어둠 속에서 더욱 또렷해지기만 했네. 다시 K를 불러보았지. K도 앞서와 같이 왜 하고 대답했고 말이야. 나는 오늘 아침에 들은 이야기에 대해 좀더 자세히 듣고 싶은데 어떠냐고 먼저 말을 꺼냈지. 칸막이를 사이에 두고 이런 이야기를 주고받을 생각은 아니었지만 K의 대답만큼은 들을 수 있겠다 싶었지. 하지만 K는 조금 전 뜬금없이 내가 두 번이나 불렀을 때 두 번 다 대답했던 순진한 학생 같은 태도를 이번만큼은 보이지 않았네. 그는 단지 "글쎄" 하고 가라앉은 목소리로 얼버무리고 끝냈네.

나는 다시 가슴이 철렁 내려앉았지.

39

그날 밤 내게 건성으로 대답한 K의 태도는 다음 날도, 또 그다음 날에도 계속 이어졌지. 그는 자기 쪽에서 또다시 그 얘길 꺼낼 생각은 전혀 없어 보였네. 하긴 그럴 만한 기회도 없었지. 모녀가 한꺼번에 외출이라도 하지 않으면 K와 내가 그리 한가하게 마주 앉아 그런 이야기를 할 수 없으니까 말이야. 그걸 잘 알면서도 나는 초조해지기 시작했네. 따라서 처음엔 무작정 K가 다시 날 찾아오기만을 기다릴 생각이었지만, 기회가 되면 내가 먼저 말을 꺼내야겠다고 결심하게 됐지. 그리고 한편으론 집안사람들의 동태를 살폈네. 하지만 사모님의 태도에도, 딸의 행동에도 평소와 별로 달라진 점은 없었지. K가 그의 마음을 고백하기 전이나 후에 모녀의 거동에 이렇다 할 차이가 없는 걸로 봐서 그는 단지 나한테만 그렇게 털어놓았을 뿐, 고백 속의 당사자인 딸에게도, 그 딸의 감독자인 사모님에게도 아직 자신의 마음을 털어놓지 않은 것이 확실하다고 생각했네. 거기에 생각이 미친 나는 약간 안심이 됐지. 그래서 억지로 기회를 만들어 불쑥 내 쪽에서 먼저 이야기를 꺼내느니 자연스럽게 기회가 생기면 때를 놓치지 말고 이야기를 하는 편이 더 낫겠다고 생각했네. 그러고 나니 그때까지 날 뒤흔들던 문제에서 잠시 손을 떼고 숨을 돌리게 됐지. 이렇게 말하면 굉장히 쉽게 내가 마음을 잡은 것처럼 들릴지 모르겠네만, 사실 내가 다시 숨을 내쉬게 되기까지 내 마음은 바닷물이 들고 날 때처럼 기복이 심했네. 나는 K의 동요하지 않는 자세를 보고 거기엔 여러 가지 의미가 있을 거라 추측했네. 사모님과 그녀의 언행을 관찰하고 과연 두 사람의 마음이 말과 행동에 그대로 반영될까도 곰곰이 생각해보았네. 그리고 인간의 가슴속에 장치되어 있는 복잡한 기계가 시곗바늘처럼 한 치의 거짓도 없이 계기반 위에 숫자를 가리킬 수 있는 것일까도 생각해보았네. 다시 말해서 나는 같은 현상을 두고 이렇게도 해석해보고, 저렇게도 해석해보았고 그러는 동안 잠시 마음에 안정을 찾은 것이라 이해해주길 바라네.

내가 쓴 표현을 좀 고르자면, 안정을 찾다라는 말은 이런 경우에 쓰기 적당한 표현은 아닐지도 모르겠네.

그렇게 하루하루가 지나가고 드디어 학기가 시작됐지. 나와 K는 시간이 맞으면 함께 집을 나섰네. 또 집에 돌아올 때도 마찬가지였고 말이야. 다른 사람들이 겉모습만 보면 K와 나는 예나 지금이나 한결같이 사이좋은 친구로 보았을 걸세. 하지만 속으로는 각자 나름대로 딴생각을 하고 있었지. 어느 날 나는 길을 걷다가 갑자기 K에게 따져 물었네. 나의 첫 번째 질문은, 얼마 전 내게 한 고백은 나한테만 한 것인지 아니면 사모님과 딸에게도 한 것인지였네. 내가 그때부터 취해야 할 태도는 이 질문에 대한 그의 대답에 따라 결정될 거였거든. K는 다른 사람에게는 아직 밝히지 않았다고 분명히 대답했네. 나는 속으로 웃었지. 내 추측이 그대로 맞았다고 생각했으니까. 나는 K가 알고 있는 나보다 뻔뻔스러운 사람이었네. 그의 담력에 적수가 될 수 없다는 것도 나 스스로 잘 알고 있었지. 하지만 나는 그를 믿고 있었네. 학비 때문에 양부모를 3년 동안이나 속여온 그였지만 나에 대한 신뢰는 조금도 변함이 없었지. 나는 그런 점에서도 그를 믿고 있었네. 그러니 아무리 의심을 잘하는 나였어도 확고한 그의 말을 마음속에서 부정할 생각은 전혀 없었던 거지.

나는 다시 K에게 그의 사랑을 앞으로 어찌할 작정이냐고 물었네. 그게 단순히 고백에 지나지 않는 건지, 아니면 그 고백에 대해서 실제로 어떤 확실한 결과를 보겠다는 건지 물었던 거네. 하지만 그는 이 질문에 대해서는 아무 대답도 하지 않았네. 그저 입을 다문 채 땅만 바라보고 걸었지. 나는 숨기지 말고 생각하고 있는 대로 말해보라고 얘기했네. 그는 아무것도 내게 숨길 필요는 없다고 말했네. 하지만 내가 알고자 했던 것에 대해서는 아무 대답도 하지 않았지. 우린 거리를 걷고 있던 터라 나도 끝까지 캐물을 수는 없었네. 결국 그의 대답은 듣지 못하고 얘기는 거기서 끝났지.

40

어느 날 나는 오래간만에 학교 도서관에 들어갔지. 넓은 책상 한편에서 창문을 통해 쏟아지는 햇살을 받으며 새로 들어온 외국 잡지를 이리저리 뒤적거리고 있었네. 담임교수로부터 다음 주까지 전공에 관련된 어떤 사항에 대해 조사해오라는 과제를 받았었거든. 하지만 내가 조사할 내용이 좀처럼 눈에 띄지 않았기 때문에 나는 두 번, 세 번 계속해서 잡지를 바꿔 빌려야 했지. 마지막으로 나는 겨우 내게 필요한 논문을 발견하고 집중해서 그것을 읽고 있었네. 그런데 갑자기 책상 건너편에서 누가 기어들어 가는 소리로 내 이름을 부르는 거야. 고개를 쳐들고 봤더니 건너편에 앉아 있던 건 K였네. K는 책상 위에 상반신을 갖다 대고 얼굴을 내 쪽으로 들이대고 있었지. 잘 알겠지만 도서관에선 다른 사람에게 피해를 줄 만한 소리를 내면 안 되니까 K의 이런 행동이 유별난 것은 아니지만 그때만큼은 그의 그런 행동이 내겐 별나게 보였지.

K는 작은 목소리로 공부하냐고 물었네. 나는 좀 조사할 것이 있다고 대답했지. 그래도 K는 계속해서 내 얼굴을 빤히 쳐다보는 거야. 그러고는 함께 산책이나 좀 하지 않겠냐고 다시 물었네. 나는 좀 있으면 끝나니까 그래도 괜찮으면 기다리라고 했네. 그는 기다리겠다고 하고 곧장 내 앞자리로 옮겨와 앉았네. 그러니 난 더 이상 집중을 할 수가 없었지. 뭔가 중요하게 할 이야기가 있어 그러는가 보다 하고 생각하니 그대로 책을 볼 수가 없었네. 나는 하는 수 없이 막 읽기 시작한 책을 덮고 일어섰지. K는 열심히 읽더니 벌써 다 끝냈냐고 했네. 나는 아무래도 괜찮다고 대답하고 잡지를 제자리에 돌려놓은 다음 K와 도서관을 나섰지. 우리 두 사람은 딱히 갈 데가 없었기 때문에 다쓰오카초龍岡町에서 연못 주위를 돌아 우에노 공원 안으로 들어갔네. 그때 K 쪽에서 먼저 지난번 일에 대해 갑자기 입을 열었지. 가만 보니 K는 그 이야기가 하고 싶어서 나보고 산책이나 하자고 그랬던 모양이었네. 하지만 그의 태도는 실제적인 면에서 조금도 진전된 바 없었네. 그는 내게 막연히 어떻게 생각하느냐고 물었네. 그 말은 연애 감정에 깊이 빠져 있는 자신이 내 눈에 어찌 비치느냐는 질문이었지. 바꿔 말해서 그는 현재의 자신의 모습에 대해 나의 의견을 듣고자 한 것이지. 그런 점에서 난 그가 평소와 달라졌다는 걸 확실히 인식할 수 있었네. 내가 앞서도 몇 차례나 언급한 것 같네

만, K는 타고나기를 다른 사람의 평판에 위축되거나 신경 쓸 정도로 약한 사람이 아니었네. 자신이 이거라고 믿으면 누가 뭐라든 혼자서 감행해나가는 배짱도 있고, 용기도 있는 그런 사내였지. 양부모와의 일로 그런 K의 면모를 여실히 확인했던 내가 자신이 어찌 보이냐고 묻는 그의 태도를 보고 의아하게 생각한 건 당연하지 않겠나.

내가 K에게 왜 나의 의견이 필요하냐고 물었을 때 그는 전에 없이 자신 없는 말투로 자신이 약한 인간이라는 게 너무 부끄럽다는 말을 했네. 그리고 어찌하면 좋을지 망설이고 있기 때문에 자기 스스로 자신을 제대로 볼 수가 없으니 내게 객관적인 평을 해달라는 거라고 했네. 나는 곧 그가 말한 '망설이다'라는 말의 의미를 다시 한번 확인했네. 그는 지금 이 자리에서 한 걸음 더 앞으로 나아가야 할지, 아니면 뒤로 물러서야 할지 망설여진다고 설명했네. 나는 좀더 구체적으로 물어봤지. 물러서야겠다고 판단이 서면 물러설 수 있겠냐고 말이네. 그러자 그는 거기서 갑자기 입을 다물었네. 그리고 좀 있다가 괴롭다고만 한마디했지. 실제로 그의 얼굴에는 고뇌에 찬 표정이 역력했네. 만약 내 친구가 사랑하는 사람이 그녀가 아니었더라면 난 그 타들어가는 얼굴에 단비가 될 우정 어린 충고를 해주었을 것이네. 나는 그 정도로 아름다운 동정심을 갖고 태어난 사람이라고 자부하네. 하지만 이 경우는 사정이 달랐지.

41

나는 타류시합他流試合〔다른 유파 사람과 벌이는 무술 시합. 승부뿐만 아니라 모든 면에서 맞선다는 의미〕이라도 하는 사람처럼 K를 주의 깊게 살폈네. 나는 내 눈, 내 마음, 내 몸에 뻗어 있는 온 신경을 곤두세우고 K와 맞서고 있었지. 죄 없는 K는 허점이 많이 보였다기보다는 오히려 내 시선을 모두 받아들이겠다는 듯 너무 개방적이었다고 평가해야 할 정도로 나와 맞설 전의戰意가 없었네. 나는 이제 그의 요새로 들어가는 지도를 그의 손에서 직접 건네받고 그의 눈앞에서 찬찬히 그걸 살펴볼 수 있는 입장이었지. K가 이상과 현실 사이에서 방황하고 있는 것을 발견한 나는 단 한 방으로 그를 쓰러뜨릴 수 있다는 생각만 머릿속에 가득했네. 그러고는 바로 그의 허점을 찔렀지. 나는 그 앞에서 아주 단호한 태도를 보였네. 물론 그건 작전상 그런 것이지만 그러한 태도를 취할 만큼 나 자신도 그때 긴장하고 있었지. 이제 와서 얘기지만 우습게도 그런 내 행동을 수치스럽게 느낄 겨를도 없었네. 나는 먼저 "정신적으로 발전하고자 하는 의지가 없는 자는 어리석은 사람"이라고 차갑게 말했네. 이 말은 우리 두 사람이 보슈를 여행할 때 K가 내게 한 말 그대로네. 나는 그가 한 말 그대로, 그가 말할 때와 똑같은 어조로 그렇게 그에게 되돌려주었지. 하지만 결코 복수심에서 내뱉은 건 아니네. 그래, 복수 이상으로 잔혹한 의미를 갖고 있었다는 걸 이 자리에서 고백하지. 그 한마디에는 K의 마음속에 흐르는 애정의 물꼬를 가로막으려는 의도가 있었네.

K는 정토종계의 절에서 태어났네. 하지만 그의 종교적 성향은 중학교 때부터 본가의 그것과는 달라졌지. 교의상의 구별을 잘 모르는 내가 이런 문제에 대해 말하기는 그렇지만 적어도 남녀에 관련된 교리에 대해서만큼은 그렇게 이해했네.

K는 일찍부터 '정진'이란 단어를 좋아했지. 나는 그 말 속에 '금욕'의 의미도 담겨 있다고 해석하고 있었네. 그런데 나중에 정식으로 그 의미를 들어보니 내 생각보다 더 엄중한 의미가 포함되어 있었기 때문에 난 놀랐네. 자신이 추구하는 길을 가기 위해서는 모든 걸 희생해야 한다는 것이 그의 첫 번째 신조였으니 식탐을 금하고, 욕정을 억눌러야 하는 것은 물론이고 비록 '욕정'과는 거리가 있는 사랑이라 할지라도 이성을 향한 마음 그 자체가 그의 길에 방해가 되는 것이 당연했지. K가 누구의 지원도 없이 스스로 모든 걸 해결하던 시기에 나는 자주 K로부터 그의 인생관을 들을 기회가 있었네. 물론 그때 이미 그녀를 마음속에 두고 있던 나는 그의 주장에 맹렬히 반대했지. 내가 자신의 의견에 반대하자 그는 나를 안됐다는 표정으로 바라봤었네. 거기엔 나에 대한 동정보다 한 마리의 짐승을 보는 듯한 그런 눈빛

이 서려 있었단 말일세. K와 나는 이런 과거를 고스란히 지나왔기 때문에 정신적으로 발전하고자 하는 의지가 없는 자는 어리석은 사람이라는 말은 K에게 큰 고통이자 충격이었을 거네. 하지만 앞서 말했듯이 나는 이 한마디로 그가 지금까지 애써 쌓아온 정진의 도를 하찮은 것으로 깎아내리려는 건 아니었네. 오히려 그것을 지금까지 해왔던 대로 쌓아나가길 바랐던 것이지. 그것이 수양의 길에 도달하는 것이든, 하늘의 도에 닿는 것이든 내겐 중요치 않았네. 나는 그저 K가 갑자기 삶의 방향을 전환하여 나의 이해와 충돌하는 걸 우려했던 거야. 그래, 맞아. 내가 K에게 던진 그 말은 순전히 내 이기심의 발로였네.

"정신적으로 발전하고자 하지 않는 자는 어리석어."

나는 다시 같은 말을 반복했네. 그리고 그 말이 K에게 어떤 영향을 미칠지 그의 반응을 지켜보았네.

"어리석지."

마침내 그가 대답했네.

"나는 어리석은 놈이야."

그는 갑자기 석고상처럼 그 자리에 서서 움직이지 않았네. 그는 땅바닥을 바라보고 있었어. 나는 순간 섬뜩했네. 내겐 K가 그 순간에 반격할 준비를 하는 것처럼 보였거든. 하지만 그러기엔 그의 목소리에 너무나 힘이 빠져 있다는 걸 알 수 있었지. 나는 그의 눈이라도 쳐다보고 그의 심중을 살피려 했지만 그는 끝까지 내 얼굴을 쳐다보지 않았네. 그리고 천천히 다시 걸음을 떼기 시작했어.

42

나는 K와 나란히 발걸음을 옮기면서 그가 다음에 무슨 말을 할지 속으로 기다리고 있었네. 아니, 벼르고 있었다고 하는 게 솔직한 표현일 것 같네. 그때 난 마음에 없는 말을 해서라도 이 기회에 K를 아주 꺾어버려야겠단 심정이었네. 하지만 나도 배운 사람으로서 그 정도의 양심은 있었으니 누군가 곁에 다가와 내게 비열한 놈이라고 한마디했다면 나는 그 순간에 원래의 나로 되돌아갔을지도 모르지. 만약 K가 그 역할을 했다면 아마도 난 그 앞에 얼굴을 들지 못했을 걸세. 하지만 K는 나를 타이르기엔 너무 정직했네. 너무 곧은 사람이었어. 너무나 선량했지. 그때 이미 한 가지 생각으로 눈이 돌아버린 나는 K의 그 좋은 점들을 칭찬할 생각은 못 하고 오히려 이용하려 했던 거야. 그는 그렇게 순수한 사람이니까 단번에 쓰러질 수도 있었지.

K는 잠시 있다가 내 이름을 부르며 날 돌아다봤네. 이번엔 내 쪽에서 걸음을 멈춰 섰지. K도 내 옆에 와 섰고 말이야. 나는 그제야 K의 눈을 정면으로 바라볼 수 있었네.

K는 나보다 키가 컸기 때문에 나는 그의 얼굴을 올려다봐야 했지. 나는 그런 자세로 교활한 여우의 마음을 품고 순진한 양을 바라봤네. “이제 그 얘기는 그만하지” 하고 그가 말했네. 그의 눈에 그리고 목소리에 비통함이 서려 있었네. 이미 예전의 그가 아니었어. 나는 순간 아무 대꾸도 할 수 없었지. 그러자 K는 “그만해줘” 하며 이번엔 내게 부탁을 했네. 내가 그다음에 뭐라고 했는 줄 아나? 더 잔인하게 대답했지. 여우가 틈을 노렸다가 날카로운 이빨로 양의 목덜미를 덥석 물듯이 말이야.

“그만하라고? 내가 먼저 꺼낸 얘기가 아니잖아. 자네가 시작한 거지. 하지만 자네가 그만두자면 그만둬도 상관없어. 하나 말만 그친다고 되는 게 아니잖나. 자네 마음에서 그만둘 각오가 서 있지 않으면 말이네. 도대체 자넨 자네가 평소에 주장하던 그 ‘길’을 어찌할 셈인가?”

내가 이렇게 말했을 때 앞에 서 있던 그가 갑자기 쪼그라든 난쟁이처럼 보였네. 그는 무서울 만치 심지가 굳은 사내였지만 그런 한편 너무나 솔직했기 때문에 자기모순을 지적받으면 결코 의연하게 대처할 수 없는 사람이었지. 나는 그의 모습을 보고 약간 안심했네. 그 순간 그가 불쑥 “각오?” 하고 물었네. 그리고 내가 채 말을 꺼내기도 전에 “각오라…… 각오 못 할 것도 없지” 하고 덧붙였네. 혼잣말로 읊조렸어. 꿈속에서 말하듯이 말이야.

그렇게 우린 이야기를 마치고 고이시카와 쪽으로 발길을 돌렸네. 비교적 바람도 없는 따뜻한 날이었지만 때가 겨울인 만큼 공원 안은 꽤 조용했지. 특히 찬 서리를 맞고 초록 잎을 모두 떨어버린 삼나무들의 갈색 몸뚱이가 우중충한 하늘로 앙상한 가지를 벌리고 늘어서 있는 모습을 돌아볼 땐 잔등이가 시린 느낌마저 들었네.

우리는 해가 진 혼고다이를 잰걸음으로 빠져나와 다시 건너편 언덕으로 이어지는 고이시카와 분지로 내려왔네. 나는 그때가 돼서야 겨우 외투 속으로 온기를 느끼기 시작했지.

바쁘게 발걸음을 옮겼기 때문에 더 그랬겠지만 우린 돌아오는 길에 거의 아무 말도 하지 않았네. 집에 돌아와서 식탁에 앉았을 때 사모님은 왜 이렇게 늦었냐고 물어봤지. 나는 K와 함께 우에노에 갔었다고 대답했네. 사모님은 날씨도 쌀쌀한데 그런 데 갔냐고 놀라는 표정이었네. 딸은 우에노에 무슨 볼거리가 있었는지 듣고 싶어 했네. 나는 아무것도 없지만 그냥 산책이나 할 겸 갔다고 대충 얼버무렸지. 평소에도 말이 없던 K는 그날 저녁, 음식 씹는 소리마저 내지 않았네. 사모님이 말을 걸어도, 그녀가 배시시 웃어도 전혀 들은 척도 하지 않았어. 그리고 밥을 구겨 넣듯이 삼켜버리고는 내가 아직 자리에서 일어나기도 전에 자기 방으로 가버렸네.

43

그 당시에는 아직 각성이라든가, 새로운 생활이라는 표현을 사용하지 않았네. 하지만 K가 옛날의 자기 모습을 내팽개치고 단숨에 새로운 방향으로 돌아서지 않았던 것은 현대의 사고방식을 그가 인식하지 않아서가 아니었네. 그에게는 팽개칠 수 없는 소중한 과거가 있기 때문이었지. 그는 그것 때문에 오늘까지 버텨온 것이라고 해도 과언이 아니네. 따라서 K가 사랑하는 대상을 향해 곧바로 행동을 취하지 않았다고 해서 그것을 사랑이 충분치 않았기 때문이라고 해석할 순 없지. 아무리 맹렬한 감정에 달아올라도 그는 함부로 움직일 수 없는 입장이었네. 앞뒤를 분간 못 할 정도의 충동을 일으키도록 그를 부추기지 않는 이상, K는 주춤했던 자신의 과거를 다시 추스를 수밖에 없었지. 그러고 나선 과거가 보여주는 길을 지금까지 해왔던 대로 걸어가야 했던 것이네. 게다가 그에게는 요즘 사람들에게선 찾아볼 수 없는 굳은 심지와 아집이 있었지. 나는 그가 갖고 있는 이 두 가지 뚜렷한 속성을 알았기 때문에 이를 바탕으로 그의 심중을 헤아리려 했네.

우에노에서 돌아온 날 밤은 내게 비교적 편안한 밤이었지. 난 K가 방으로 돌아간 다음 바로 그의 뒤를 쫓아 그의 책상 옆에 가 앉았네. 그리고 앉자마자 이런저런 시답잖은 얘기를 시켜봤지. 그는 관심 없는 표정이었네. 상상해보게, 내 모습이 그때 어떠했겠나. 내 두 눈엔 자신감이 서려 있었겠지. 목소리는 내가 들어도 꽤나 의기양양하게 울려 퍼졌으니 말이네. 나는 그렇게 잠시 K와 화롯불을 쬐고 있다가 내 방으로 돌아왔네. 다른 분야에선 그를 따라잡을 수 없었던 나도 그때만큼은 두려울 것 없다는 생각이 들었던 거야.

나는 전에 없이 맘 편히 잠자리에 들 수 있었네. 그런데 갑자기 내 이름을 부르는 소리에 잠이 깼네. 고개를 들고 보니 K와 내 방 사이의 칸막이 문이 10센티미터 정도 열려 있고 그 틈으로 K의 검은 그림자가 서 있는 게 보였네. 그의 방에는 아직 불이 켜져 있었네. 얼결에 고개를 든 나는 비몽사몽간에 뭐라고 말도 못 하고 멍하니 그 모습을 바라보았네.

그때 K가 내게 벌써 자냐고 물었네. K는 늦게까지 자지 않고 책을 읽는 버릇이 있었지. 나는 시커먼 저승사자처럼 보이는 K를 향해 무슨 일이냐고 물었네. 그는 별일 아니라고, 변소에 다녀오는 길에 그냥 자는지 아직 깨 있는지 궁금해서 불러본 것뿐이라고 했네. 전등불이 K의 등 뒤에서 비치고 있었기 때문에 그의 표정이 어땠는지는 볼 수 없었네. 하지만 그의 목소리는 평소보다 더 가라앉아 있었어.

K는 그만 벌어졌던 문을 다시 닫고 내 시야에서 사라졌

네. 내 방은 다시 캄캄해졌고 말이야. 나는 그 암흑 속에서 다시 눈을 감았네. 그날 밤은 그렇게 지나갔지. 하지만 다음 날 아침이 돼서 전날 밤 일을 생각하니 뭔가 이상한 거야. 내가 꿈을 꾼 건 아닌가 생각되기도 했네. 그래서 식사를 할 때 K에게 물었지. 그는 자기가 어젯밤에 문을 열고 내 이름을 부른 게 맞다고 했네. 왜 그랬냐고 하니까 이유는 확실하게 밝히지 않고 말을 돌려서 요즘엔 잠이 잘 오냐고 내게 물었네. 왠지 이상했어.

그날은 마침 강의 시작 시간이 같아서 나는 K와 함께 집을 나섰네. 전날 밤 일이 영 마음에 걸렸던 나는 길을 걷다가 K에게 다시 물었네. 하지만 K는 내가 만족할 만한 대답을 하지 않았어. 나는 그날 낮에 있었던 일에 대해 뭔가 좀 더 이야기하려고 그런 건 아니냐고 다시 물었네. K는 그런 건 아니라고 잘라 말했지. 그의 말투는 우에노에서 "그 얘긴 이제 그만하지" 하고 말했지 않냐고 내게 다시 경고하는 것처럼 들렸네. K는 그런 점에 있어서 아주 자존심이 강한 사람이었네. 문득 그 점이 생각나자 나는 다시 그가 말한 '각오'라는 단어를 떠올리게 됐네. 그러자 그 당시엔 심각하게 생각하지 않았던 그 두 글자가 내 머릿속을 억누르기 시작했네.

44

K가 결단력 있는 성격이란 건 이전부터 잘 알고 있었지. 그런 그가 이번 일에 대해서만 우유부단한 모습을 보이는 거였네. 나는 그때 그에 관한 전반적인 면을 숙지한 데다가 예외적인 면까지 확실히 파악했다고 자신했네. 그런데 '각오'라는 그의 말을 머릿속에 몇 번이고 곱씹는 동안 내 자신감은 점점 빛을 바래 결국에 나는 다시 흔들리기 시작했네. 그리고 나는 내가 예외라고 판단한 이 경우도 어쩌면 그에게는 특이한 게 아닐지도 모른다고 생각했네. 모든 의혹, 번민, 고뇌를 한꺼번에 해결할 최후의 수단을 그가 가슴속에 숨겨두고 있는 건 아닌가 하는 의심이 들기 시작했네. 그 새로운 가능성을 '각오'라는 두 글자에 비추어 생각한 순간, 나는 가슴이 철렁 내려앉았지.

그때 내가 만약 다시 한번 신중하게 그가 말한 각오의 내용을 이성적으로 잘 생각해보았다면 그래도 일이 그렇게까지 악화되진 않았을지도 몰라. 하지만 유감스럽게도 나는 하나만 알고, 둘은 몰랐네.

나는 각오라는 말의 의미를 그녀에게 더 가까이 다가가겠다는 뜻으로만 받아들였던 거야. 그의 결단력을 그녀와의 '사랑'을 실현시키는 데에 발휘하는 것이 새롭게 다진 그의 각오라고 판단했네.

나는 내게도 최후의 결단을 내릴 필요가 있다는 마음의 소리를 들었네. 나는 그 소리를 듣고 용기를 냈지. 나는 K보다 먼저, 그것도 K가 모르는 사이에 일을 진행시켜야겠다고 마음을 먹었네. 그리고 나는 기회를 노렸지. 하지만 이틀이 지나고 사흘이 지나도 적당한 때를 찾을 수 없었어. 나는 K도, 그녀도 없을 때를 기다려 사모님과 담판을 지으려고 생각했네. 하지만 둘 다 같은 시간에 집을 비우는 때가 없어 아무리 내 계획을 행동으로 옮기려 해도 지금이다 싶은 기회를 잡을 수 없었지. 나는 초조했네. 그렇게 일주일을 보내고 나는 더 이상은 참을 수 없어서 꾀병을 부리기로 했네. 사모님, 딸 그리고 K까지 어서 일어나라고 재촉하는데도 나는 대충 대답만 하고 10시까지 이불 속에서 일어나지 않았지. 나는 K와 그녀가 밖으로 나가 집 안이 조용해질 때까지 시계를 보며 있었던 거네. 내 얼굴을 본 사모님은 곧 어디가 아프냐고 물었네. 식사는 방 안으로 가져다줄 테니 더 자두라고 충고까지 해주었네. 아픈 구석이 없었던 나는 더 이상 이불 속에 누워 있을 생각은 없었지. 곧바로 일어나 세수를 하고 늘 하듯이 다실로 가 식사를 했네. 그때 사모님은 긴 화로 건너편에서 시중을 들어주셨고 말이네. 난 아침 식사 때나 점심 식사 때나 무슨 맛인지도 모를 밥그릇을 손에 들고 어떤 식으로 말을 꺼내야 할지 골몰했네. 식사를 마치고 난 담배를 피워 물었지. 내가 자리에서 일어나지 않으니까 사모님도 화로 옆을 뜨지 않았네. 하녀를 불러 밥상을 물리게 한 뒤 주전자에 물을 따른다거나 화로 가장자리를 걸레로 훔친다거나 하면서 조용히 내 상대가 되어 주었네. 나는 사모님에게 무슨 할말이라도 있냐고 물어보았네. 사모님은 아니라고 대답하고 나서 이번엔 다시 왜 그러냐고 반문하는 거였네. 그 김에 나는 사실 드릴 말씀이 좀 있다고 말했네. 사모님은 곧바로 뭐냐고 묻고 내 얼굴을 빤히 바라봤지. 사모님은 그때의 내 심정과는 달리 전혀 심각하지 않아 보였기 때문에 내가 본격적으로 말을 꺼내기가 망설여졌지. 입을 떼기 전에 잠시 우물쭈물하다가 결국 근래 K한테 뭔가 들은 말이 없냐고 물어봤네. 사모님은 무슨 영문인지 전혀 모르겠다는 표정으로 "무슨 말을요?" 하고 다시 물었네. 그러고는 내가 대답하기 전에 "학생에겐 뭐라 말하던가요?" 하고 궁금해했네.

45

K가 내게 한 고백을 사모님에게 그대로 전할 생각이 없었던 나는 그저 아니라고 대답해놓고 뭔가 얘길 잘못 꺼냈다고 생각했네. 이미 내뱉은 말을 주워 담을 수는 없으니 K에 관한 용건은 아니라고 말을 바꿨지. 사모님은 "아, 그

래요" 하고 말이 이어지길 기다리고 있었네. 나는 어쩔 도리 없이 본론을 꺼내야만 하게 됐지. 그래서 불쑥 "사모님, 따님을 제게 주십시오" 하고 말했네. 사모님은 내가 예상했던 것만큼 놀라는 기색은 보이지 않았지만 그래도 얼른 뭐라고 대답을 못하고 내 얼굴을 빤히 쳐다봤네. 일단 말을 꺼낸 나는 아무리 상대가 얼굴을 뚫어져라 쳐다본다고 해도 그걸 신경 쓸 겨를은 없었네.

"주십시오, 네? 꼭 제게 주십시오" 하고 재차 말했지. 사모님은 연륜이 있는 만큼 그런 자리에서도 나보다는 훨씬 침착했네. "그리해도 좋지만, 아직 너무 빠르지 않나요?" 하고 물었네. 내가 "빨리 맞이하고 싶습니다" 하고 곧 대답하니 사모님은 웃음을 터뜨렸네. 그리고 "신중하게 생각한 거예요?" 하고 다시 확인하고자 했지. 이 말을 꺼낸 건 순간적으로 일어난 일이지만 그에 대한 생각은 오래전부터 해왔던 거라고 설명했네.

그러고 나서 두세 마디 더 오갔지만 그것까진 기억나지 않네. 남자들처럼 화통한 데가 있는 사모님은 보통 아낙들과는 달리 이런 경우에도 아주 시원시원하게 이야기가 잘 통하는 분이었네. "좋아요. 제 딸을 드리지요" 하고 그 자리에서 승낙했지. 그리고 곧 말을 이어 "아유 참, 나 좀 봐, 드리지요라니. 그렇게 말할 처지가 아니지요, 제가. 아무쪼록 제 여식을 받아주세요. 아시다시피, 아버지 없이 큰 불쌍한 여식입니다" 하고 내게 부탁하듯 말했네.

내가 그렇게 고민해왔던 이야기는 아주 간단명료하게 끝났네. 말을 꺼내고 나서 자리를 뜰 때까지 아마 15분도 채 걸리지 않았을 거네. 사모님은 딸을 보내는 데 아무런 조건도 달지 않았지. 내가 다른 친척분들께도 여쭤봐야 되지 않냐고 하자, 그럴 필요 없다며 나중에 알리기만 하면 그것으로 충분하다고 했네. 당신의 생각이 더 중요하다고 하면서 말이네. 그런 점에서는 좀 배웠다는 내가 오히려 너무 형식에 얽매여 있다고 생각할 정도였네. 친척은 둘째 치더라도 우선 딸에게는 미리 말을 해서 당사자의 승낙을 얻는 것이 우선이라고 내가 말했을 때 사모님은 "걱정 마세요. 본인이 전혀 생각이 없는데 제가 억지로 떠다밀지는 않을 테니까요" 하고 말했다네.

방으로 돌아온 나는 일이 너무 빨리 진행된 것이 오히려 이상하게 생각됐네. 과연 이렇게 해도 될까 싶은 생각마저 들 정도였지. 하지만 여기까지 진행된 이상, 내 미래의 운명은 이것으로 판가름 났다는 생각이 날 지배했고, 그때부터 내 모든 것을 바꾸어놓았네.

나는 점심때 다시 다실로 나가 사모님에게 오늘 아침 이야기를 딸에게 언제 전할 거냐고 물었네. 사모님은 자기가 알고 있으니 언제 이야기를 해도 문제될 건 없다는 식으로 말했네. 듣다 보니 나보다 오히려 상대 쪽이 더 마음을 굳힌 것 같아 더 이상 길게 얘기할 것도 없겠다 싶어 방으로 들어가려고 했는데 사모님이 날 불러 세우더니 만약 내가 빨리 말해주기 바란다면 오늘이라도 학원에서 돌아오자마자 바로 이야기하겠다고 했네. 나는 그러는 것이 좋겠다고 대답하고 방으로 들어왔네. 하지만 가만히 책상 앞에 앉아 밖에서 소곤대는 모녀의 모습을 상상하니 그대로 편안하게 앉아 있을 수 없을 것 같았지. 나는 모자를 하나 눌러쓰고 밖으로 나왔네. 그런데 언덕길 위에서 돌아오는 그녀와 마주쳤지 뭔가. 아무것도 모르는 그녀는 나를 보고 놀란 듯했네. 내가 모자를 벗어들고 이제 오냐고 인사를 했더니 딸은 몸은 좀 나았냐고 눈을 동그랗게 뜨고 물어보는 거야. 나는 그저 "네에, 나았습니다. 다 나았어요" 하고는 서둘러 스이도水道 다리 방향으로 돌아 내려갔지.

46

나는 사루가쿠초猿樂町에서 진보초神保町 거리로 나와 오가와마치小川町 쪽으로 갔네. 내가 그 동네를 자주 산책하는 것은 언제나 헌책방을 기웃거리는 데에 그 목적이 있었는데 그날은 전혀 손때 묻은 책들을 구경할 기분이 아니었네. 나는 계속 걸으면서 끊임없이 하숙집 일을 생각했네. 조금 전에 나와 이야기하던 사모님의 모습이 떠올랐지. 그리고 그 딸이 집에 돌아와서 일어날 일들을 상상했네. 나는 결국 이 두 가지 생각에 둥둥 떠가는 것 같았어. 그러다가도 때때로 거리 한복판에서 나도 모르게 갑자기 걸음을 멈춰 섰네. 그리고 지금쯤이면 사모님이 그녀에게 내 이야기를 하고 있겠지, 또 한번 멈춰 서서 지금쯤이면 이야기가 끝났겠지 하고 생각했네.

나는 마침내 만세万世 다리를 건너 묘진明神 언덕을 올라 혼고다이로 온 다음 거기서 다시 기쿠자카菊坂를 걸어 내려와 마지막에 고이시카와로 돌아왔네. 세 동네(혼고구, 고이시카와구, 간다구를 지칭함)를 약간 찌그러진 원 모양으로 빙 돌았다고 볼 수 있는데 그렇게 오랫동안 걸으면서도 K에 대한 생각은 한번도 하지 않았네. 지금 그때를 돌이켜보면서 어떻게 그럴 수 있었냐고 내 자신에게 물어봐도 난 대답할 길이 없네. 내 마음이 K를 잊을 수 있을 정도로 긴장하고 있었기 때문이라고 보면 그것도 그럴듯한 핑계는 되겠지만, 양심상 그럴 정도로 뻔뻔스러운 사람은 못 됐으니까 말이네. 나도 이상할 뿐이야.

K에 대한 내 양심이 되살아난 것은 내가 집 대문을 열고 현관을 올라 내 방으로 가려고 했을 때 언제나처럼 그의 방을 지나가던 순간이었네. 그는 늘 하던 대로 책상 앞에 앉아 책을 읽고 있었지. 그리고 평소처럼 책에서 고개를 들

고 날 봤네. 하지만 이번엔 '이제 오나'라는 말을 하지 않았네. 그는 "아픈 것은 좀 나았나? 병원에라도 다녀온 거야?" 하고 물었네. 나는 그 순간 K 앞에 손을 내밀고 잘못을 빌고 싶었네. 그저 스쳐 지나가는 충동이 아니라 진심으로 그러고 싶었어. 만약 K와 내가 사막 한가운데 단둘이 서 있었다면 나는 틀림없이 내 양심의 소리에 따라 그 자리에 무릎 꿇고 사죄했을 거라 생각하네. 하지만 내 안에는 시커먼 인간이 들어앉아 있었지. 그 인간은 나의 자연의 소리를 거기서 틀어막았어. 그리고 유감스럽게도 나의 자연은 영원히 되돌아오지 않았네.

저녁 식사 때 K와 나는 다시 얼굴을 마주했지. 아무것도 알 리 없는 K는 그저 조용히 식사만 했지, 일말의 의심 어린 눈초리도 내게 보내지 않았네. 아무것도 모르는 사모님은 평소 때보다 기분이 좋아 보였네. 그 자리에 있는 사람 가운데 나만이 모든 걸 알고 있었지. 이 세상에서 나 혼자만이 모든 걸 알고 있었던 거라고. 나는 쇳덩이를 삼키듯 밥알을 집어삼켰네. 그날 저녁 딸은 평소와는 달리 우리와 같은 상에 앉지 않았네. 사모님이 나오라고 재촉해도 그저 방 안에서 잠깐만요, 하면서 나오지 않았네. 그걸 듣던 K가 이상하다는 듯이 왜 저러냐고 사모님에게 물었네. 사모님은 쑥스러워서 그럴 거라 대답하며 내 얼굴을 잠깐 쳐다보았네. K는 더 궁금해하며 뭐가 쑥스럽냐고 캐물었지. 사모님은 대꾸 없이 엷은 미소를 지으면서 이번에도 또 내게 시선을 보냈네.

나는 식탁 앞에 앉자마자 일이 어디까지 진행됐는지 사모님의 표정을 살피면서 추측하고 있었네. 하지만 사모님이 K에게 그녀가 왜 쑥스러워하는지 설명하기 위해 내 앞에서 그날 있었던 일을 전부 꺼내는 건 도저히 듣고 있을 수 없었지. 사모님은 K의 속마음을 모르는 상태였고, 또 어차피 알려질 일을 이야기하는 것에 대해 아무렇지 않게 생각하는 사람이었기 때문에 나는 초조해서 식은땀이 다 났네. 다행히도 K는 다시 침묵으로 돌아갔지. 평소 때보다 더 기분이 좋았던 사모님도 내가 걱정하는 부분까지는 이야기를 하지 않았네. 나는 휴, 하고 한숨을 내쉬고 방으로 돌아왔지. 그러나 내가 그때부터 K에 대해 어떤 태도를 취해야 할지에 대해 생각해야만 했네. 나는 여러 가지로 내 마음을 변호할 말을 생각해보았네. 하지만 어떤 말로도 K 앞에서 나의 이런 행동을 정당화할 수 없었지. 비겁한 나는 급기야 나 자신을 변명해야 한다는 게 싫어졌네.

47

나는 아무 말도 못 하고 이삼일을 보냈네. 그 이삼일 동안

K의 얼굴을 볼 때마다 불안한 마음에 가슴이 옥죄어들었지. 나는 무슨 말이라도 하지 않으면 그에게 결국 못 할 짓이라고 생각했네. 더구나 사모님의 말투나 딸의 태도가 더욱더 날 부추기는 통에 난 괴로웠네. 대범하고 화통한 사모님이니 언제 식탁 앞에서 K에게 내가 한 말을 솔직히 털어놓을지 모르는 것 아닌가. 내가 사모님에게 딸을 달라고 말을 한 이후 두드러져 보이던 나에 대한 딸의 행동도 K의 의심을 사기에 충분했을 거라고 봐야지. 나는 어떻게든 나와 이 집 가족 사이에 맺어질 새로운 관계를 K에게 알려야 할 입장이었네. 하지만 도의상 못 할 짓을 하고 있다는 걸 깨닫고 있던 나는 생각대로 행동에 옮기기가 쉽지 않았네.

나는 고민하다 못해 사모님을 통해 K에게 알리면 어떨까 생각했네. 물론 그 일은 내가 집에 없을 때 진행돼야 했지. 하지만 있는 그대로를 알리자니 그건 누구의 입을 통해 말하느냐의 차이일 뿐 K에게 면목이 없기는 마찬가지였네. 그렇다고 이야기를 좀 꾸며서 말해달라고 하면 분명히 사모님이 그 이유를 물어볼 것이고 말이네. 만약 사모님에게 모든 사정을 털어놓고 부탁하면 나는 스스로 내 약점을 아내와 장모 될 사람 앞에 노출시키는 일이 되지 않나. 고지식한 나는 그 일로 훗날 가족들이 나를 신뢰하는 데 씻을 수 없는 오점을 남길 것이라고밖엔 생각할 수 없었네. 결혼 전부터 애인의 신뢰를 잃는다는 건 나로서는 참을 수 없는 불행이었단 말일세.

다시 말해서 난 정직한 길을 걸어갈 생각을 하면서도 발을 헛디딘 바보였네. 혹은 아주 교활한 남자였지. 그리고 오늘날까지 그 사실을 아는 건 하늘 아래 오직 나의 마음밖에 없네.

하지만 생각을 고쳐먹고 자연으로 한 걸음 나아가려면 지금 저지른 일을 모두 주위 사람들에게 알려야 하는 곤경에 빠지게 된 거지. 나는 이 일을 죽을 때까지 숨기고 싶었네. 그러면서도 딸을 내 것으로 만드는 일은 진행시키고 싶었지. 나는 이 둘 사이에 끼어 움직이지 못하는 상태가 됐지.

그로부터 대엿새가 지난 후 사모님은 갑자기 내게 K에게 그 일을 말했냐고 물었네. 나는 물론 아직 말하지 않았다고 대답했지. 그러자 왜 말을 하지 않았냐고 내게 따져 묻는 거야. 나는 그 질문을 받고 꼼짝할 수가 없었네. 그다음에 사모님이 한 말을 나는 아직도 생생하게 기억하고 있네.

"그게 도리라고 생각해서 내가 말을 했더니 K군의 얼굴 표정이 이상해지더라고요. 학생도 불편하잖아요. 평소에 그렇게 절친한 사인데 그런 일을 잠자코 모른 척하고 있으면 말이에요."

나는 곧 K가 그 말을 듣고 사모님께 다른 이야기는 한 것이 없냐고 물었네. 사모님은 달리 한 말은 없다고 했지. 하지만 난 더 자세한 이야기를 듣지 않고 넘어갈 순 없었네.

사모님이 그 자리에서 내게 뭔가 숨길 이유는 전혀 없었네. 뭐 대단한 건 아니지만 하면서 하나하나 그때의 K의 모습을 설명해주었네.

사모님의 설명을 종합해보면 K는 그 최후의 타격을 놀랍도록 침착하게 받아들인 것 같네. K는 그녀와 나 사이에 생긴 새로운 관계에 대해 처음에 "아, 그래요" 하고 한마디했을 뿐이라고 사모님은 말했네. 사모님이 "학생도 같이 기뻐해주세요" 하고 말하자 그는 그제야 얼굴을 들고 미소를 지으며 "축하드립니다" 하고 자리에서 일어났다고 했네. 그리고 다실의 방문을 열기 전에 사모님을 돌아다보며 "결혼은 언제인가요?" 하고 물었다더군. 그리고 "뭐라도 결혼 축하 선물을 하고 싶지만 전 돈이 없어서 드리지 못하겠네요" 하고 말했다고 했네. 사모님의 앞에 앉아 있던 나는 그 이야기를 듣고 가슴이 꽉 막힌 듯 괴로웠네.

48

따져보니 사모님은 내가 청혼한 다음다음 날 K에게 그 사실을 말한 거였네. 그동안 K는 내게 조금도 이전과 다른 모습을 보이지 않았기 때문에 나는 전혀 눈치채지 못하고 있었지. 그의 초연한 태도에는 정말 감탄을 금할 수 없네.

K와 나 자신을 머릿속에서 비교해보면 그가 훨씬 훌륭해 보였네. '나는 교묘한 술수에서는 그를 이겼지만, 인간적인 면에서는 패배했다'는 생각이 소용돌이처럼 날 뒤흔들었네. 나는 그때야말로 K가 얼마나 날 경멸했을까 생각하고 혼자서 얼굴을 붉혔지. 그러나 지금이라도 K 앞에 가서 무릎을 꿇고 그가 내뱉는 모든 모욕을 감당하자니 그건 내 자존심이 허락지 않았지. K에게 가서 무슨 말이든 할까 생각하다가 다음 날까지 기다려보자고 결심을 한 건 토요일 밤이었네. 그런데 그날 밤 K는 자살한 거야.

나는 지금도 그 광경을 생각하면 소름이 끼치네. 언제나 동쪽으로 머리를 향하고 자던 내가 그날 밤은 우연히 서쪽으로 자리를 깔았던 것도 어떤 징조였는지 몰라. 나는 머리맡에서 새어 들어오는 바람 때문에 갑자기 눈을 뜨게 됐지. 그러고 보니 언제나 꽉 닫혀 있던 K와 내 방 사이의 칸막이 문이 며칠 전 밤에 그랬듯이 약간 열려 있질 않겠나. 하지만 지난번처럼 K의 모습이 보이지는 않았네. 나는 무슨 계시라도 받은 사람처럼 잠자리에서 일어나 K의 방을 가만히 들여다보았네. 방 안 전등이 희미하게 켜져 있었네. 그리고 요는 깔려 있는데 이불은 구석에 포개져 있었어. 그리고 K는 그 반대 방향으로 엎드려 있었고. 나는 "이봐" 하고 그를 불렀네. 하지만 아무 대답도 하지 않았네. "이봐, 무슨 일 있어?" 하고 나는 다시 K를 불렀지. 그래도 K의 몸은 꿈쩍도 하지 않았네. 나는 곧장 일어나서 문지방까지 갔네. 희미한 전등 불빛이 비추는 그의 방을 둘러보았지.

그 순간 내가 받은 첫 번째 느낌은 K로부터 갑자기 사랑 고백을 들었을 때의 그것과 거의 같을 거야. 내 눈은 그의 방 안을 훑어본 순간 인형의 눈처럼 멈춰버렸네. 난 그 자리에 서서 움직일 수 없었지. 그 광경이 모래바람처럼 한차례 훑고 지나가자 그제야 큰일 났다는 생각이 들었네. 순간, 거부할 수 없는 검은빛이 한순간 내 앞에 놓인 전 생애를 무서운 기세로 뒤덮는 것이 보였네. 그리고 난 부들부들 떨었지.

그런 순간에도 끝까지 난 이기심을 버릴 수 없었네. 그가 책상 위에 올려둔 편지가 눈에 뜨였지. 그것은 예상대로 내 앞으로 쓴 편지였네. 나는 거의 제정신이 아닌 상태로 봉투를 뜯었네. 하지만 그 안에는 내가 예상한 내용은 한 줄도 적혀 있지 않았네. 분명히 그 편지 안엔 내게 비수를 꽂는 원망의 말들이 담겨 있을 거라 짐작했거든. 그리고 만약 그 편지를 사모님이나 딸이 본다면 나를 얼마나 경멸할지 두려웠던 거야. 나는 재빨리 훑어보고 우선 '살았다'고 생각했네(물론 일반적으로 사람들이 자주 살았다, 라는 표현을 쓰지만 이 경우, 내게는 정말로 중요한 의미를 갖고 있었네).

편지의 내용은 간단했네. 그리고 추상적이었어. 자기는 너무 의지가 박약해서 도저히 앞날에 희망이 보이지 않는

다, 그래서 목숨을 끊는 것이다, 라고 이유를 쓰고 자기를 도와준 내게 고맙다는 인사를 간략하게 덧붙였네. 그리고 신세지는 김에 사후 처리도 부탁한다고 했네. 사모님에게 심려를 끼쳐서 죄송하니 나한테 대신 사죄해달라는 말도 있었지. 또 고향에는 나보고 알려달라고 했네. 필요한 말은 전부 한 줄씩 언급했는데 그 집 딸의 이름만큼은 어디에도 없었네. 나는 끝까지 다 읽고 K가 일부러 그녀를 언급하지 않은 것이라고 생각했지. 하지만 내게 가장 충격적이었던 문장은 맨 마지막에 먹물이 남아 덧붙이는 것처럼 쓴 한 줄로, 더 일찍 죽었어야 하는데 왜 지금까지 살아 있었는가 하는 문장이었네.

나는 떨리는 손으로 편지를 접어 다시 봉투 안에 넣었네. 내용을 확인했으니 일부러 모두의 눈에 뜨이도록 책상 위에 올려놓았지. 그러고 나서 돌아섰을 때 문지방까지 핏방울이 튄 것을 그제야 발견했네.

49

나는 K의 머리를 감싸 안듯 양손으로 조금 들어 올렸네. K의 죽은 얼굴을 한번 보고 싶었어. 그러나 바닥을 향하고 있던 그의 얼굴을 밑에서 올려다본 순간 나는 손을 놓아버렸네. 그 모습에 소름이 끼쳤을 뿐만 아니라 그의 머리가 너무나 둔중하게 느껴졌기 때문이야. 나는 방금 손에 닿았던 그의 차가운 귀와 평소와 다름없이 가르마가 진 그의 검은 머리카락을 잠시 내려다보았지. 전혀 눈물은 나오지 않았네. 그저 무서웠을 뿐이야. 그리고 그 두려움은 눈앞에서 자극적인 광경을 목격했을 때 느끼는 두려움이 아니었네. 그 순간 난 차갑게 식어버린 친구에게서 전달되는 운명의 두려움을 예지했던 것이지.

나는 내 방으로 도망치듯 달려 들어왔네. 그리고 방 안을 빙빙 돌기 시작했어. 내 이성은 무조건 얼마 동안 그렇게 움직이고 있으라고 내게 명령했네. 난 어떻게든 조처를 취해야 한다고 생각했네. 그러나 당장 어찌할 바를 몰랐지. 방 안을 빙빙 도는 것밖엔 난 아무것도 할 수 없었네. 철창에 갇힌 곰처럼 말이네.

순간순간 안채로 가서 사모님을 깨울까도 했지. 하지만 한편으론 여자에게 이런 끔찍한 광경을 보여선 안 된다는 생각이 날 가로막았네. 사모님은 그렇다 치더라도, 그녀를 놀래선 안 된다는 강한 의지가 내 두 발을 붙잡았네. 나는 다시 빙빙 돌기 시작했지.

나는 그러는 동안 내 방의 전등을 켰네. 그리고 시계를 자꾸만 쳐다봤어. 그때처럼 시간이 더디게 간다고 느낀 적은 없었네. 내가 자리에서 일어난 시간은 정확히 모르겠지만 새벽이 거의 다 된 시간인 건 확실하네. 빙글빙글 돌면서 동이 트기를 기다리던 나는 어둠 속에 시간이 멈춰버린 것 같아 미칠 지경이었네.

보통 우리는 7시 이전에 일어났지. 수업이 8시에 시작되는 날이 많았기 때문에 그 시간에 일어나지 않으면 지각할 수 있어서였네. 하녀는 그래서 6시경에 일어나야 했지. 하지만 그날 내가 하녀를 깨우러 간 건 6시가 채 되기 전이었네. 그러자 사모님이 오늘은 일요일이라고 하면서 방 안에서 주의를 줬네. 사모님은 내 발소리에 잠을 깬 것이지. 나는 사모님에게 일어나셨으면 내 방으로 잠깐 와달라고 부탁했네. 사모님은 잠옷 위에 하오리를 걸치고 내 뒤를 따라왔네. 나는 방에 들어서자마자 지금까지 열려 있던 칸막이 문을 닫았지. 그리고 사모님에게 큰일이 났다고 작은 목소리로 말했네. 뭐냐고 묻는 사모님에게 나는 턱으로 옆방을 가리키며 먼저 "놀라지 마십시오" 하고 경고했네. 사모님은 얼굴이 창백해졌지. "사모님, K가 자살했습니다" 하고 내가 말하자 사모님은 그 자리에 대리석처럼 뻣뻣이 굳어 아무 말도 못 했네. 그때 난 갑자기 사모님 앞에 손을 내밀고 고개를 조아렸네. "죄송합니다. 제 잘못이에요. 사모님께도, 따님께도 죄송한 일을 저질렀습니다" 하고 사죄했네. 사모님과 마주 서기 전까지 그런 말을 입에 올릴 생각은 전혀 없었는데 말이네. 그런데 사모님의 얼굴을 보자 나도 모르게 그런 말이 불쑥 튀어나온 거야. K에게 사죄할 수 없었던 나는 이렇게라도 사모님과 딸에게 잘못을 빌 수밖에 없었던 거라 생각해주게. 그때 나의 자연이 평소의 나를 물리치고 되살아나 참회의 입을 열게 한 거야. 사모님이 그런 깊은 의미로 나의 그 사죄를 받아들이지 않았던 것은 내게 있어 다행스런 일이었네. 하얗게 질린 얼굴을 하고도 "예상치 못한 일이니 어쩔 수 없잖아요" 하며 오히려 날 위로해주었네. 하지만 그 얼굴은 이미 공포와 경악으로 뻣뻣이 굳어 있었네.

50

사모님에겐 안됐지만 나는 다시 일어나서 지금까지 닫혀 있던 장지문을 열었네. 전등에 기름이 다 떨어졌는지 K의 방 안은 거의 암흑 상태였네. 나는 내 방의 전등을 쥐고 입구에 서서 방 안을 비추었네. 사모님은 내 등 뒤에 숨듯이 서서 K의 방을 조심스레 살펴보았지. 하지만 들어가려고 하진 않았네. 그 방은 그대로 두고 덧문을 열어달라고 내게 부탁했네. 그런 다음 사모님의 일 처리는 과연 군인의 미망인답게 침착하고 능숙했네. 나는 의사를 부르러 달려가고, 경찰서에도 갔었네. 이 모든 것은 사모님의 지시에 따른 것이었지. 사모님은 일련의 절차가 끝날 때까지 누구도 K의 방에 들이지 않았네.

K는 작은 칼로 경동맥을 끊어 자살했던 것이네. 그 밖에 다른 상처는 전혀 없었지. 내가 희미한 전등불 밑에서 본 장지문에 튄 핏자국은 그의 목덜미에서 터져 나온 것이었네. 나는 한낮에 그 흔적을 다시 살펴보았네. 인간의 혈관을 타고 흐르는 피의 흐름이 그렇게 세다는 것에 새삼 놀랐네.

사모님과 나는 가능한 한 모든 수단을 동원하여 K의 방을 정리했네. 그의 몸에서 흘러나온 피는 다행히도 대부분 이불에 흡수되어 바닥은 그다지 더럽혀지지 않았기 때문에 쉽게 치울 수 있었네. 사모님과 나는 그의 시체를 내 방으로 옮기고 자고 있는 모양으로 눕혀놓았네. 나는 그다음에 K의 본가에 전보를 쳤지.

내가 돌아와보니 K의 머리맡에 향이 꽂혀 있었네. 방에 들어서자 곧 향냄새를 맡은 나는 피어오르는 흰 연기 속에 앉아 있는 두 여인을 보았네. 내가 그녀의 얼굴을 본 건 전날 저녁 이후 처음이었네. 그녀는 흐느끼고 있었어. 사모님의 두 눈도 빨갛게 충혈이 되어 있었지. 사건이 일어난 이후부터 그때까지 우는 것을 잊고 있었던 나도 그제야 비로소 슬픈 감정에 이끌리게 됐지. 내 가슴은 그 순간의 슬픔으로 차라리 편안해질 수 있었네.

고통과 두려움으로 얼어붙어 있던 내 마음에 물 한 방울을 떨군 건 그때의 슬픔이었지.

나는 말없이 두 사람 곁에 앉았네. 사모님은 내게도 향을 하나 집어주었지. 나는 그 향을 손에 쥐고 잠자코 앉아 있었네. 딸은 내게 아무 말도 하지 않았네. 어쩌다 사모님과 한두 마디 주고받긴 했지만 그건 다른 얘기가 아니라 그 자리에서의 일 처리에 관한 것이었지. 그래, 딸은 아침에 받은 충격으로 아직 K의 생전에 관해 이야기할 정도의 정신은 없었겠지. 집에서 그런 일이 일어났으니 충격은 받았겠지만 그래도 어젯밤의 끔찍한 장면을 그녀가 보기 전에 정리해서 그나마 다행이라고 난 속으로 생각했네. 여리고 아름다운 사람에게 그런 무시무시한 모습을 보이면 그 소중한 아름다움이 그만 와르르 무너져버릴 것 같아 난 두려웠네. 그 두려움 안에는 아름다운 꽃이 아무 이유도 없이 마구 짓밟히는 것을 볼 때와 같은 불쾌감도 담겨 있었지. 내가 머리끝부터 발끝까지 온몸으로 체험한 공포를 그녀까지 경험하게 하고 싶지 않았단 말일세.

고향에서 K의 아버지와 형이 올라왔을 때 나는 K의 유골을 어디 묻을 것인지에 대해 내 의견을 말했네. K가 살아생전에 나는 그와 조시가야 근처를 곧잘 산책했네. K는 그곳을 꽤 좋아했지. 그래서 그때 내가 반농담으로 그에게 죽거든 이곳에 묻어주겠다고 약속했던 기억이 난 거야. 지금 이 마당에 약속한 대로 K를 조시가야에 묻었다고 얼마큼의 공덕이 있을까만은 그래도 난 내가 살아 있는 한, 매달 K의 묘 앞에 무릎 꿇고 늘 같은 마음으로 참회하고 싶었네. 자신들이 제대로 보살피지 않았던 K를 내가 여러모로 도와준 데에 대한 최소한의 도리라고 생각했는지 K의 아버지와 형은 모두 내 의견에 따르기로 했네.

51

K의 장례식이 끝나고 돌아오는 길에 나는 그의 친구한테서 K가 무엇 때문에 자살한 것 같냐는 질문을 받았네. 사건이 일어난 후 줄곧 똑같이 반복되는 이 질문 때문에 나는 얼마나 괴로웠는지 모르네. 사모님도, 딸도, 고향에서 상경한 그의 아버지와 형도, 연락받고 온 지인들도, 심지어는 그와 아무 연고도 없는 신문기자까지 모두가 똑같은 질문을 내게 퍼부어댔네. 내 양심은 그때마다 창에 찔리는 듯 고통스러웠지. 그리고 나는 그 질문을 받을 때마다 어서 네가 죽였다고 고백하라는 양심의 목소리도 함께 들었네. 질문을 하는 사람이 누구든 내 대답은 한결같았지. 사람들이 와서 물을 때마다 난 K가 내 앞으로 남긴 편지를 보여주고 그 외엔 아무 말도 덧붙이지 않았네. 장례식에서 돌아오는 길에 또 같은 질문을 하고 내게 같은 대답을 얻은 K의 친구는 주

머니 속에서 신문 한 장을 꺼내 내 앞에 내밀었네. 나는 걸어가면서 그 친구가 가리킨 기사를 읽었지. 거기엔 K가 본가에서 의절당하고 그것을 비관하다 자살했다고 쓰여 있었네. 나는 아무 소리 없이 그걸 도로 접어 그 친구에게 돌려주었네. 그 친구는 그 기사 외에도 K가 정신이상을 일으켜 스스로 목숨을 끊었다고 쓴 신문도 있었다고 알려주었네. 그동안 정신이 없어서 신문 따위를 읽을 겨를이 없었던 나는 그런 얘기를 전혀 접하지 못했는데 속으로는 사실 은근히 신경 쓰였던 부분이었지. 나는 무엇보다 집 식구들에게 폐가 될 만한 기사가 나지나 않을까 걱정했네. 특히 이름만이라고 해도 그 딸에 관한 이야기가 언급되면 가만두지 않겠다고 생각하기도 했지. 그래서 난 그 친구에게 그 밖에 또 이 기사를 다룬 신문이 있냐고 물었네. 그 친구는 자기가 본 건 이 두 종류뿐이라고 대답했지. 내가 지금 살고 있는 이 집으로 이사 온 건 사건이 일어나고 얼마 지나지 않아서야. 사모님과 그 딸은 모두 옛집에 그대로 사는 걸 꺼림칙하게 생각했고, 나도 그날 밤의 기억을 매일 되풀이하는 것이 고통스러웠기 때문에 서로 상의해서 이사하기로 결정했지. 이사하고 두 달 정도 있다가 나는 무사히 졸업을 했네. 그리고 졸업한 지 반년도 안 돼 마침내 그녀와 결혼했고 말이야. 다른 사람들이 보면 모든 일이 예정대로 진행됐으니 모두 축하한다고 말을 했지. 사모님도 딸도 아주 행복해 보였네.

나도 행복했지. 그래, 그랬어.

하지만 나의 행복에는 언제나 검은 그림자가 따라다녔네. 나는 이 행복이 종국에 가선 나를 슬픈 운명으로 이끄는 도화선이 되지 않을까 생각했네.

결혼한 그 집 딸이—아니, 이젠 그 집 딸이 아니라 처라고 부르지— 내 처가 무슨 생각이 들었는지, 나와 둘이서 조시가야에 성묘를 하러 가자고 했네. 나는 영문을 몰라 잠시 멍했지. 도대체 왜 그런 생각을 했냐고 물어봤네. 내 아내는 둘이 함께 성묘를 가면 K가 더 반가워할 거라고 말하지 뭔가. 나는 그때 아무것도 모르는 그녀의 얼굴을 연못에 고인 물을 바라보듯 찬찬히 쳐다보다 왜 그런 표정으로 바라보냐는 처의 말을 듣고 겨우 정신을 차렸네. 나는 처가 원하는 대로 함께 조시가야에 갔지. 나는 K의 묘에 물을 뿌리고 비석을 닦아주었네. 처는 봉분 앞에 향과 꽃을 꽂았지. 우린 고개를 숙이고 합장했네. 내 처는 옛정을 생각해서 K에게 나와 부부가 돼 어찌어찌 살고 있다는 이야기를 들려주며 그를 기쁘게 할 생각이었겠지. 나는 속으로 그저 내가 잘못했다, 미안하다라는 말만 되풀이했네. 그때 아내는 K의 묘를 살살 쓸어보고 멋지다고 말했네. 그 묘는 고급은 아니었지만 내가 직접 채석장에 가서 보고 고른 것이란 걸 처가 알고 있었기 때문에 내 앞에서 일부러 강조해 그리 말한 것일 게야. 나는 새로 생긴 K의 묘와 새로 맞은 내 아내와 그리고 땅 밑에 새로 자리잡은 K의 유골을 차례차례 떠올리며 악마에게 농락당한 운명의 장난이란 걸 실감했네. 그 뒤로 난 결코 성묘 갈 때 아내와 함께 가지 않기로 했지.

52

죽은 내 친구에 대한 이런 느낌은 끊임없이 계속됐네. 사실 처음부터 난 그걸 두려워했지. 그토록 바랐던 그녀와의 결혼이었는데 K의 사후 날 따라다니던 그 검은 그림자는 식장에서조차 예외가 아니었지. 하지만 한 치 앞도 모르는 인간의 일이니 어쩌면 이 결혼이 내 태도를 바꿔 새로운 생으로 들어가는 문턱이 될지도 모른다고 생각하기도 했네.

그런데 마침내 그녀의 남편이 되어 조석으로 처와 얼굴을 마주 대하고 보니 내 부질없는 환상은 엄정한 현실 속에 여지없이 부서지고 말았네. 처와 얼굴을 마주보고 있으면 자꾸 그녀의 얼굴 위로 K의 모습이 떠올랐네. 급기야 처가 중간에 서서 K와 나를 세상 끝까지 이어주는 동아줄처럼 여겨졌지. 흠잡을 데 없이 모든 것이 완벽했던 내 처를 나는 단 한 가지 이유로 가까이할 수 없었네. 그러자 그런 나의 태도는 여자의 육감에 금세 탄로가 났지. 하지만 아내는 내가 자기를 멀리하려 한다는 건 느꼈어도 그 이유까지는 헤아리지 못했네. 처는 가끔 왜 그리 생각하냐, 어떤 점이 마음에 들지 않느냐고 추궁했네. 웃음으로 무마할 수 있을 때는 그런대로 넘어갔지만 어떤 때는 아내도 참는 데에 한계를 느꼈는지 "당신은 날 싫어하죠?" "뭔가 내게 숨기고 있는 것이 분명해요"라며 원망 섞인 말을 늘어놓게 됐지. 그럴 때마다 듣는 내 마음은 어땠겠나. 모든 과거를 속시원히 아내에게 털어놓으려 했던 적도 몇 번 있었네. 하나 그럴 때면 반드시 그다음 순간에 나 이외의 어떤 힘이 나타나 고백하고자 하는 날 억누르는 거야. 날 이해하는 자네니까 설명할 필요도 없겠지만 어차피 시작한 이야기니 마저 적어두겠네. 그 당시 나는 처를 상대로 끝까지 내 위신을 세울 생각은 추호도 없었네. 만약 내가 죽은 친구 앞에서 가졌던 선량한 마음으로 처 앞에서 죄를 뉘우쳤다면 아내는 이제라도 자연을 회복한 내 마음에 감사의 눈물을 흘리면서 내 죄를 사해주었을 거네. 그걸 알면서도 굳이 말하지 않은 것은 결코 이해타산을 따져서가 아니네. 나는 단지 처가 살아가는 생에 한 점의 티끌도 남기고 싶지 않아 입을 다물었던 것이네. 순백 위에 조그마한 흔적이라도 남기는 건 내게 큰 고통이었다고 이해해주면 고맙겠네.

해가 바뀌어도 K를 잊을 수 없었던 나의 마음은 늘 불안했네. 나는 이 불안을 쫓기 위해 책에 탐닉하려 애썼지. 나는 다시 맹렬한 기세로 공부에 매진하기 시작했네. 그리고 그 결과를 공인받을 날을 기다렸네. 하지만 허황된 목적을 세우고 무리하게 그 목적을 달성할 날을 기다리는 것 자체가 허상이잖나. 내 마음은 늘 비어 있었네.

나는 아무리 노력해도 내 마음을 책으로 메울 수 없었지. 다시 팔짱을 끼고 세상 밖으로 물러앉게 됐네. 처는 그런 나를 보고 하루하루 먹고사는 데 걱정이 없으니 마음에 여유가 생기는 거라고 받아들인 모양이네. 처갓집도 모녀 두 사람이 두 손 늘이고 앉아 있어도 그럭저럭 먹고살 만큼의 재산이 있었고, 나도 굳이 돈을 벌려고 애쓰지 않아도 큰 지장은 없는 경우였으니 처가 그리 해석하는 것도 무리는 아니지. 살면서 돈 걱정은 해본 적이 없었으니 내게도 어느 정도 부잣집 도련님 같은 그런 성질은 있었을 게야. 하지만 정작 내가 바깥 활동을 전혀 하지 않게 된 원인은 그런 것과는 전혀 상관없네. 작은아버지에게 배신당했을 때 사람은 믿을 게 못 된다는 점을 절실히 느낀 건 사실이지만, 그건 타인을 받아들이지 않겠다는 것이지, 내 자신에게만큼은 그때까지만 해도 확실한 믿음이 있었네. 세상이 어찌 돌아가든 나 자신은 멋진 인간이라는 신념이 마음속 어딘가에 있었단 말이지. 그 믿음이 K에게 무참히 깨져버리고 나 자신도 작은아버지와 다를 바 없는 인간이라는 생각이 들었을 때 내 마음은 심하게 흔들리게 됐네. 인간들에게 등을 돌린 나는 결국 나 자신도 저버리고 닫힌 공간에 날 가두게 된 것이지.

53

책에 집중할 수 없었던 나는 한때 술독에 내 혼을 담그고 그 안에서 나를 잊으려 했네. 내가 술을 좋아하는 사람이라고는 말하지 않겠네. 하지만 마시고자 하면 마실 수 있는 성격이었으니 양껏 들이켜 그 속에 빠져들려 했지. 하지만 이 천박한 시도는 얼마 가지 못해 나를 더욱 세상에서 멀어지게 만들었네. 나는 만취한 상태에서 문득 나의 위치를 깨닫는 경험을 했지. 나는 고의적으로 이런 흉내를 내면서 스스로를 속이는 어리석은 놈이라는 걸 깨달았단 말일세. 그 순간 내 몸가짐도, 내 눈도, 내 마음도 제정신으로 돌아온 거야. 때로는 아무리 마셔도 이런 바보 흉내조차 내지 못하고 마구 비관적인 생각에 빠져들기도 했지. 게다가 술기운에 헛웃음을 껄껄대고 난 다음에는 반드시 침묵의 순간이 뒤따랐네. 나는 내가 가장 사랑하는 아내와 장모님에게 이런 모습을 보여야 했던 게 한두 번이 아니야. 하지만 그들은 언제나 그들의 입장에서, 그들이 아는 범위 내에서만 날 해석했지. 장모님은 때때로 처에게 듣기 거북한 말을 했던 모양이네. 그런 걸 처는 내게 숨겨왔지. 하지만 내 처도 사람인데 자기도 더 이상은 못 참겠다 싶을 땐 자기 나름대로 내게 분풀이를 했네. 분풀이라고는 하지만 결코 격한 말을 입에 올리진 않았네. 처에게 무슨 말을 듣고 내 감정이 울컥했던 적은 한 번도 없었을 정도니까. 처는 가끔 자신에게 뭔가 마음에 들지 않는 구석이 있으면 숨기지 말고 말해달라고 부탁했네. 그리고 내 몸을 생각해서 술을 끊으라고 충고했어. 어떤 때는 울면서 "당신은 요즘 변했어요"라고 말했네. 뭐 그 정도로 그치면 그래도 괜찮았을 텐데 말이야, "K가 살아 있었다면 당신이 이리되진 않았을 거예요"라는 말까지 했단 말이지. 나는 그럴지도 모른다고 대답했지만 내가 답한 의미와 아내가 받아들인 의미는 전혀 다른 것이었으니 그 점이 날 슬프게 했네. 그래도 난 전말을 모두 밝힐 순 없었네.

나는 때론 아내에게 미안하다고 말했지. 그건 대개 술에 취해 늦게 들어온 다음 날이었네. 처는 내 말을 듣고 웃었지. 어떤 땐 잠자코 있었고, 어떤 땐 눈물을 주르륵 흘릴 때도 있었네. 아내가 어떤 반응을 보이든 난 가슴이 아팠네. 그러니 내가 아내에게 미안하다고 하는 것은 결국 내 자신에게 사과하는 것과 같았어. 그러다가 결국 술을 끊게 됐네. 아내의 충고로 끊었다기보다 내가 싫어져서 끊었다고 하는 게 옳을 걸세.

술은 끊었지만 일을 할 생각은 없었지. 일이 없으니 다시 책을 펴 드는 수밖에 없었네. 하지만 끝까지 독파하지 못하고 중간에서 책을 덮기 일쑤였지. 아내는 가끔씩 내게 그렇게 공부를 해서 뭘할 거냐고 물었네. 나는 슬쩍 웃어 보이기만 했어. 하지만 속으로는 이 세상에서 내가 유일하게 믿고 사랑하는 사람마저 날 이해하지 못하는구나 생각하니 씁쓸했지. 이해시킬 방법은 있지만, 이해시킬 용기가 없다는 생각을 하면 더욱 슬퍼졌네.

나는 적막했어. 이 세상 어디에도 적을 두지 않고 홀로 살아간다는 느낌을 받을 때가 자주 있었네. 그러면서 나는 K의 사인에 대해 자꾸만 떠올리게 됐지. 그가 죽기 전에 내 머릿속에는 사랑이라는 한 단어만 꽉 차 있었던 탓도 있겠지만, 그때의 내 판단은 너무 단순했고 또한 일방적이었네. K는 실연에 대한 상처 때문에 죽은 것이라고 판단했지. 그러나 세월이 흐르고 침착해진 상태에서 그 사건을 바라보니 그렇게 간단히 결론을 낼 게 아니라고 생각하게 됐네. 이상과 현실의 충돌—이것으로도 충분히 설명할 수 없지만—나는 이런 생각도 했네. K가 나처럼 혼자 남겨진 외로움을 견디다 못해 결국 마지막 길을 선택하게 된 건 아닐까. 생각이 거기에 미치자 난 갑자기 소름이 끼쳤네.

나 또한 K가 선택한 길을 그의 뒤를 따라 밟아가게 될 것이라는 예감이 들었던 거야. 소리 없이 나뭇잎을 스치고 지나가는 바람처럼 그렇게 홀연히.

54

그러는 동안 장모님이 병으로 돌아가셨네. 의사에게 진찰을 받아보니 도저히 완치할 수 없는 병이라 했네. 나는 정성스럽게 간호해드렸네. 내가 그렇게 있는 힘껏 장모님을 간호한 것은 환자를 위한 마음에서도 그랬고, 사랑하는 아내를 위해서도 그랬지만 더 큰 의미에서 보면 인간을 생각하는 마음에서 그랬다고 할 수 있네. 나는 그때까지도 무슨 일이든 내 능력을 펼쳐 보이고자 하는 마음은 충만했지만 언제나 날 붙잡는 그 무엇 때문에 어쩔 수 없이 물러나 있었던 것이지. 세상을 등진 내가 비로소 내 손을 내밀어 나 아닌 다른 이를 위해 선행을 했다고 느낀 것은 그때가 처음이었네. 나는 그 행위로 얼마간 면죄부를 받은 듯한 기분을 느낄 수 있었던 거야. 어쩌면 그러기 위해 그렇게 열심히 장모님을 보살펴드렸는지도 모르지.

장모님은 끝내 돌아가셨네. 나와 아내 단둘이 남게 됐지. 아내는 내게 이제 이 세상에서 자기가 기댈 사람은 나 하나밖에 없다고 말했네. 나 자신조차 믿지 못하는 나는 처의 얼굴을 보면서 나도 모르게 눈물을 흘렸네. 그리고 아내는 참 불행한 사람이라고 생각했지. 그리고 당신은 불행한 사람이라고 아내에게 말하기도 했네. 처는 왜 그런 말을 하냐고 물었지. 아내가 내 말뜻을 알 리 없잖나. 하지만 그걸 설명해줄 수는 없었지. 아내는 울음을 터뜨렸네. 내가 늘 모든 것을 비관적으로 생각하고 그녀를 바라보기 때문에 그런 말을 하는 거라며 흐느꼈지. 장모님이 돌아가신 후 나는 가능한 한 아내한테 다정하게 대했네. 단순히 그녀를 사랑하기 때문만은 아니었네. 나의 그런 자상한 행동에는 개인적인 차원을 뛰어넘어 좀더 넓은 배경이 있었다고 생각하네. 내가 장모님을 정성껏 간호할 때와 같은 심정으로 그리 행동한 건 아닐까. 처는 그런 나와의 생활이 만족스러운 듯 보였네. 하지만 그 만족 속에는 나를 이해할 수 없어 생기는 빈 공간도 늘 공존했던 것 같아. 하지만 아내가 날 이해할 수 있다고 나름대로 생각하더라도 그 모자란 공간이 늘어나면 늘어났지 채워지진 않았을 걸세. 내가 아내를 보면서 느낀 건데 말이네, 여자들에겐 인도주의적 차원에서 오는 애정보다 약간은 도리에 어긋나지만 자신에게만 집중되는 애정을 희구하는 성질이 남자보다 더 강한 것처럼 보였거든.

처는 언젠가 내게 이렇게 물은 적이 있지. 남자의 마음과 여자의 마음은 어떤 방법으로도 완전히 일치할 수 없는 거냐고 말이야. 나는 젊은 시절에는 그리될 수도 있을 거라고 대충 대답했네. 아내는 자신의 과거를 돌이켜보는 듯했는데 그러다가 곧 가는 한숨을 내쉬었네. 내 가슴속에선 그때부터 가끔씩 무시무시한 그림자가 입을 벌리며 덮쳐 왔네.

처음엔 그것이 우연히 외부로부터 덮쳐 온 것이었지. 나는 흠칫 놀랐네. 소름이 끼쳤어. 그런데 점차 시간이 흐르면서 내 마음이 그 그림자 쪽으로 저절로 이끌리게 됐지. 결국엔 그 검은 그림자가 외부로부터 다가오지 않았더라도 내가 태어날 때부터 가슴속 깊은 곳에서 키워오고 있었다는 생각이 들기 시작했어. 나는 그런 생각이 들 때마다 내 머리가 어떻게 된 건 아닌가 의심해보았네. 하지만 의사에게도, 그 누구에게도 내 상태에 대해 상담하고 싶진 않았네.

나는 단지 인간의 죄라는 걸 통감했어. 그 느낌이 매달 나를 K의 묘로 이끈 것이지. 그 느낌이 장모님을 보살피게 한 것이고. 또한 그 느낌이 아내에게 다정하게 대하라고 내게 명령했네. 나는 그 느낌에 사로잡혀 길 가는 옆 사람이 날 짓밟아주었으면 하고 바란 적도 있네. 이런 과정을 하나하나 밟아오는 동안에 타인에게 짓밟히기보다 내가 나 자신을 짓밟아야겠다고 생각하게 됐네. 아니, 내가 나를 학대하기보다 아예 나 자신을 죽여버리는 게 낫겠다는 생각이 들었지. 그러다가 결국엔 죽었다는 심정으로 살기로 결심했네.

내가 이렇게 결심한 다음부터 오늘날까지 몇 년의 세월이 흘렀네. 그동안에도 나와 아내는 사이좋게 지내왔지. 결코 부부 사이가 불행하진 않았네. 맞아, 행복했어. 그러나 내가 품고 있는 한 가지, 내게 있어 거스를 수 없었던 한 가지가 내 아내에게는 늘 풀리지 않는 수수께끼처럼 보였을 거네. 그 점을 생각하면 나는 아내에게 미안한 마음을 금할 수 없네.

55

죽었다 생각하고 살자고 결심한 내 마음은 때때로 외부 자극에 흔들렸네. 하지만 그럴 때마다 내가 작은 끄나풀이라도 잡으려고 손을 뻗으면 곧 예전의 그 무서운 힘이 찾아와 나를 꽉 움켜쥐고 꼼짝할 수 없게 만들었네. 그리고 그 힘이 내게 넌 어떤 일도 할 자격이 없는 놈이라고 소리쳤네. 그러면 세상에 내밀어볼까 했던 내 손은 금세 오그라들고 말았네. 이런 일은 몇 번이나 반복됐지. 일어나려 하면 누르고, 눈을 뜰까 하면 다시 검은 그림자가 닥쳤네. 나는 두 손을 불끈 쥐고 그림자를 향해 소리쳤네. 왜 내 앞길을 가로막느냐고. 무서운 힘은 얼음같이 찬 웃음소리를 내며 네 스스로 잘 알지 않냐고 내게 말했지. 나는 다시 주저앉았네.

굴곡 없이 단조로운 생활을 해온 나의 내면에선 늘 그와 같은 전쟁이 일어나고 있었다는 걸 알아주게. 내 처의 눈에 답답하게만 보였던 그 부분이 속에서 몇천 배, 몇만 배의 힘으로 날 짓눌렀는지 모르네. 내가 이 감옥 안에 더 이상 틀어박혀 있을 수 없게 됐을 때, 그리고 어찌해도 그 감옥을 깨부술 수 없을 때 내가 취할 수 있는 마지막 방법은 단 하나, 스스로 목숨을 끊는 것이라고 생각하게 됐지. 자네는 어째서 그것만이 길이냐고 반문할지 모르겠지만 언제나 내 마음을 옥죄어오던 그 불가사의한 힘은 모든 면에서 나의 활동을 차단하면서도 죽음으로 가는 길만큼은 갈 수 있도록 날 놓아주었네. 무슨 말인지 이해할 수 있겠나?

그대로 죽은 듯이 살아가겠다면 그렇게 하더라도, 조금이라도 움직이고자 한다면 내가 선택할 수 있는 길은 그 한 가지 길밖엔 없었단 말일세.

나는 오늘에 이르기까지 이미 두세 번 내 운명이 명하는 대로 내게 주어진 단 하나의 길을 가려고 했던 적이 있었네. 하지만 그때마다 늘 아내의 얼굴이 밟혔던 거야. 그렇다고 내 길을 걷는 데 아내와 동행할 용기는 없었네. 처에게 모든 과거를 밝힐 용기도 없는 내가 내 운명의 명을 받자고 아내의 남은 생을 빼앗는 행위를 어찌 할 수 있었겠나. 내겐 나만의 숙명이 있는 것처럼, 아내에겐 그 사람의 몫이 있는 거지. 두 사람을 한데 묶어 불길 속에 집어넣는 것은 무리한 일이라기보다 내겐 참을 수 없는 고통이라고 생각됐어.

물론 내가 떠난 이후에 남을 아내를 떠올리면 가슴이 아팠지. 장모님이 돌아가셨을 때 이 세상에 의지할 사람은 나

하나라고 말한 그녀의 말을 뼛속 깊이 기억하고 있었거든. 나는 늘 망설였지. 아내의 얼굴을 보고 그만두길 잘했다고 생각할 때도 있었네. 그러고는 또다시 날 괴롭히는 운명 속으로 침잠했네. 그러면 아내는 채울 수 없는 가슴속의 빈자리를 상기하며 그렇게 공허한 눈으로 날 바라봤네.

기억해주게. 난 이렇게 살아왔네. 처음 가마쿠라에서 자네를 만났을 때도, 자네와 함께 교외를 산책했을 때도, 내 감정에 큰 변화는 없었지. 내 뒤에는 항상 검은 그림자가 붙어 다녔네. 기쁘다고 크게 웃을 수도, 슬프다고 소리 내어 울 수도 없었어. 나는 아내 때문에 생명의 끈을 늘려 오늘날까지 살아왔다고 생각하네. 자네가 졸업을 하고 고향으로 돌아갔을 때도 그랬네. 9월이 되면 다시 만나자고 약속한 내 말은 거짓말이 아니었네. 난 자넬 만날 생각이었어. 가을이 지나가고, 겨울을 맞고, 또 그 겨울이 지나갈 때도 자네와 마주할 생각이었네.

그러다가 여름 더위가 한창일 때 메이지 천황이 승하하지 않았나. 그때 난 천황에서 시작된 메이지 시대의 정신이 이젠 그와 함께 끝났다고 생각했네. 가장 강성한 메이지의 영향을 받고 자란 우리가 메이지 천황의 붕어 이후에도 살아 있는 건 시대착오라는 느낌이 절절히 들었네. 나는 아내에게 그런 내 느낌을 분명히 말했지. 아내는 처음엔 웃으면서 별로 상대해주지 않다가 무슨 생각이 들었는지 갑자기 내게 순사殉死라도 하면 되겠네요 하고 비웃었네.

56

나는 소학교 때 배운 순사라는 말을 거의 잊고 있었네. 평소에 그다지 사용하지 않는 단어니까 기억 속에 그대로 묻어뒀겠지. 아내의 농담을 듣고서야 비로소 그 말을 떠올리고 난 아내에게 내가 만약 순사하면 그건 메이지 정신을 위해 순사하는 거라고 대답해주었지. 내 말도 아내의 농담을 받아준 비슷한 수준의 농담에 지나지 않았지만 나는 왠지 잊혀버린 옛말 속에서 새로운 의미가 피어오르는 느낌을 받았네.

그 뒤로 약 한 달 정도가 지났어. 국장이 치러지던 날 밤 나는 평소처럼 서재에 앉아 애도의 포화 소리를 들었네. 내겐 그것이 메이지와의 영원한 이별 소리로 들렸지. 나중에 생각해보니 그것은 노기 대장의 죽음을 알리는 것이기도 했네. 나는 호외를 손에 들고 무심코 아내에게 순사다, 순사야 하고 말했네.

나는 신문에서 노기 대장이 죽기 전에 쓴 편지 내용을 읽었네. 세이난전쟁(1877년 2월 정한론의 분열 후 중앙 정계를 떠나 고향에 돌아와 향토 학교를 중심으로 그 고장의 무사를 양성한 가고시마 무사들의 반정부 폭동) 당시 적에게 깃발을 빼앗긴 후 그것에 대한 면죄부로 자결을 결심한 뒤 오늘날까지 그런 자세로 살아왔다는 의미의 글을 읽었을 때 나는 노기 대장이 죽을 각오로 살아온 나날이 얼마나 되는지 손으로 헤아려보았네. 세이난전쟁이 1877년에 일어났으니 1912년까지 35년이라는 세월이지. 노기 대장은 그 35년 동안 늘 죽음을 가슴속에 품고 실행할 날을 기다려온 것이라 생각했지. 나는 그런 사람의 입장에서는 하루하루 버텨온 35년이 괴로웠을지, 칼로 배를 가른 그 순간이 괴로웠을지 생각해보았네.

그리고 이삼일 뒤에 나는 마침내 자결하기로 결심했네. 내가 노기 대장이 죽은 이유를 헤아리지 못하는 것과 마찬가지로 자네도 내가 죽는 이유를 확실히 이해할 수 없을지도 모른다고 생각하네만, 만약 그렇다면 그것은 시대의 변천에 따른 사고의 차이니 어쩔 수 없네. 그렇지 않으면 개인이 타고난 성격의 차이라고 보는 게 맞을지도 모르지. 나는 내 능력이 허락하는 한 수수께끼 같은 나란 인간을 자네에게 이해시키고자 했네. 그리고 지금까지의 서술로 내 인생을 마칠 생각이네.

나는 아내를 남기고 가네. 내가 없어도 아내가 생활하는 데는 지장이 없다는 것이 그나마 다행이야. 나는 아내에게 험한 꼴을 보이고 싶지 않네. 나는 아내에게 피의 흔적을 보이지 않고 숨을 끊을 생각이네. 아내가 모르는 사이에 조용히 이 세상에서 떠날 것이네. 아내가 그저 난 급사한 것이라 생각했으면 좋겠어. 머리가 돌아서 가버린 거라고 생각해도 좋고.

내가 죽으려고 마음먹은 지 오늘로 열흘 이상이 지났네. 그 대부분은 자네에게 이 긴 글을 남기기 위해 흘려버린 날들이라는 것을 알아주게. 처음엔 자넬 만나 이야기할 생각이었는데 쓰고 보니 오히려 이렇게 함으로써 날 솔직히 드러낼 수 있었다는 기분이 들어 한편 기쁘네. 이건 절대 술기운에 쓰는 글은 아니네. 나를 만든 나의 과거는 극히 개인적인 경험으로 나 이외의 다른 사람은 어느 누구도 말할 수 없는 것이었으니, 모든 걸 숨김없이 토해내기 위해 들인 나의 노력은 한 인간을 조망할 수 있다는 점에서 자네에게나 다른 사람에게나 헛수고가 아니라고 생각하네. 와타나베 가잔(뛰어난 화가였으나 막부의 쇄국정책을 비판해 칩거 명령을 받은 지 2년 후 자살함)이 〈한단邯鄲〉이라는 그림을 그리기 위해 죽는 날을 일주일 연기했다는 이야기를 들은 적이 있네. 남이 들으면 쓸데없는 짓이라고 할 수 있겠지만, 당사자에게는 나름대로의 요구가 마음속에 있었으니 그럴 수밖에 없었다고 할 수 있지. 나의 노력도 단순히 자네에 대한 약속을 지키기 위한 것만은 아니네. 이번 노력은 절반 이상이 나 자신의 요구에 따른 결과라고도 할 수 있지.

나는 이제 그 요구를 완수했네. 이제 아무것도 남지 않았어. 이 편지가 자네 손에 닿을 쯤이면 나는 이미 이 세상에 없을 걸세. 아내는 열흘 전부터 이치가야에 사는 작은어머니 댁에 가 있네. 작은어머니가 병환이 나셨다고 하길래 내가 가서 좀 도와드리라고 보냈지. 나는 아내가 없는 동안에 이 긴 글의 대부분을 썼다네. 어쩌다 아내가 들어오면 곧 서랍 속에 숨겼지.

나는 내 과거를 좋게든 나쁘게든 다른 이의 세상살이에 참고로 남기고 싶네. 하지만 내 아내만큼은 예외로 하고 싶어. 나는 아내에게 내가 밝히지 않았던 것을 끝까지 알리고 싶지 않단 말일세. 아내가 내 과거에 대해 갖는 기억을 가능한 한 순백으로 간직하도록 하는 것이 내 유일한 희망이니 내가 죽은 후에라도 처가 살아 있는 한 내가 밝힌 모든 것을 자네 가슴속에 묻어두기 바라네.

작품 해설

누구나 품게 되는, 인간의 마음속 고백

《마음》은《행인》에 이은 장편소설로 1914년 4월부터 8월까지 도쿄와 오사카의《아사히신문》에 연재됐는데, 당시 에고이즘에 대한 추구와 비판이 매우 철저히 묘사된 작품으로 평가받았다. 나쓰메 소세키는 신문 연재를 시작하기 전 연재한 작품을 몇 가지 추려서 '마음'이란 제목으로 출간하려 했다. 그러나 첫 연재물 〈선생님의 유서〉가 예상 외로 길어져 이 작품 하나만 '마음'이라는 제목을 붙여 1914년 9월 20일 이와나미 서점에서 간행했다. 그 후 다시 단행본으로 출간하면서 전체를 3부로 나누고 각각 '선생님과 나' '부모님과 나' '선생님과 유서'라는 부제목을 붙였다.

다른 작품들과는 달리《마음》에는 주인공인 '나'가 두 명

등장한다. 주인공의 입을 통해 전개되는 심리 묘사가 극히 세밀하고 솔직하다는 의미다. '선생님과 나' '부모님과 나'에 등장하는 주인공은 순수하면서도 털털한 대학생인 나로서 아직 사회에 발을 들여놓지 않은 어느 정도 어린아이의 눈을 갖고 있는 청년이다. 따라서 아버지의 임종 앞에서도 크게 비관하지 않을 수 있고, 주변 풍경이나 인물을 보는 관점도 비교적 밝다. 덕분에 우린 여기서 나쓰메 소세키의 재치와 풍자를 마음껏 맛볼 수 있다. 반면에 '선생님과 유서'를 이끌어가는 주인공 '나'는 너무나 순수해서 무엇과도 타협할 수 없었던 메이지 시대의 지식인으로, 자신 안의 아집에 대한 후회와 번민에 대해 이야기한다. 따라서 주인공이 죽기 직전에 자신이 걸어온 인생을 털어놓는 이 부분은 상당히 무겁고 극적이다. 1910년대 일본이라는 시간적, 공간적 거리감이 있긴 하지만 누구라도 죽기 전에 기회가 있다면 자신의 삶을 채운 편린들 속에서 '악'과 '선'을 이처럼 털어놓게 되지 않을까 생각한다. 평소에 입 밖에 낼 수 없었던 자기 안의 이야기를 더할 수 없이 솔직하게 표현한 너무나 인간적인 고백이다.

어쩌면 살아가면서 한 번도 듣지 못할, 모든 것을 벗어버린 속 이야기를 우린 《마음》을 통해 접할 기회를 갖게 되는 것이다. 다만 한 가지 아쉬운 점이 있다면 대학을 갓 졸업한 주인공인 '나'의 마지막 상황이 아버지의 임종 자리를 끝까지 지키지 못하고 도쿄행 기차에 오르는 것을 끝으로 언급이 되지 않는다는 점이다. 자신이 그렇게 다시 보고 싶어 했던 선생님 그리고 그렇게 듣고자 했던 선생님의 과거를 접하고 그는 과연 어떤 심정이 되었을지에 대한 추측과 마무리는 여지없이 독자의 몫이다.

《마음》에 대한 또 다른 평가를 찾으면, 유서가 배달된 그 순간부터 작중 화자는 신속한 행위자가 된다는 점에 주목해야 한다는 것이다. 위독한 아버지와 선생님 중에 주인공은 주저 없이 선생님을 선택했다. 이는 주인공 앞으로 유서를 쓴 선생님의 믿음과 선택이 옳았다는 걸 증명하는 부분임과 동시에 심각한 상황에서 아버지를 저버림으로써 아버지와 가족 그리고 주인공의 관계에 새로운 장이 열림을 암시하는 부분이기도 하다. 그러나 선생님을 찾아가는 기차 안 장면을 끝으로 화자인 나는 소설 속에 다시 등장하지 않는다. 앞에서도 언급했듯이 이러한 구성은 상당히 부담스러운 소설의 결말이다.

나쓰메 소세키의 작품에 대한 평론은 무수히 많지만 그 중에 눈에 띄는 견해가 있어 언급하고자 한다.《마음》을 퀴어문학으로 보는 시각이 그것이다. 이는 일본의 정신병리학자 도이 다케오土居健朗의 '동성애적 감정'에서 출발한 견해들로 가마쿠라 해변에서 만난 선생님에게 젊은 학생인 작중 화자가 끌리는 부분을 지적하고 있다. 또 선생님과 함

께 서 있던 서양 남자에게 보낸 '나'의 시선은 남자의 육체를 향한 집착이며, 선생님이 들르는 찻집에 매일 나가 선생님을 기다리고 떨어뜨린 안경을 주워 건네며 뒤를 좇아 바닷속으로 헤엄쳐가는 모습은 관심 있는 대상에게 접근하려는 수순이라는 것이다. 그러나 이 소설을 동성애적 소설로 보는 가장 큰 이유는 무엇보다도 일반 사람들에게 위화감을 느끼게 할 정도인 선생님과 K의 관계다(고야노 아쓰시小谷野敦의 평론 〈나쓰메 소세키와 에도 사상夏目漱石を江戸から読む〉 참조).

이러한 견해에 동의하는 사람들도 있지만 옮긴이는 이 작품에 등장하는 인물들을 동성과 이성의 개념보다 '인간'에 대한 '인간'의 이끌림과 그 심리 그리고 갈등 구조로 파악했다는 점을 덧붙이고자 한다.

나쓰메 소세키의 또 다른 작품 《도련님》을 번역할 때와는 달리 《마음》은 제목처럼 마음속 깊이 이야기를 느끼며 따라가야 하는 쉽지 않은 글이었다. 하지만 앞서 밝혔듯이 유별난 듯해도 종국에는 누구나 품게 되는 인간의 마음속 고백이므로 문장을 천천히 음미해나간다면 누구에게나 긴 여운을 남기는 특별한 작품이 될 것이다.

나쓰메 소세키 연보

1867년 2월 9일 도쿄 신주쿠 출생으로 본명은 긴노스케. 출생 후 곧 양자로 입양.

1874년 아사쿠사의 도다 소학교 입학.

1875년 생가로 돌아옴. 이치가야 소학교로 전학.

1878년 〈마사시게론正成論〉을 쓰고 친구와 잡지 발간.

1879년 도쿄부립 제1중학교 입학.

1881년 모친 별세. 제1중학교 중퇴 후 니쇼 학사에 입학하여 한문학 수학.

1883년 세이리쓰 학사에 입학하여 영문학 수학.

1886년 제1고등중학교 재학 중에 복막염으로 유급을 반복하나 수석으로 졸업.

1888년 나쓰메 가로 복적. 제1고등중학교 본과에 진학하여 영문학 전공.

1889년 마사오카 시키와 친교, 그의 문학에 영향 받음. '소세키'라는 필명 처음 사용.

1890년 도쿄제국대학 영문학과 입학.

1893년 도쿄제국대학 영문학과 졸업 후 동 대학원에 입학하여 적을 둔 채 도쿄고등사범학교 영어 교사로 부임.

1895년 마쓰야마중학교의 교사로 부임.

1896년 구마모토 제5고등학교에 부임. 나카네 교코와 결혼.

1900년 문부성 장학금으로 영국 유학.

1903년 도쿄제국대학 제1고등학교 교사로 부임. 도쿄제국대학 영문과 교수 겸임.

1904년 메이지대학 강사 겸임.

1905년 《나는 고양이로소이다》 발표.

1906년 《도련님》《풀베개》 발표.

1907년 교수직 사임. 아사히신문사에 입사해 전업 작가로 활동.

1908년 《아사히신문》에 《산시로》 연재.

1909년 《아사히신문》에 《그 후》 연재.

1910년 위궤양으로 투병.

1911년 문부성으로부터 문학박사 학위 수여를 통지받았으나 거절.

1912년 《아사히신문》에 《행인》 연재.

1914년 《마음》 발표.

1915년 《아사히신문》에 《한눈팔기》 연재.

1916년 《명암》 연재 중 위궤양 악화로 사망.

옮긴이 오유리

성신여자대학교 일문과를 졸업하고 롯데 캐논, 삼성경제연구소에 재직하는 동안 번역 업무에 종사했다. 현재는 전문 번역가로 활동 중이다. 역서로 소노 아야코의《긍정적으로 사는 즐거움》, 시게마쓰 기요시의《오디세이 왜건, 인생을 달리다》,《소년, 세상을 만나다》,《안녕 기요시코》, 요시다 슈이치의《워터》,《일요일들》,《파크 라이프》, 다자이 오사무의《인간실격》,《사양》, 나쓰메 소세키의《도련님》외 다수가 있다.

나쓰메 소세키 선집

마음

1판 1쇄 발행 2019년 8월 16일
1판 4쇄 발행 2025년 1월 10일

지은이 나쓰메 소세키 | 옮긴이 오유리
펴낸곳 ㈜문예출판사 | 펴낸이 전준배
출판등록 2004. 02. 11. 제 2013-000357호 (1966. 12. 2. 제 1-134호)
주소 04001 서울특별시 마포구 월드컵북로 21
전화 02-393-5681 | 팩스 02-393-5685
홈페이지 www.moonye.com | 블로그 blog.naver.com/imoonye
페이스북 www.facebook.com/moonyepublishing | 이메일 info@moonye.com

ISBN 978-89-310-1960-5 03830